二重奏
Life of love

いつか行く道
(Realize thinking)

西川正孝

Nishikawa Masataka

ブックウェイ

目次

二重奏　―いつか行く道―

一、天女さま

「お星さま、綺麗ね。こんなに大きく…こんなに一杯…じっと見ていると…私…吸い込まれていくようで、怖くなってくるの…なぜだか分からないけれど…」

「天女さまにお迎えが来る予感かも…」

「私、天女？」

克美《かつみ》はチラッと美紀《よしのり》を見た。美紀は前方上空を見ている。

「はい…白い天馬に乗った王子さまがお迎えかも…」

「まあ…ふふふ…あっ、流れ星、あそこにも…」

「消えるまでに願い事をすると、願いが叶うんだって…」

「今度見つけたら、お願いしてみるわ。でも私、のろまだから、間に合うかしら？あっ、また流れ星、あ〜あ間に合わなかったわ」

「心に思うだけで良いですから、準備していては…」

「そうするわ。あっ、今度は間に合ったわ」

「何をお願いしたのですか？」

「教えない…あなたもなさったら？」

「うん」

「早くお願いしなきゃ」

少し経って、

「あれっ…流れ星無くなった…」

「不思議ね、あんなに沢山有ったのに…」

「僕の願い事は受付拒否かな…？」

「あきらめないで…ほら、ほら、あそこに…間に合いました？」

「見損《みそこ》ないました」

「しっかり見てなきゃ駄目じゃない！」

彼女は真剣になっている。

「あっ」

「間に合いました？」

「はい」

「良かったわ。何をお願いしましたの？」

「教えない」

「意地悪ね」

「それはないでしょう…あなたと同じです」

「あっ、そっか」二人は笑った。

「あ、また増えてきた。今日は流れ星多い方かな…」

「私達のお願い事、聞いて下さるためと思うわ。きっと…」

「はい…きっと…」

「うふふ…」口に手を当てて笑った。

「満点の星空を見ていると、何もかもが輝いている。別の世界が有るみたいや。宇宙は空想の世界、メルヘンのままが良い…その光の下の僕は夢の世界にいるんやな」

「あら…お一人だけ？　私は？」

克美はゆっくり美紀に顔を向けた。

美紀は微笑んで彼女の目に視線を注ぎ、慌ててまた空を見上げた。

風呂上がりの化粧を落とした素肌は、雪明かりに浮かび上がり、透き通るように淡く、白く、魅力的で、この環境の中、一層美紀を魅了し、雪の妖精のようにも思え、美紀は身体が緊張して震えさえ感じた。彼女が側にいて彼は既に夢の世界にいる。しかし、彼女の心情は分からなかったのである。

「童話に登場するような可愛いお友達、沢山いるのかしら？」

「きっといますよ…こんなに沢山有るんだもの」

「そうよね」

話題を探すように、

「この星空で思い出したんですが、こんなに沢山の星を見たのは、僕は二度目の経験なのですよ」

「以前は何処で？」

「山好きの人でないと、分からないかも知れないけれど、薬師沢の山小屋です」

「何処に有りますの？」

「黒部第四ダムの上流で、薬師岳と雲ノ平に挟まれた所です。周囲の山が高く、その谷底に有るから、辺りが真っ暗…それに…空気が綺麗なこともあって、よく見えたのです。渓谷や渓流も綺麗な所です」

「お山、お好きなんですね？」

「ええ、好きです。でも、ごめんなさい。山好きしか知らないような山の名称を喋って」

「いいえ、私、興味あります。他にどんな所へ行かれていますの？」

「僕は大阪ですが、近辺でハイキングするか、信州では主に北アルプスです」

「どなたかと御一緒に？」

「ハイキングは仲間達と行くことが多いですが、一人の時もあります。北アルプスは一人が多いです。今回のスキーのように…」

　道端の雪を掴んで両手で固めながら、

「休日に朝起きて、天気が良いと、駅弁を買って、ふらっと、近辺の山へ出かけたりして」

「お一人がお好きですか？」

「はい」

「寂しくありません？」

「自然を楽しみながら、自分のペースで歩けるし…それに…自分なりの楽しみ方も…自由だから…」

　思い出すようにして、

「そうそう、ある時の夏、あなたぐらいの二人の女子大生と雲ノ平で会いました」

「それで？」

「それが凄いんです。彼女達は富山県の方から剱岳へ登り、その足で、立山、五色ヶ原、薬師岳、黒部五郎岳、三俣蓮華岳等三千メートル級の山を縦走して、雲ノ平へ入り、僕と出会ったというわけです。更に、まだ有るんです。これから何処へ行こうかと迷っていると言うんです。贅沢な悩みですけれど」

「でも大変ですね。そんなに沢山のお山に登るなんて」

「そうでもないんです。一度三千メートル級の山に登ってしまうと、登り下りは有りますが、独立峰でない限り、下からまるまる登らなくてもいいし、山小屋泊まりであれば、リュックサックも大げさにならないから…ああっ、また山のことばかりペラペラ喋ってしまい、ごめんなさい」

「いいえ、良いわね。お山のことよく分からないけれど、色々な興味深いお山の名称、きっと素敵だろうなあ…此処だってこんなに素敵なんだもの」

「夏でも雪渓や高山植物のお花畑も有りますしね」

「行ってみたいな…それに山小屋にも泊まってみたいし」

「あなたは険しい山よりは、ピアノやお茶、お花、それに都会がよく似合いそうに思えますが？　それに山小屋はあなたの泊まるような所ではありません」

「ひどいわ、興味をそそる話をしておいて、それに他の女子大生は行っているのに」

「ごめんなさい。でも、何か違うんだな」

美紀は雪をかじって、次の言葉を探していた。すると彼女は、

「うふふ…私だって、これでもテニスや水泳しているのよ。車の運転だって、ほらスキーも…」

「ほんに…」

二人は笑った。

「僕も会社勤めしていた頃、ほんの少しテニスをしたことがあるんですよ」

「あら…」

「登山の体力作りのつもりで…僕は部員ではなかったけれど…社内にコートやクラブが有ったし…それに、時間が有る時は、あちこちのクラブに顔を出して、一緒に汗を流させてもらっていたんです…球技は好きですしね」

「何でもお出来になるのですね」

「いいえ、何をしても下手なのです。ある時、バレーをしてて、若い女性に馬鹿にされました。そんなこと度々有るんですよ」

彼女は笑いながら、

「でも、男の人は良いわね…自由気ままに一人で旅に出たり、お山に登ったり、色々なスポーツが出来て。私は父が許してくれないの…一人で出るのを…今回も大変だったのよ…友達と行くと言うのに…」

「でも、女性は違った良い楽しみが有るじゃないですか…オシャレしたり、サッソウとスキーをしていたかと思うと、家に帰って、振り袖を着て、嫋《たお》やかに宮参り…あなたの着物姿素敵だろうな…」

我を忘れて、つい口から出てしまった余分な言葉に身体中が熱くなり、雪を額に当てた。

「そうね。考えてみると男の人より、日々の楽しみ方が多いかも知れないわね」

この辺りの寒さは周知されており、冬の夜は気温が零下になることが多い。

ホテルから未完成の山荘「雪の恋人」まで結構距離がある。

しかし、風呂上がりの所為？　というより、緊張はしているものの、身体の中から熱いものが湧き出て、美紀は全く寒さを感じなかった。

「寒くないですか？」と言って彼女を見た。

「いいえ、ちっとも」彼女も美紀を見た。美紀は緊張しながら言葉を探した。

「あなた学生さん？」

「ええ、短大生。年明けて成人式迎えるの。卒業してからのお勤め先、もう決まっているのよ、商社へ。N社なの。私なんか勤まるかしら？」

「すぐ慣れますよ」

美紀は雪の固まりを手の平でもて遊んでいる。彼女は風呂で使った小荷物を胸の下に当て両手で抱えている。

「車の運転するって、乗る機会多いのですか？」

「運転好きなのよ。不便なので短大へも車で通っているの。私って、小柄でしょう。大きな車に一人チョコンと座って、運転して通っているものだから、皆に笑われているの…」

「車種は何ですか？」

　大きい車と聞いて興味を持ったものの、美紀は聞かなくてもいいことを聞いてしまったような気がした。

「マークⅡ（トヨタの高級車）です」

「良い車ですね。僕なんか中古で買ったポンコツ、いや訂正、恋人カローラ（トヨタの大衆車）ちゃんです。しょっちゅうつむじを曲げるので、機嫌を取りながら乗っているから、お陰様で車のこと、結構覚えました」

　二人は笑った。

「私、白が好きだから、車も白」

「だから、ジャケットも白なのですね？」

「ええ、あなたも白がお好きみたい」

「分かりますか？」

「ええ、雪もお好きみたいだし。きっとカローラちゃんも白でしょう」

「当たりです」

　きっと裕福な家のお嬢さんなのだろう。美紀は彼女から自然と滲《にじ》み出る気品というか、育ちの良さというか、何か普通とは違う雰囲気を持っているように思う。

　自分とは住む世界が違うようだ…車での通学も珍しい。その上、美紀には到底買うことが出来ない高価な車に乗っている。裕福な家で幼い頃から、それなりに躾けられて育ったのだろう。

しかし、何故あのような宿にいるのか不思議であった。

「私の名前、克美《かつみ》って言うのよ。克服の克と美しいの美です。男の人みたいな名前でしょう…だから皆呼び捨てにするの、克美、克美って。女の子らしく〃ちゃん〃とか〃さん〃とか付けて呼ばれたことがないの。悲しいわ…苗字は中代《なかしろ》って言うの。中心の中と時代の代」

少し間をおいて。

「ここにいる間だけでも僕が克美ちゃんと呼ぶよ」

「ありがとう、嬉しいわ。ところで、あなたのお名前は？」

「美紀《よしのり》と言います。美人の美と紀州の紀です。苗字は林、木二つです。年齢は二十六歳。初めての人は〃よしのり〃と読んでくれることはまずないです。ミキと読まれます。分かっていても、友はミキとかノリと呼びます。二字で呼びやすいのでしょう。僕も結構気に入っています」

歳よりも若く見えると克美は思った。そして、

「素敵なお名前。そのお名前なら私が欲しいわ…だって…女性にだって美しくって…素敵だもの…羨ましいわ…私と逆さまね。もし夫婦だったら、きっと間違われると思

うわ」

そう言って慌てて、

「あら、私って、おかしなこと喋ってしまって、ごめんなさい。男の方とこんなにお話しするの初めてなの」

「いいえ、僕は、今夜はとっても楽しいです。こんな気分初めてです」

二人は星と雪原の中を歩いている。

風呂上がりの、甘い香りが二人を包んでいた。


建設途中だった山荘「雪の恋人」（仮の名称）はオイルショックの影響をまともに受け、資材や燃料が調達出来ず、工事は遅れ、年末の完成に間に合わなかった。

オイルショックは一九七三年十月に勃発した第四次中東戦争の時、ＯＡＰＥＣ加盟十カ国、それにＯＰＥＣ加盟六カ国が石油戦略による原油生産の量的制限、輸出の制限、原油価格の大幅引き上げで発生した。その影響は、業者の便乗値上げ、買い溜め、売り惜しみが起こり、狂乱物価、そして一九七四年の正月を挟んで前後三カ月のＧＤＰを比較すると、後の三カ月のＧＤＰ成長率は年率換算でマイナス一三・一％も急落した。それほど経済に大打撃を与え、日常使うトイレットペーパーや洗剤までも国民の手に入りにくくなった。この出来事は第二次世界大戦（一九三九～一九四五年）後、世界にも類を見ないような復興、そして高度経済成長を成した日本にとって大きな試練となった。ついでまでに、一九六八年にはＧＮＰで世界第二位の経済大国になっている。

オイル危機はこの後も起こったことから、後に、この時の出来事は第一次オイルショックと呼ばれるようになった。ＯＡＰＥＣはアラブ石油輸出国機構。ＯＰＥＣは中東を中心とした産油国の石油輸出国機構。

ＧＤＰは国内総生産、当時はＧＮＰ（国民総生産）が多く使用されていた。両方とも一国の一定期間における経済活動規模を貨幣価値で表した指標の一つである。

一九七三年十二月三十日の昼頃「雪の恋人」に着いた美紀は驚いた。

大阪から夜行列車とバスを乗り次いで、白樺湖からは、重いリュックを背負い、スキーを担ぎ、かなりの距離を歩いて、ようやく辿り着いたのである。そして、やっと休息出来ると思っていただけに、山荘の有様を見て、不眠と疲れの上に大きな一撃を食らったように落胆した。

外壁は未だ仕上がっていないばかりか、工事用の枠組みや足場も付いたままである。山荘の中に入ると、フロアーは土のままで、あちこちに木屑の山、気を付けて歩かないと、蹴躓《けつまず》いて倒れてしまう。そして天井は張られておらず、小屋組のあちこちに工事中の裸電球がぶら下がっていた。なぜ連絡をくれなかったのかと美紀は腹が立った。

　この時、応接に現れたのは二十七、八歳くらいだろうか、人の良さそうな若い男だった。自分がオーナーであることを告げてから、この現状を丁重に謝った。他の殆どの客は怒って帰ったり、他のホテルへ移ったことなどを隠さず話した上で、「宜しければ他のホテルへ御案内致します」と言った。そして、此処は何も出来ないが寝ることだけは出来ると付け加えた。

　少し話した後、美紀は気を取り直し「こうなったら、スキーに来たのだ、寝られれば良い、成り行きに任そう」と思い、客室に案内してもらった。客室も未だ天井、内装、床、それに暖房が無く、ともかく寒い。夜の寒さを想像すると、改めてこれは大変な所へ来たものだと思った。

　幸い布団もマットレスも新品で沢山有り、使いたいだけ使って良いと言う。他に客は無いように思えた。早速マットレスを念入りに敷き、布団も積み重ねた。床がふわふわして、立てないぐらいになった。「山に来たんだ、スキーに来たんだ、テントや山小屋と比べれば御殿だ」と、自分に言い聞かせた。

　そして、疲れているのに、今シーズン初めてということもあって、はやる気持ちを抑えられず、早速スキー場に出かけた。

どうせ山荘に帰っても、何もすることがないのだ。天気も良く、真っ白な大自然の中にいる幸せを味わいながら、気分良く滑ってはいたものの、全くの一人きりというのも、あまり記憶がない。何だか物足りない寂しさも感じていた。夕方、山荘に戻り、自分の部屋に入ると寒さが身に染みた。暖かいものと言えば自分の体温だけである。

「今夜が大変だ」と声に出して言った。

寒さで歯がガタガタと鳴り、身体を震わせながら衣服を着替て、ラウンジにあるストーブの上回りに張られた針金に濡れた物を干した。ストーブはこの山荘で唯一ラウンジに有り、ストーブの上にはヤカンが音を立てて沸騰している。

ラウンジの床は張られていて、真新しいテーブルや椅子、そして梱包から出したばかりと思われるピアノが目に付いた。

部屋に戻って暖かく眠れる方法を思案していると、ドアがノックされた。

「はい…どうぞ」

薄暗いドアの外に、若い女性が立っている。

「お食事とお風呂に御案内します。暖かくして来て下さい。ラウンジでお待ちしています」と、言って立ち去った。

美紀は、言われるままにラウンジへ行った。

そう、美紀を案内してくれたスタッフの女性が克美であった。彼女はドキッとするほど美しく、寒いことなどどこかに行ってしまった。

二人は外に出た。幸い風は無い。

「ごめんなさいね、契約しているホテルは少し遠いの」

「良いですよ」

その時間をこの女性と歩いて行ける…その方が嬉しいのである。

話をしながらホテルに着くと、多くの人で賑わっていた。入浴後、食事を済ませてからホテルを出て少し歩くと、一面の雪原と満天の星空に包まれた二人っきりの世界になった。

流れ星に願い事をしたり、二人の話が弾んだのはこの時で、「雪の恋人」へ着くまでの出来事であった。


こうして美紀は克美との出会いと、楽しい会話で、思いがけなく暖かくなった。

二人は山荘に戻り、ラウンジでマスターを加え三人で話していると、二人の若い女性が寄って来た。美紀以外の客だという。結局、美紀と合わせて客は三人らしい。合わせて五人、しばらく話をした。

後から加わった二人の女性客は、美紀と同じ大阪から来た幼稚園の先生だという。

美紀も仕事を聞かれたので、フリーのエンジニアと答えた。

明くる朝、鼻のあたりが冷たい。よく見ると、自分の吐いた息が布団の表面で凍っているのだ。布団を何枚も重ねたが、室温はどうにもならなかった。

スキーに出かける用意が出来た頃、二人の女性客が美紀を誘いに来た。他に客が無いから、仲間意識が強いのだろうと美紀は思った。スキー場は昨夜のホテルよりも遠い所に有る。三人は馬鹿話をしながら、スキー場に着いた。

「まず、朝食ね？」

「そう、そう」

「腹が減ってはスキーが出来ぬか」

レストランへ入った。

「味噌汁有るかな？」美紀は言った。

「馬鹿ね、ここには無いわよ」

「夜明けのコーヒーでも、とか、女性の前でもっとロマンチックに言えないの？」

「でも、僕は朝は御飯と味噌汁でないと一日が始まらないんだ」

「手間の掛かる人ね」

「朝からカレーか。まさかこのようなことになるとは思ってもみなかった」

「そうね、私達もカレーにしましょうよ」

「こんな所こそ、この土地の美味しいものを食べさせるサービスが必要だと思うけどな…此処の宣伝にもなるし…全国どこも同じじゃな…簡単に作れるものばかり食べさせて…そのうち飽きられてしまう…」

「まだ言ってるの…」と二人の女性は笑った。

「まだ、お名前聞いていなかったわね」

席に着きながら一人が言った。

「美紀と言うんです。宜しく」

そう言って、克美に言ったことと同じ話をした。

「ミキちゃんで良いね」

二人も自分の名前を言った。真由と花江だという。

どちらも二十二歳は超えているように見えるが、二人とも可愛く、職業に似合っているると美紀は思った。美紀は差し詰め、この二人にあやされる幼児のようなものかも知れないと思って、クスッと笑ってしまった。

「急に何よ、気持ちの悪い」と真由が言った。

「ごめん、ごめん馬鹿なことを想像してしまったもので」

「何よ！」花江は言った。

美紀は笑いを堪えるようにして黙っている。

「白状しなさい！」と真由が言った。

「二人の先生にとって、僕は幼稚園の園児…」美紀は笑いながら言った。

「馬鹿ね、でも面白い人」真由が言った。

運ばれてきたカレーを食べながら、「宿の名称はおしゃれだけれど、寒い所ね」と花江が言った。

「うん」

「ね、今夜、ホテルへ私達と一緒に行かない？　お食事とお風呂」

真由が言った。

「うん」と言ったものの、美紀は昨夜の克美を思っていた。

三人は、宿のこと、大阪のこと、スキーのこと等話した。美紀は少しではあるがマスターと宿代を支払うことを約束したが、彼女達は無料にするよう交渉したと言った。

「外に出て、写真撮らない？」と真由が言って、彼女のカメラで交代して取り合った。

「後で住所教えてね、送ってあげるから」と真由が言う。

完全に二人のペースに乗せられている。「やっぱり幼稚園児だ」美紀は心の中で苦笑した。

三人はリフトに乗って山上に上がり、それぞれ滑った。

リフトで何度か往復する。彼女達の滑っている様子をリフトの上から見ていると、転ける様が滑稽だった。三人はコースから離れた小高い山上に行って、談笑しながら休憩した。日光が当たると暖かく汗をかく、雪質も悪くなる。

「雪質も悪いし、僕は昼食後、早めに切り上げるよ」

「私達はガメツク滑るわ」

「やっぱり大阪人やな」

しばらく滑って、昼食時、促されるままに美紀は住所を教えた。

「またカレーか」

「我慢しなさい」

「食べるのも楽しみの一つなんだけどな」

「今夜、お風呂、誘いに行くから、先に行かないでね」真由が念を押した。

「うん」美紀は先に戻った。


「お帰りなさい…早いお帰りね」と声がして、克美が迎えてくれた。

「明日は元日、私、お雑煮作るわね」

「あれっ、たしか…まだ出来ないのでは？」

「お鍋と、お雑煮の材料調達してきたのよ。私のお味噌汁、美味しいのよ」

美紀は自分の心が伝わったのか、勝手に喜んだ。

「僕は嬉しいけれど、炊事場やカマドさえもないのに？」

「マスターが、キャンプの時のような物を作ると言って、今、木屑を片付けて作ってくれているの。お料理したかったから、嬉しいわ」

「僕も着替えてから手伝うよ」

「良いわよ、あなたはお客さまなんだから」

「気にしない、気にしない。どうせ暇だし、カマドぐらい作れるから」

急いで着替えをし、その場所へ行くと、「やっと出来た」とマスターが言った。

そこは、床も無く、床下になる所も湿った土のままである。夜になると凍る。そこに煉瓦を積み上げた二脚の上へ、平らな木片を渡して、マナイタらしくしてある。水はホースで引き込んであった。

カマドも煉瓦を積み上げ、鍋が乗せられるように作ってある。燃料は鉋屑《かんな》や木屑を使う。それにしても風が入って来るし、手が千切れるほど水は冷たい。

こんな所で、彼女は料理をするというのか。美紀はかわいそうに思った。それでも、彼女は喜んでいる。

日が暮れた頃、真由と花江は約束通り誘いに来た。

「今日も、晴れて、風も無く有り難い」と美紀が言うと、

「このところ、こんな天候続くわね」と真由は言った。

話しながらホテルに着いた。会話をしながら食事を済まし、風呂に入ることになった。

「これ使って」と言って、真由は美紀にシャンプーとリンスを差し出した。

「ありがとう。でも、あなたはどうするの？」

「花江の借りるわ」

「では、拝借。でも、シャンプーだけで良いです」

「うん」

「優しいな」

美紀の目は微笑んでいた。真由も微笑んでそれぞれ風呂へ向かった。入浴後、三人はしばらくテレビを見ながら談笑した後、自分達の宿に戻った。

この山荘の暖房と言えば、ストーブがラウンジに一つ有るだけだし、アフタースキーを楽しむものは何も無く、自然とストーブの周りに集まり、談話が中心になる。人数も少ないから自然と親しくなりやすい。

元日の朝、雑煮と漬け物が振る舞われた。彼女が言うだけあって、美味かった。

「美味しい、美味しい」と美紀は嬉しそうに言った。

「ありがとう。喜んでもらえて嬉しいわ。私、お料理好きなの」

「美紀さんは昨日からお味噌汁食べたいと言ってたのよ。良かったね」

真由が言った。

「こんな美味しい味噌汁を毎日…」

美紀は言いかけて、途切れた。

「毎日食べたいんでしょう？」

真由が言って、美紀の表情を見ていた。胸の鼓動が速くなったのを感じた。

「はい！　電報です。林美紀さん」

マスターがそう言って、電報を持って来た。美紀は電報と聞いてビクッとした。

「正月早々何かあったかな」

「いいえ、年賀電報です」

「ああ、ビックリした」

「しゃれてるわね。読んでみて」真由が興味深そうに急かせた。

「シンネンオメデトウゴザイマス。ステキナスキーニナリマスヨウニ」

読みにくそうにカタカナ文を読み上げた。

「これだけしか書いてないよ。差出人も書いてない」

「それ、きっと女性よ。ねえ？」

真由が花江の方を見て言った。花江は意味ありげに相づちを打った。

「アパートの、前の部屋に住む友と、事務所の相棒以外、誰にも言ってないのに、ここに泊まる予定だった他の人宛じゃないかな…」と美紀は言った。

「あなたしか、その氏名の連絡は無かったですよ」とマスター。

「発信元は高槻局になっている」

「隅に置けないわね…あなたのこと…見張っている女性がいるんじゃない？」

ニヤニヤしながら真由が言った。

「全く心当たり無い…誰だろう？…慌て者だな…氏名も入れずに…でも…今までにも幾度かよく似たことがあったように思う…贈り物やメッセージ…」

「あなたも馬鹿ね。…ねえ」

皆を見回して真由は「女ってね…」と言いかけたが、「教えない、お馬鹿さんには」とその後の言葉は言わなかった。

美紀は克美の方を見た。克美は朝食の後片付けをしていた。

食後部屋に戻り、スキーに出かける用意が出来た頃、克美が誘いに来た。

「今年の滑り初《ぞ》め…行きましょうか？」

約束をしていたわけでないだけに、美紀は余計嬉しかった。もう一度二人の時間が欲しいと思っていたのだ。

「はい」と美紀は笑顔で答えた。

「着替えてきます」と言って、克美はその場を去った。

それを見ていた真由と花江は、「そう、そういうことだったの！」と声を揃えて言った。

美紀が何か話しかけても彼女達は冷たい。態度が急変してしまった。昨夜はあんなに親切だったのに…と、美紀は思った。彼女達とも今日のことは約束していなかった。彼女達が誘いに来る前に克美が来たのだ。彼女達には悪いが、美紀の心は飛び上がらんばかりに弾んだ。

美紀はラウンジに行って、克美に問うた。

「仕事は？」

「今、暇なの」

話しながら歩いた。克美は小柄で可愛く初々しい色白の美人である。まつげは黒く長い。目は大きく優しい。唇は小さいが柔らかな膨《ふく》よかさがある。真っ黒ではない少し茶色がかった柔らかそうな艶のある髪は、肩よりも長く、少しウエーブがかかってフンワリしている。彼女の明るさや品性の良さが、その容姿を一層引き立てていた。

「あら、良い香り」

美紀を見ながら克美が言った。

「えっ、あっ、夕べ借りたシャンプーや」

「あの人達ね」

「うん」

　スキー場に着いた二人は、持ってきたスキーを足に付けリフトに乗った。

「あなたみたいな素敵な女性と一度でいいから、このようにペアリフトに乗ってみたいと思っていました。今、実現しました。生まれて初めて…」

　美紀は思いきって言った。

「あら、お上手ね」

　二人は向き合って笑みを浮かべた。

「昨日のスキーはどうでした？」

「三人バラバラで滑りました。リフトに乗って二人を見たりして…ホラ、あの調子だもんね」

　先に着いた花江達は既に滑っていた。花江が滑稽な転け方をしていた。悪いと思いつつ笑ってしまった。

　真由は美紀達の乗ったリフトを見上げていた。手を振ったが、応答は無い。

「今日、私がお誘いした時、あの御二人、美紀さんに怒っていらしたようだったけれど、お約束でもあったのでは？」

「いいえ、何も無いです」

「それなら良いんですけれど…」

「あの二人にとって、僕は幼稚園児なのです」

「面白い言い方。でも、女の人に好かれるのではないですか？」

「そうでもないです。でも、あなたも女性ですよね」

「あっ…そうだ…私も女ですね」二人は笑った。

「それに、もう、彼女達は今日の午後には帰るようです」

「僕は元日の滑り初めは、あなたとしたかった」

「私も、美紀さんと」

「ありがとう。嬉しいです、夢を見ているみたいです」

この車山スキー場には、今日も「白い恋人たち」（一九六八年、フランス、グルノーブル、冬季オリンピック記録映画の主題曲）の曲が流れていた。リフトを降りて克美に言う。

「さ、滑りましょう」

「ええ」

「好きなように先に滑って下さい…そのシュプールを僕が追うから」

「良いの？」

「うん」

克美は、「それじゃ」というように相槌を打って滑り出した。美紀は後方から彼女を追った。

　彼女はまずまずの滑りである。途中から抜きつ抜かれつしながら三度ほど往復した後、リフトで上がり、見晴らしの良い小高い所まで歩いて休憩した。そこは車山（標高二千メートル弱）の山腹で、コースから外れているためスキーヤーもあまり来ない。美紀は遠くの山々を見ながら言った。

「今日も良く晴れて、見晴らしが良いですね…あれが蓼科山、あれが八ヶ岳…富士山も見える」

「本当にお山お好きなんですね」

　克美はそう言って、美紀の顔を見つめる。

「この辺りは冬も良いですが、若葉の頃も素敵でしょうね」

「きっと素敵よ。お花も一杯咲いて」

「夏の避暑も」

「秋の紅葉だって」

「来てみたいな」

「私も」と言って、自分に向けられていた美紀の目を見た。

「でも、お父さまの許可が…大変ですね」

「ほんとに」

目と目が合っている眩しさから、美紀は瞬きをして克美の髪に視線を移した。

「暖かそうですね」

艶のあるふくよかな髪を誉めるつもりで言った。

「でも、滑っている時は風に吹かれてしまって」

「良い感じですよ。髪が風になびいている姿も」

「そう？　ありがとう」

「それに、良い滑りしてますね」

「いいえ、恥ずかしいわ…美紀さんこそお上手」

「僕は今年スキー靴を買い換えたんですよ。足に合うように内部がエアクッションになっているんですが、ターンの時、靴の中で足が浮いて怖いです。以前使っていた靴の方がまだ良いくらいです」

「あら、気を付けて滑ってね。怪我でもなさったら大変」

「ありがとう」

「そうそう、兄って馬鹿なのよ。ミニスキーを作ると言って、長いのを切ってしまって、スキー板を潰してしまったの」

「工夫好きなのでは？」

「そうでもないのよ」

と言ってから、克美は少し沈黙する。

「ここに来る前大変だったのよ。母と私と二人で年末の大掃除するの。お正月のお料理も二人で作るの。毎年のことだけれど」

「お家が広いんですね、きっと。…それにお母さんのお手伝いもよくするのですね？」

「私、家事って結構好きなの」

「お嫁さん向きかな？」

「そうかもね」

「不思議に思っていたんですが、何故、あなたはあの山荘にいるのですか？　手伝っていらっしゃるようだけれど…良いホテルに泊まって優雅にスキーだけでも良いと思うのですが？」

「私、アルバイトを兼ねてスキーに来ているの…友達のお父さまとオーナーのお父さまが友人なの…初めは友達と三人だったのに、二人とも帰ってしまったの…山荘が未完成だから…それに寒いって」

「あなただけ残ったっていうわけですね」

「だって、皆帰ったら、オーナーが困るでしょう…あまりお仕事は無いけれど…それに、折角来たのだからスキーも堪能しなくっちゃ」

「お陰様で、僕はあなたと会えたというわけだ」

「ええ、残ってて良かったわ」二人は笑った。

「僕はあなたと初めて会った気がしないいんです、新鮮なんだけれど」

「私も同じです」


今日は美紀が小さなナップサックにカメラを入れていたので、交互に写真を撮り合ってから、タイマーを使ってツーショットの写真も撮った。

早めに切り上げて山荘に戻ると真由達は帰った後で、今、ラウンジにいるのは二人だけである。美紀は克美がいれたインスタントコーヒーを飲んでいると、彼女が聞いてきた。

「ピアノとバイオリンそれにギターなら有るの。何か出来ます？」

「全然駄目なんです。でも…良い気分だし、久しぶりに弾いて見ようかな。バイオリン…超耳触りが悪いのを堪えていただけるなら…でも、折角の良い気分壊してしまうかな…」

「聞かせてほしいわ」

「でも、恥ずかしいな…何だか上がってしまいそう」

「ここにいるのは、あなた以外私だけよ」

「その一人に上がるんです」

克美は笑いながら、

「それなら私がピアノで伴奏します。それなら良いでしょ」

「嬉しいな、あなたに伴奏してもらえるなんて…それにピアノの音、大好きなんです…僕は弾けないけれど」

「そんなに期待しないで。私も本当は下手なの。凄く耳障り…」

「名付けて、駄目下手二重奏ですか」

「そうそう」

美紀はバイオリンを取って、音を調整した。

「それでは」と微笑みながら、ピアノの前に座っている克美に一礼した。

「曲名は？」

「今の気持ちを音にしますから、伴奏は合わせて下さい」

「難しいわね」

美紀は思うがまま即興で弾き始めた。克美は少しの間聞いていたが、やがて伴奏を付けだした。

美紀は「星空の下、雪原を歩いて行く二人」、「ホテルでの二人」、「スキー場での二人」、そして「二人で演奏している今の楽しい心」を弦に乗せた。美紀にとって即興は初めてである。しかし抵抗なく曲になった。まるで楽譜が有って、前もって練習していたかのように違和感は無く、息はピッタリ合い、二つの音は一つに融合して、この美しい雪原や白樺林に浸透し、あの夜の奥深い満点の星空をも満たすような、暖かな夢に溢れた演奏となった。克美も同じ世界にいたのである。

二人とも、今弾いた曲を終生忘れないことになる。いつの間にかマスターが椅子に座って観客になっていた。弾き終えると、マスターが拍手してくれた。

「ウットリしました。このところ心休まることが無かっただけに、身体中しびれました」

「バイオリンがあまりにも下手なので、身体中ケイレンなさったのではないですか?」

「なんの、なんの。ねえ中代さん」と、克美の方を見た。

「ええ、とってもお上手」

「ところで、今の曲名は何ですか?」

マスターはかなりの音楽通なのである。

「曲名と言われても、今の気持ちを即興で弾いてみたのです」

「そうでしたか」

「それにしても、ピアノ、良く合わせていただきました」

克美に向かって目礼した。

「いいえ。伴奏もしやすかったわ」

少し考えて、美紀は意見を促すように克美を見た。

「〝デュエット〟では、どうですか？」

「素敵な曲名！」

「それで決まった！」マスターは言った。

「？…」美紀と克美は顔を見合わせた。

「この山荘の名称、『デュエット』にします。雪の恋人は仮称なので…。今まで良い案が思い浮かびませんでした。しかしお二人の演奏、それにお二人を見ていて、この寒い中、ほのぼのとした暖かさを感じまして…」

唯一ストーブの有る未完成のラウンジで、マスターが木を使って何かを作り始めた。

「何をお作りなの？」克美が問うた。

「この山荘の看板です。名称が決まりましたので」

美紀と克美は顔を見合わせて微笑んだ。

「私は終生忘れないわ。きっと」

「あのう…もし宜しければ私に作らせていただけませんか？」と、美紀は言った。

「あなた…看板屋さんではないですよね？　たしかエンジニアでは？」

マスターは答えて美紀を見た。

「はい。ただ作ってみたくなったのです。」

「願ってもないことですが、折角来ていただいて、山荘が未完成で御迷惑をかけた上、お客さまに看板まで作らせては…、他のお客さまは怒ってお帰りになったのに」

「私も此処に着いた時は驚きました。でも、このような時は成り行き任せにしているんです。いつも何とかなるさ、何とかするさ、と、自分に言い聞かせているんです。それに、何処で面白いこと、楽しいこと、素晴らしい出会いが有るか分かりませんから…看板を作って楽しもうとしたりして。この山荘も結構気に入っています。どんな作品になるか分からないから気にしないで下さい。むしろ気に入らなければ作り直して下さいね」

「それじゃ、お願い致します。すみませんね」

「大工道具貸していただけますか？　鑿《のみ》、彫刻刀も有ればお願いします」

「丁度大工さんが置いていった物が有ります。今、持ってきます。それから、材料はその辺に有る物、何を使っていただいても結構です」

そう言ってマスターは奥に入って行った。

「面白そう、私もお手伝いしたいわ」

美紀は克美の顔を見て、微笑みながらうなずいた。

「何処でも楽しみを見つけるんですね」

美紀は微笑んでいる。

「さて、材料を探しに行くか」

「私もお供します」


白樺の皮付き木切れと、トチノキの丸太二本を、二人で工夫して運び込んだ。途中何度も休んで三往復かかった。丸太はおおよそ直径三〇センチメートル、長さ一メートルほどはある。丸太には手間がかかった。

「結構重いね。ごめんね」

「いいえ。どんなものが出来るか楽しみだわ」

大工道具は既に置いてあった。

美紀は少し考えてから、「では始めるか」と言って、まずトチノキの丸太から着手した。

チェンソーをはじめ、鋸、鉈《なた》、電動工具等、目的に合った道具をフルに活用して、見る間に粗方の形を作った。とても荒っぽい加工方法であった。克美は呆気にとられた。彫刻とは、鑿《のみ》や彫刻刀を使い、ハンマーで叩いて丁寧に彫り上げてゆく、そのような印象を持っていた。美紀は仕上げに入ると、一転して丁寧になった。

「大工さんが残しておいた道具だけに、切れ味が良い」

などと独り言を言って、喜んでいた。

「細部の加工を加え、サンドペーパーで磨いて仕上げます。手伝っていただけます？」

「お手伝いしたくて、うずうずしてたの。でも、私でいいの？」

「お願いします」

「お手伝い出来るなんて、嬉しい！」

二人は寒い中で汗まみれになって作業をした。

「色、付けた方が良いかな？」

「このままの方が良いと思うわ、彫刻らしくって」

最後にラッカーを塗って、二つが出来上がった。

一つは縦型で、太い丸太が無いため、男女一体ずつ彫って二体を組み合わせた。像は男性が女性の肩を抱いて立っている姿で、男女の間に「デュエット」と縦書きに文字を浮き上がらせた。防水処理を施せば門柱にも使える。

もう一つは横型で、白樺の木を斜めに切り、周囲は表皮を残した。施した彫り物は、五線譜の上に、音符を形取って、イタリア語でリズミカルに「duetto」と文字を浮き上がらせた。

改めて並べて見て、克美は驚いた。

「わあ、凄い！　彫刻家みたい」

「宝物にします。きっとお客さんが、沢山この山荘を利用して下さることでしょう」

そう言ってマスターは思い掛けない作品を喜んだ。そしてこの彫刻が美紀と克美に似ているようにも思った。

美紀は克美との出会いの記念を残したかった。それだけに丹精込めて心を彫り込んだのだ。マスターの勧めで、二人のサインと日付を入れた。

「嬉しい！　良い記念になるわ」

克美は歓喜の表情で言った。

子供の頃は色々と物作りをしたが、以来、彫刻もしていなかっただけに、まずまずの出来具合に美紀も安心した。


その夜、外に出た。

「あらっ？　雪」

克美の髪や顔それに肩にチラホラ雪がかかる。山荘の明かりに浮かび上がったその姿に、美紀は思わず言葉が漏れた。

「やっぱり雪の妖精？」

「えっ、何か言いました？」

「いえ…ああ、傘要りますね？　部屋に戻って持って来ます」

「ラウンジに私のが有ります。宜しかったらご一緒に…」

同じ傘に入った二人は緊張している。風呂と夕食のため、ホテルへ向かった。

「今夜は小雪。星、駄目ですね」

「いいえ、私にはお星さま一杯見えるの。宝物ね、きっと。…今日は大仕事もしたわね、楽しかった。…美紀さんといると、何をしても楽しくなりそう…このような楽しい気分、楽しい一日、生まれて初めてよ」

「今日は朝からあなたと一緒で、こんな楽しい一日、こんな気分、僕も生まれて初めてです。それに今、同じ傘の中に…こんなことって、この僕に本当にあるんだろうか？　信じられない…」

二人の視線が合った。美紀は克美の瞳が清い湧き水を湛えた泉のように見えた。抱きしめたい衝動が走った…それを振り払うように、「ウオー」と、突然大声を出した。

「ビックリしたわ、ライオンみたい」と克美は笑った。

甘く陶酔しかけていた克美だけに、美紀の突然の叫びは理解出来なかった。

ホテルに着いた二人は、風呂と食事を済ませた。そしてラウンジの窓辺に座り、運ばれた紅茶にブランデーを少し入れると、二つのカップから良い香りが漂った。

美紀は一口飲んでから、今の気分を克美に伝える。

「外は白銀と白樺林、そこに雪がチラチラ舞っている。窓から漏れる明かりに浮かび上がるその情景を、暖かい部屋から大きなガラスの窓越しに、くつろいだ気分で眺めている。その側には可愛い人がいる。こんな気分一度味わってみたかった。それが今、この時…現実に…この何とも言えない幸せな気分…」

「とってもロマンチストなんですね…詩人みたい」

「今日は最高の幸せが一度に来たから、明日からが恐ろしいです。山の後は谷しか無いから…これが夢なら覚めないでほしいな…勝手なこと言ってるね」

二人は笑った。少し沈黙してから克美が突然悲しそうに言った。

「兄は会社継ぐの嫌《いや》だと言うんです。それで…父は私を手放したくないみたいなの…」

やっぱり良家のお嬢さんだったのか、美紀は胸の奥に痛みを感じた。しかし突然彼女が、何故そんなことを言ったのか、その意味も理解出来ない。そして、美紀は克美の言葉に対して何も言えないでいる。

その後、ホテルの客に交じってダンスをした。美紀は気分が高揚して眠れなかった。


明くる日。克美の姿が見えない。どうしたのだろう。午前中、一人で滑った。昨日楽しかっただけに、一層強く味気無さを感じた。

昼食をとりデュエットに戻ると、彼女は車を洗っていた。

「たまには、お化粧してあげなくちゃね」

美紀に笑顔を向け彼女は言った。

「その車のタイヤ、ツンツルテンですね。雪道じゃ怖いね」

「ええ、そろそろ換えなくてはいけないわね」

「朝、見かけなかったけど？」

「マスターと山を下りていたの。お買い物に…」

「ああ、それで」

「お味噌汁作れなくてごめんね」

「うん、残念」と大げさに戯《おど》けて言った。


美紀は明日（一月三日）、大阪で人と会う約束をしているから、今日の午後発たなければならないことを彼女には言ってある。

楽しかった彼女との時間も終わりが近づいている。

「白樺湖のバス停まで車で送ります」と彼女は部屋に来て言った。

「え、えっ、ありがとう…」美紀は後の言葉が出なかった。

「ラウンジでお待ちしています」と言って、彼女は立ち去った。

美紀は全く期待すらしていなかったので、とても嬉しかった。

用意して部屋を出た。高揚して、ひざもガクガク状態である。美紀はマスターに挨拶をして、ラウンジの克美に声を掛け外に出た。車は綺麗になっていた。見送りのために洗ってくれたのだ。美紀は都合の良いように、そう解釈した。

美紀は助手席に乗って、克美が運転をした。タイヤにチェーンは付いてない。

「チェーンが無いと危ないね」

「ええ、でも山荘の車だから」

「送ってもらうのは嬉しいが、あなたの帰りが心配だ」

そう言っているものの、少しでも長く一緒にいたい気持ちなのだ。

この道はビーナスラインで、後ろに霧ヶ峰、車山、右には富士山、前方には蓼科山、八ヶ岳、前方眼下にには白樺湖が見え、景勝の地であり、本来ならば、風景を楽しみながら走る道であった。しかし、雪道は滑って、まともに走れない。美紀は車から降りて、後ろから押したい気分になった。

「降りて押しましょうか?」

「良いわよ、任せておいて。折角のお見送りだもの」

美紀は克美となら谷へ転落して、死んでも良いと思っている。

ノロノロ前を走っていた車がいたので、追い越そうとした時、その前走車がウインカーも点滅させず、急に右折して脇道へ入った。

追突しそうになったが、克美は「困るわね」と言っただけで、怒った表情もせず平然としている。

普通なら誰もが憤慨するところだが、育ちの良さか、品格か性格なのか、そんな克美の様子を見て美紀はますます魅了された。


何とか白樺湖のバス停に着いた。

美紀はみやげ物と一緒に、気に入ったペンダントも買った。

「これ、記念に貰って下さい」

「嬉しい…大切にします」

バスが着いた…もうじき発車の刻限…このまま…二度と会えないのか…何か言っておきたい…約束したい…喉まで出ているのに何も言えない…住所さえも聞くことが出来ない…美紀は胸が騒ぎ…あれこれと頭を巡る。

「あなたが一人で『デュエット』に戻るのが心配です」

やっと言えたのは、それだけだった。

「心配しないで」

「早く乗って下さい、発車しますよ」と車掌が促した。

美紀はバスに乗り込んで、一番後ろの席へ行った。バスは動き出した。彼女の方を見た。見送ってくれている。彼女の姿が小さくなっていく。やがて道は曲がって、無情にもお互い見えなくなった。

いつか映画で同じようなシーンを見たことがある。ロケーションも似ている。しかし、これは今、現実に自分の身に起きていることなのだ。何と辛いことなのか…。もう、これっきりと思うと、美紀の心はどうしようもない。複雑な寂しさが、とめどなく込み上げてくる。

克美も同じような気持ちであった。美紀を見送った後、寒い中、しばらく身動きもせず、見えなくなったバスの行方を見つめたまま、たたずんでいた。

美紀が心配したように、デュエットに戻るまでに、日陰になった所にアイスバーンが多く出来て、他の通行人に押してもらったりしながら相当苦労した。

しかし、その苦労は心の外にあり、気が付いた時にはデュエットに辿り着いていた。


美紀は電車に乗って席に座り、頭を窓側にもたれかけた。

そして山荘に着いて（十二月三十日）から今日（一月二日）までを回想した。成り行きに任せ、未完成の山荘に泊まったことによって、この短い間に、考えられないような経験をすることが出来た。そして、その一つ一つが充実していた。もし、あの山荘の様相を見て、怒って泊まらなかったならば、このようなことはなかった。そして、正月が迫った頃、仕事の帰りの列車内で山荘の関係者が隣席に乗り合わせて、話しかけられ名刺を渡されなければ…。更に、昨年は仕事が忙しくて年末になってもスキーの行き先や仲間も決めておらず、正月間際に決め、一人で行くことにならなければ…。その上、オイルショックでなければ…あのようなことはなかっただろう。

人生とは分からないもの…と思った。

彼女は家から出られないと言っていた…それに、良家のお嬢さんや…自分とは住む世界が違う。そう言い聞かせながらも、彼女の余韻と惜別の思いが込み上げて来て、胸の興奮が治まらない…そして、思いが断ち切れないまま、帰路大阪へ向かっていた。

大阪に戻り、行き付けの飯屋「味良し」、そして喫茶店「水車《みずぐるま》」へ立ち寄った。喫茶店はカウンターとテーブルが有り、二十人分程度の座席がある。

マスターの家族とパートの女性一人で運営していた。夜は家族だけである。

マスターは会社勤めで、重役である。あまり店に出ないが、山、スキー、カメラ等、美紀と話が合うことが多いから、美紀がいるのを見かけると側に行ったり、美紀を応接室へ案内して話し込むこともある。時には天下国家の話にもなる。奥さんは、書や和歌等文化面が好きで、美紀とは店のカウンターでよく話をする。他にマスターの母親と、娘が二人いる。姉は春子、妹は純子という。姉は大学生、妹は高校生で、二人とも可愛くて客に人気があった。

マスターの母親は店には出ず、奥の厨房で、注文の中からピラフ等、手間の掛かる物を作っている。娘達は休日や帰宅後、それに夜は店に出ていることが多い。

美紀はよくこの喫茶店へ来る。山やスキーの帰りも家に帰るまでに必ず寄る。

その日は姉妹二人で店に出ていた。店に入るなり、にこやかに迎えてくれる。

「お兄ちゃん、お帰りなさい」

美紀がカウンターへ座ると、「おみやげ頂戴」と春子が言った。

「はいはい」

美紀は微笑みながら、買ってきたおみやげをリュックから取り出して渡した。

すると、今度は「お年玉頂戴」と手を出して、続けざまに言った。

春子独特の親しみの表現である。美紀は口を尖らせ、わざと驚いた表情を返した。

「お兄ちゃん、お食事は？」純子が問うた。

春子も純子も美紀をお兄ちゃんと呼んでいる。

「もう済ませた」

「じゃあ、ジュースなら飲むでしょ」

「うん」

「特別なの作るね」

「ありがとう」

純子は色々なものを入れながら、美紀の顔を見て言う。

「酷い雪焼け、痛いでしょう？」

「うん、いつものことや」

果物で飾られたジュースが前に置かれた。

「ありがとう、飲むのがもったいないな」

真面目な顔で言うと、満足そうに微笑んだ。

「味もスペシャルよ。作りたてが良いよ、召し上がれ」

純子の顔を見ながら味わうように飲んだ。

「美味い」

商売度外視で作った飲物である。これはこの日だけのことではなく、また春子も作る。二人の使う材料は異なり味も違う。

美紀はどちらも美味しいと思う。

「今日、作ったクッキーよ。食べてみて」

純子は料理やクッキー等を作るのが好きで、色々工夫しながら試作したりする。山荘が未完成で食べ物も不自由したこと、このように美味しいジュースやクッキーは口に入らなかったことを話した。

「何処に行っても、こんな特製ジュースや手作りクッキーはない。此処だけやもんな」

「そうよ」

と言って、純子は胸を張った。

山荘でのことを思い浮かべていると、「お兄ちゃん！　ボーッとして、どうしたの？　お年玉頂戴！」と、また春子が甘えるように言った。

「皆使ってしまって空っ欠、後一カ月どう暮らそうかと思っている。春子ちゃん食べさせてくれる？」

「私に任せといて」

純子はおとなしそうに見えて、時々ドキッとするようなことを言う。

「簡単に引き受けてくれるのやな」

「うん」

「またまたボーッとしてどうしたの？」

「素敵な女性と会ってな」

「もう食べさせてあげない」

顔をにらみつけて、純子が言った。

「それは困った」

「で、どうなったの？」と春子が聞いた。

「それっきり、住所も分からないし」

「なーんだ。でも駄目ね。連絡先ぐらい聞いておかなけりゃ」

「うん、あかんたれやね」

「ね、ね、私達とどちらが素敵？」

「うーん、同じくらいかな」

「まあ、無理している」

「ところで純ちゃん食べさせてくれるの？」

「どうしようかな…」

他愛もない話をしていると、二人の母親が出て来て、みやげの礼を言った。店内の客は疎《まば》らで、静かな曲が流れている。急に疲れが全身を襲ってきて、席を立った。


アパートに戻って、自分の部屋の前に住む親友夫婦に声を掛け、帰ったことの報告をして、みやげを渡した。

「俺も今日、田舎から帰ったところや」

「今日はもう遅いから、また明日でも」

「ああ、ゆっくり休め」

この親友夫婦は、以前、二人が結婚式の時に東京で司会と新婚旅行の見送りをしたのだが、その時、一緒に見送った新婦の友人で二人の女性が大阪へ来るとのことで、夫婦と彼女らを乗せて、京都観光の運転を頼まれ、引き受けたことがあった。夫婦は独身の美紀と彼女らを会わせようとして、世話をやいてくれたことが運転していて、すぐに分かった。

　そしてまた、ある時は友人の彼が魚釣りに行って、「釣れたから、今夜食べに来い」と誘ってくれたり、奥さんからも「晩ご飯を折角作ったのに、主人は仕事で今夜帰れないんだって、美紀さん食べてくれる？」などと声をかけてくれたりする。そんなふうに常々、夫婦が示してくれる数々の好意や、奥さんが夫の親友に屈託のない気持ちで接してくれることも美紀には嬉しかった。

　美紀は荷物を部屋に置くと、閉まりかけている近くの銭湯へ急いだ。

　それにしても充分機会は有ったのに「住所さえ聞くことが出来ず、自分はあかんたれや」と克美への思いが込み上げていた。

　明くる日、美紀は取引先ＮＭ社技術部の三浦雅子と彼女の友人、島田由紀子の三人で初詣に行った。スキーに行く前から約束をしていたのである。

　車を走らせていると、雅子が美紀に問うた。

「正月休み何してたの？」

「スキー」

「私達、連れて行かないで?」と由紀子が言った。

「正月間際になって急に決まったから。でも、行かなくて良かったよ」

「素敵な女性と出会えたから?」

「うん」

「うん、だって。ヌケヌケと」

「実は宿が未完成で、不自由な上、寒くって、お二人のようなお嬢さんには耐えられない、きっと」

美紀は行った経緯と当時の宿の状態を説明した。

「それで、私達、行かない方が良いって?」と雅子が言った。

「うん」

「女の適応性は凄いのよ」由紀子が言った。

「知らなかった」

「話をはぐらかされたけど、素敵な女性って、どんな人?」と雅子が言った。

「女子大生」

「ふーん、で、どうなったの?」

「住所も、電話番号も分からない」

「それじゃ、連絡取れないじゃない」

「そう、残念ながら」

「かわいそうに…」

由紀子は笑み浮かべながら、からかうように言った。

「それなら、どこにでもある、ちょっとした出会いじゃない？」

美紀は頭を掻きながら答える。

「そういうことになるんかな」

「女性に会ったことを隠さずに、正直やね。それに、私達との約束守って帰って来たんだから、責めるの、このくらいで許してあげる」

「でも、少し変ね。様子が何時もと違うわ」雅子が言った。

「旅ボケか、疲れているんや」

スキー場への年賀電報の主は二人ではないらしいと美紀は思った。そんな会話をしながら橿原神宮（奈良県）の参道を歩いていた。

「サービスしてあげようと、振り袖を着て、めかし込んだ良い女が二人も側にいるのに…もーう…心ここにあらずって感じね」

由紀子にそう言われるほど、彼女達から見れば、いつもと様子が違っているようだ。

「そうかな」

「やっぱり彼女のこと思っているんや。失礼よ！　女には分かるんだから」

「かも知れないな…」

ふざけた格好をして、美紀はわざと合わせた。

「まあ、調子に乗って」

「そんな顔して睨むんじゃないよ。目が色っぽい」

「私、怒っているのよ」

「由紀子は良いな…美人で。目も大きくて綺麗だから、男の人には色っぽく見えるのよ。私、羨ましい」

そんなことを言っている雅子も、可愛くて魅力のある女性である。

「あら、そんなの…雅子だって…」

「僕が何時もと違うように見えるのは、お二人さんの所為かも…上がってしまって…お二人さんも普段と違うから…」

美紀は二人が口論にならないように、矛先を自分の方へ向けておきたかったのである。

「取って付けたようなお世辞、言わないで。あなたには似合わないわ」と言って、由紀子が怒った。

「さ、写真撮ろう。僕の腕は自称プロ級、綺麗に撮るからね」

「カメラ潰れるかもよ…私達を撮るのに心がこもってないと」

なおも由紀子が絡む。気楽に約束したものの、二人にかかってはタジタジなのだ。

二人とも二十四歳で、もう会社で男性にも慣れていた。

夕刻、彼女達を送ってから、その足で親の待つ三重県の田舎へ向かい、田舎で一泊して、正月休暇は慌ただしく終わった。


また、仕事で忙しい日々が始まった。

スキー場や初詣の写真が出来てきた。克美も綺麗に撮れている。写真を見ながら、ますます思いは募《つの》るばかりで、何としても交信してみたいと思った。美紀は考えた末、デュエットのマスター宛に礼状と彼女の写真を同封して、転送を託し郵送することにした。早速実行して、返信を待った。

年初は余分なことも多くて忙しい。

仕事の取引先へ、新年の挨拶を兼ねた打ち合わせのため会社回りをした。NM社の受付で由紀子にも会って、初詣の写真を渡すと、今度はしおらしく「ありがとう…流石ね…この前はごめんね」と言って、小声で、「お食事でも、御一緒に」と、耳打ちしてきた。

美紀は当惑しながら、すぐには言葉が出ず…タイミングがズレた。

「光栄です…そのうちに」と答えると、それが彼女には純情で可愛く見えたようで、満足気な表情をしていた。

それからしばらくの間、美紀は事務所での仕事が続いた。事務所は中小企業の多い、東大阪にある。仕事で知り合って、懇意になった鉄工所の社長から三階の一室を借りたのである。美紀と鉄工所の面々は、お互い技術相談や仕事での繋がりもあった。

事務所には仕事仲間が一人いる。二人は仕事で知り合い、馬が合うというか、同居に抵抗は無かった。お互い独立しているから適当な距離感が保てる。一方、共同で借りることによって、経費の節約や援助し合える利点、それに孤独に陥らない効果もある。場所こそ違うが、仕事仲間は、この他にも何人かいて、お互い助け合っていた。室内は、それぞれの机、ドラフター（製図器）、図面棚、そして共同の本棚、資料棚、湿式のコピー機、電話機、それに応接、打ち合わせ、食事などを兼ねたテーブルと椅子があるだけで簡素である。

克美からの待ちに待った返信が来た。たおやかな女らしい文字で書かれている。

美紀さま

お手紙と写真ありがとうございました。

短大から帰って私の部屋に入ると、机の上にデュエットのマスターからの手紙が置いてありました。中を見て、思いがけなかっただけに、嬉しくって…思わず飛び上がってしまいました。

だって、あなたからのお手紙と写真が入っていたのですもの…

マスターが転送して下さったのです。

正月以来、随分時が経ったような気がして、懐かしくって、何度も何度も読んで、お手紙と写真を抱きしめました。

これでご住所も分かり、お手紙を書くことが出来ます。

でも、何から書こうかしら？…落ち着きません。

白樺湖でお別れした時、住所さえも聞いていただけず、これが最後かと悲しいお別れでした。バスが見えなくなっても、しばらく呆然として、たたずんでいました。

あなたがお帰りになった明くる日、私も名古屋へ戻りました。

今度は女らしく振り袖を着て、家族で初詣に行きました。

我が家の恒例行事のようなもので、毎年元日にお参りするのですが、私に合わせて、遅くなってしまったのです。

先日、成人式にも参加しました。でも、何だか淡々と済んでしまって…

短い間だったのに、スキー場での充実したあれこれが凄く懐かしいです。

雪道の車の運転は、あなたのご忠告だけにもう止めます。

心配していただいて、とっても嬉しいです。

私は只今試験中です。お勉強そっちのけで、あなたへの手紙を書いています。

今日まで力が入りませんでした。

あなたの口癖じゃないけれど、「何とかなる、何とかする」あなたの応援と力をいただいたと思うと、急に力が湧いてきました。

ゆううつな気持ちも一変しました。

今日から頑張ります。

嬉しい気分のまま、二人で眺めたお星さまを窓越しに見ながらペンを置きます。

おやすみなさい。

一九七四年、正月吉日　　　　　克美

嬉しい内容だった。美紀は早速返事の手紙を書いた。

克美様

早速のお手紙、とっても、とっても嬉しいです。

それに僕の手紙、喜んでいただいて、部屋で一人飛び上がって喜んでいます。

あのままお別れして、そのままになっていたら、気が狂いそうでした。

返信いただけるのかも不安でした。

とても嬉しいのですが…試験中に、手紙書いていて良いのですか?

そんな大切な時間に…


白樺湖で見送っていただいて、あの後も、あなたの余韻が残ったままで、あの時の一秒一秒が絶え間なく蘇ってきます。そして、あなたのことが、まるで雪達磨を作る時のように、大きく膨れ上がってゆくのです。

短い間だったけれど、あなたとの、あの数日は、映画やドラマの良いシーンばかり集め、凝縮したような…僕にとって到底ありえない、信じられない、夢のような出来事でした。

夢なら続きを見てみたい…そんな心境です。

帰阪して以来、仕事にも身が入りませんでした。いつもの僕と様子が違うので、周囲の人から、色々なことを言われていました。

明日からはきっと良い仕事が出来ると思います。

書きたいことが沢山あるのに、いざ手紙を書こうとすると、何を書いて良いのか、頭が混乱しています。

もうこれ以上書くと、何を書いてしまうか分かりません。

今日はこのくらいにしておきます。

一九七四年一月二十五日　　美紀

手紙は口で言えないことも書きやすい。しかし、これ以上のことは書けない。その後の手紙では、お互い差し障りのない文面になった。文通は楽しいはずなのに、不安が離れないのである。

名古屋に住んだことのある友人が言うには、彼女の通っている大学は、名古屋一のお嬢様校だという。彼女と交際を続けたいが、やはり住む世界が大きく違うのでは？…家柄、学歴、収入等から引け目を感じる。更には「兄が会社を継ぐ気ないから、父は私を出したくないらしいの」と、彼女が言ったことが脳裏から離れない。折角交信が出来るようになったのに、美紀は悩みに悩んだ。

深入りしない方が傷は小さいのではないか？…これほどまでに恋い焦れる女性と出会ったのに、初恋の結末の苦い過去があるだけに、同じ繰り返しで、惨《みじ》めな結果に終わってしまうのでは？…特に今回はそれが明らかのように思える。

好きに理由は無い。美紀自身、常々高潔、かつ品格を高めるように心掛けて生きてきたし、良家のお嬢さん育ち云々ではなく、心の品格とでも言うか、さりげなく出る品性の良さ、そしてゆったりした雰囲気の女性が好きである。しかし彼女も良家のお嬢さんに違いなく、この付き合いは、お嬢さんの気まぐれではないだろうか？…その上、彼女がこれから勤める商社のN社と言えば、大手銀行と並んでステータスはエリートコースの代名詞のように言われている。克美が今、本当に美紀のことを思ってくれていたとしても、克美の気が変わるのではないか…あれこれ考えたりもした。

その後、三度ほど楽しい手紙の交信があったが、美紀は仕事の忙しさもあって、手紙を出す回数が減ってしまった。克美からの手紙も来なくなり、美紀から手紙を出すのも臆病になっていた。

名古屋の克美は、会社に勤めるようになってから、覚えることが多く、夜遅くまで慣れない仕事で忙しいため疲れていた。

仕事は伝達、伝票処理、コンピューターへの入力、コピー、タイプライター打ち、電話業務、お茶入れ…等、女の子としか見てくれず、男性社員の補助が多くて満足出来ない毎日で、心身ともに疲れが大きい。これらのことも正月美紀と会っていなければ従順に受け入れていたかも知れないとも思う。

あの時、デュエットの作品（看板）を彫る美紀の手伝いをして、二人で仕上げた楽しさがどうしても思い浮かんでくる。見てる間に形を作っていく、その手際の良さに、克美の気分も乗ってきて、自分にも出来るような気分になった。ウズウズしていた時、克美の心を見抜いているかのように、手伝ってほしいと声を掛けられ、出来上がった時、克美は二人で仕上げた気持ちになった。仕上げも大変な作業だったが、疲れ等無く心から楽しかった。「今と大違い」と思う。彼には飾り気のない誠実さ、優しさ、年齢の差も感じさせない純朴な温かさがある。

彼の側なら自然体でときめいていられる。それに、私との出会いを心から喜んでいてくれた。彼の側にいたい。彼を思うと、生まれて初めて、不思議な、そして幸せな感情が湧いてくる…。

克美の親はいずれ相応の婿養子を迎え、後を継がせるつもりでいる。素性の分からない男性との付き合いは到底許し難い。それに、ぼちぼち縁談も出始めている。

このまま自分の気持ちを殺して、素直に養子を迎えるか…あれこれと考えるが、ますます美紀を思い、諦めきれない。文通は止められ、美紀からの手紙も来なくなって、すっかり元気を無くしていた。

春になって週末、美紀は何時もの飯屋で夕食を取り、喫茶店水車へ入った。入り口で新聞を取り、奥まった隅っこに席を取り、新聞を見るでもなくボケーッとしている。

「お兄ちゃん、こちらへいらっしゃい」

春子が顔の所へ手を持っていって、掌を曲げ伸ばしして、戯《おど》けながら手招きしている。

美紀はカウンターへ行った。

「フルーツジュースで良いんでしょう?」

「うん」

「隅っこで一人ボケーッとして、お兄ちゃんらしくないわよ。最近どうしたの?」

「落ち込んでるんや…慰めてくれるの?」

甘えた口調で切り返した。

「さあね、どうしようかしら」

「じゃ、言うのよそう」

「うーん、やっぱり慰めてあげるから、言いなさい」

戯けて泣く真似をしてから、元気なく「振られたの」と言った。

「うっそー、どなたに?、女の人と会ったって住所も聞けないくせに」

「そうやな、あかんたれやもんな」

「じゃ、もう私に決めておきなさい」

「冗談言うなよ。あそこでお母さんが睨んでるよ」

「結構本気だったりしてね」と言ってから、突然、大きな声で「美紀さん振られたんだって」と母親に向かって言った。

「おい、おい止《よ》してくれよ」

「少しは元気になった？」

すると、今まで黙って何かを作っていた純子が会話に加わる。

「お姉ちゃん、私だって居るんよ」

「純子はまだ子供よ」

「イーダ…お姉ちゃんより大人なんだから」

美紀が戸惑っていると、

「これ特製サンドイッチ、美味しいわよ」

純子は飾りも付けた見栄えの良いサンドイッチを美紀の前に置いた。

「うあ、凄いな」

「食べてみて」

「なんだかもったいないな、食べてしまうの」

そう言いながら口に入れた。

「美味しい…やっぱり純ちゃんは上手やな」

「でしょう…お姉ちゃんには作れないんだから…」

「二人して、世の中には沢山、女性がいるって、慰めてくれてるんだね」

美紀は納めどころを探して言った。

「そう、そう」と春子も合わせた。

「やっぱりここは良いな」美紀が言う。

「でしょう、浮気は駄目よ」と春子は言った。

「はい、はい」と美紀が言うと、「はいは一度で良いの」と純子が言った。

夜も更けてきた。美紀は席を立った。サイフォンから足止めを誘うようなコーヒーの香りが漂っている。美紀は外に出た。夜風は肌に心地良いのに心は沈んでいる。

あきらめようと思っても、また思いが込み上げてくる。

あれは夢だったのか？　夢でも良い…もう一度見てみたい…ともかく、もう一度あの地へ行ってみよう。

二、ロマンの地

美紀は克美に見送ってもらった白樺湖でバスを降りた。

当時、氷結していた白樺湖も美しい水をたたえ、雪に覆われて真っ白だったバス停も素顔になっていた。高所の日陰では、まだ雪が残っている箇所もあるが、視界に入る道にはもう見あたらない。あの時と風景は一変していた。

美紀はリュックを背負い、車で、彼女に送ってもらったビーナスラインを、車山高原に向かって歩いた。当時のことが、今進行しているかのように、胸に込み上げてきて、その感傷が目を潤ませた。向かってくる微《かす》かな風の中で聴こえるピアノの調べに誘《いざな》われているかのような心地で、当時の夢に浸《ひた》りながら、更に歩き進んだ。

山荘デュエットはひっそりとして、ピアノの音は願望に過ぎなかった。

玄関の上には美紀と克美が作った横看板が取り付けられている。戸を静かに開けると、カウンターにマスターがいた。その横側に、二人が縦に彫った男女の立像が大切そうに飾られている。マスターは身体全体で喜びを表した。

「うわっ、懐かしい…よく来て下さいました」

「二、三日お世話になります」

「ありがとうございます…でも…この時期に？」

「無性に来てみたくなりまして」

「どうぞ、ごゆるりとなさって下さいませ」

「完成しましたね」

「何とか格好がつきました」

「看板大切にしていただいて光栄です」

「お客さまに評判良くて、何とお礼申し上げて良いやら」

「喜んでいただいて良かったです。あっ、正月には手紙の転送、ありがとうございました」

「いいえ…あれしきのこと」

互いに、正月のことを懐かしんだ後、

「まずはお部屋にご案内致します」

二階に上がって、

「落ち着けそうな良いお部屋ですね」

「ありがとうございます」

一通りの説明をしてマスターは出て行った。

あの様子じゃ、あれ以来彼女は来ていない。勝手な願望は返って悲しくなるだけだ。詮無いこと…二、三日思いっきり思い出に浸って、後は気分を切り替えなくては哀れなだけやと、自分に言い聞かせた。

美紀は近辺を散策したり、バイオリンを弾いたり、鍵盤を叩いたりしてボンヤリ過ごしている。哀愁を帯びたバイオリンの音色にマスターは美紀の心を察していた。

三日目の昼過ぎ、挨拶と支払いを済ませ、デュエットを出て、予め聞いておいたバス停へ向かった。バスが来た。

その頃、克美は車でビーナスラインに入っていて、発車したばかりのバスとすれ違い、デュエットに着いた。外にいたマスターが挨拶抜きに、克美に言う。

「林美紀さんが、たった今、発たれました。お会いになりませんでしたか？」

「えっ…車で？」

「バスです」

「きっと先ほどのバスだわ」

言うが早いかバスを追った。白樺湖を過ぎ、幾つかバス停を越えた後、やっとバスに追いついて、次のバス停まで先回りして、バスの中を見た。美紀はいない。運転手に尋ねると「そんな人、乗降していない」と言う。このバスに乗らなかったと思うと、克美は焦った。早く戻らなければ探す範囲が広がってしまう。急いで戻った。

この時期バスは少ない。他のバスには会わなかった。誰かの車に乗せてもらったのだろうか？…探しながら霧ヶ峰まで走ったが、見つからない。風呂と食事に通ったホテルの中も探した。車山かも知れない…最後の望みを抱いて、克美は二人で休憩したところまで歩いて登った。ここにもいない。落胆してデュエットに戻った。

車のドアを開けた克美は懐かしいバイオリンの音色に包まれた。

その音色は克美を安心させ、陶酔させるのに十分な哀愁を帯びていた。美紀はバスに乗らず、スキー時、克美と休憩した車山の山腹まで登り、少しの間過ごした後下山した。その後、克美が登ったのである。美紀がデュエットに戻った時は従業員だけで、マスターはいなかった。

美紀は克美が来たことに気付かなかった。

克美は誰もいない玄関を素通りしてラウンジに入ると、窓辺で椅子に座った。懐かしい美紀が一人でバイオリンを弾いている。はやる気持ちを抑え、克美はそっとピアノで伴奏し始めた。美紀はピアノの伴奏を、また幻想だと思っている。

ピアノの伴奏が加わって、デュエットになった演奏は見事に一体化し、美紀もますます深くその世界にのめり込んでいった。二人は他人が入って来たことにも気が付かず演奏している。

演奏が終わると美紀は、側に涙ぐんで立っている克美をボーッと眺めた。

「あ〜あ、とうとう幻まで見るようになってしまった」

「幻じゃないわよ…現実なのよう…ほら、私よ」

我に返った目の前に、愛しい顔がある。バイオリンを置きながらゆっくり立ち上がり、克美を見つめた。克美は思い詰めていた上に、探し回った後だけあって、感情も一入《ひとしお》である。

「バカバカ…バスを追いかけて探し回ったんだから…」

甘えるように、両手で美紀の胸を叩いて、目には涙が溢れている。

思い詰め、そして、それも詮無いことと…そして、もうその思いを絶ち切ろうとした彼女が、今、現実に自分の胸に飛び込んで甘えている。美紀は一層膨れ上がった愛しさに、積もりに積もっていた思いを込めて抱きしめた。

「ごめん、ごめんね…もう会えないかと思ってた。車山のあなたと休憩した所に行っていたのです…最後の見納めに、明日、改めて車山の頂きへ登ってから帰ろうと思い、戻って来たんです…戻って来て良かった」

美紀の目にも涙が溢れていた。見つめ合って、顔が近づいた時、人の気配に気付いた。

二人はゆっくり離れた。美紀は改めて確認するように言った。

「また会えたんやな…」

「ええ、嬉しいわ。とっても…」

同じ気持ちだったのだと美紀は思った。

「お父さん、よく出して下さいましたね」

「今度は父も反対しなかったのです」

「私の沈んでいる様子を見て、ここから帰った後のように、いつも生き生き輝いていてほしいって」

美紀と克美は互いに手紙を出さなかった理由を話した。

「ここに来たら…きっとあなたにお会い出来ると…」

「僕はせめてもう一度あの夢を見て、あの時の気分に浸りたかった…来て良かった」

「でも、あのままあなたが帰っていたら、入れ違いになるところだったわ」

「全く…実は…僕は五月の連休に来たかったのです…もしかしたら会える…その確率が高いと思って…ところが急ぎの仕事が入って一週間ずれてしまいました…その時は、こんな時に仕事が…と、思いました…でも、考えてみれば、正月あなたと会えたのも、厳しい状態を成り行き任せにしたからですよね」

「私も連休に来るつもりだったの…でも、母が体調を崩し…ずれてしまって…新入社員だから、お休みも取りづらくって…なんとか土日を絡めて週末に一日もらいました」

「きっと会える運命だったのやな、大切にしなくては…」

「ええ」

「でも、あんなに悩んだのに、すんなり会えてしまった。簡単すぎるほど…こんな幸運、今後何か起こりそうで、恐ろしいぐらいです」

克美は大きな瞳に涙を溜めたまま、ゆっくり首を振った。不幸なことなど起こるはずがない、私が起こさせない。そう思ったのである。そして、たとえ会えなくても、美紀がここを訪ねた痕跡があったり、自分がここに来れば、再び手紙を出すきっかけにもなると考えていた。それにしても…克美も強い絆を感じた。

「外に出ましょう」

「ええ、ちょっと待って…着替えて来ます」

克美は美紀の隣の部屋を頼み、従業員に案内された。

美紀は待っている間、彼女も思ってくれている至福感に包まれ、込み上げてくる熱い思いを感じ、そして、全身が得体の知れないものに支配されているような心地になった。

克美はスポーティなスタイルからワンピースに手早く着替え、髪や化粧を直して美紀の元へ戻った。克美を見て、大きな美紀の眼がますます丸くなった。

よく晴れているが、高所でもあり、まだ風は冷たい。今は季節の変わり目で観光客の姿はまばらである。二人にとっては連休からずれたことが幸いした。克美の車で、ビーナスラインを走り霧ヶ峰高原へ着いた。見渡す限り、なだらかな起伏の草原で、日陰など所々に残雪はあるものの、淡い緑が全体を覆っている。

芽吹いた高山植物の側に腰を下ろした。

「まあ、可愛いお花」

「本当は採っては駄目なんだけれど、あまり可愛いので失敬して」

美紀は早咲きの一輪を摘んで、克美の髪に飾った。

「悪い人…でも…似合います？」

「うん、とっても可愛い」

「嬉しいわ。女ってね、高価な物より、こんなプレゼントが嬉しいものなのよ。ありがとう」

「うん…良かった…写真にでも…あっ…カメラ忘れた…リュックに入れたまま」

「このかんざし撮れないわね。でも、写真なんか要らないわよ。今日のことは直接心に焼き付くから…」

「そうですね。しかも連続した映画のシーンのように…」

「素敵なことね」

今の二人には、カメラだけでなく言葉もあまり要らない。側にいるだけで幸せな気分なのである。

しばらく散策してから、美紀の運転で白樺湖へ向かった。正月と違い雪も無く、すぐ湖畔に着いた。山中の湖はよりロマンを感じる。

「ボートに乗ろう」

正面に座った克美は、正月とは違い、白色のワンピースを着てますます女っぽく見え、美紀は恥ずかしくて目を伏せてしまう。そして、克美の胸には、正月ここで彼女にプレゼントしたペンダントが飾られている。しばらく黙ってボートを漕いで、天に昇る幸せを感じていた。つい三時間ほど前の心とは、天と地の違いがある。心はこんなにも変わるものかと、しみじみ思った。

「寒くないですか？」美紀は言った。

「いいえ、ちっとも」

美紀は自分の来ていた上着を克美の肩にかけてあげた。

周囲が深い山で、絵のような美しい自然に包まれ、今、不思議なほど風も波も無い水面《みずも》は周囲の風景を惜しげもなく映している。その中にボートを浮かべ、このような美しい、そして思い詰めていた愛しい女性と二人っきりで、大自然どころか幸せまで独占している自分…美紀は今ここで生きている実感を強く認識した。この二人の至福の世界、いつまでも続くようにと、祈りを込めて、波立たせないようにゆっくりオール（櫂《かい》）を漕いだ。

「このような幸せ、二人で独占して良いのかしら？」と、克美が言った。

克美も同じことを考えていたのだと美紀は思った。

「同じこと、感じていたのですね。山が高いほど谷は深いと言いますから、これからが何か悲しいことが起こらなければ良いのですが…」

「また、お山の例えですね。お山がお好きだから」

「これしか知らないんですよ」

二人は笑った。幸せな笑い声は、静かな山や林の中に吸い込まれていった。

木々が芽吹き、白かった山全体が淡い緑色の世界に変わろうとしている。その中を手をつないで歩いている。

「ここも二人の世界ね」と、美紀の顔を見ながら克美が言った。

「ほんの先ほどまでが嘘みたいです。本当に来て良かった」

「私もよ」

太い白樺の木に触ってみた。

「お正月早々、このような木にお彫りになったのね。あの時、私、本当に驚いちゃったの。専門の工具が無い中で、丸太が見てる間に芸術品に変わってゆくんですもの。美紀さんのことをレオナルド・ダビンチ以上の天才だと思ったわ」

「大げさ過ぎますよ」

「いいえ、正直に思いました」

「ありがとう。何だかその気になりそう。つい調子に乗ってしまう」

二人は笑った。

「お正月、ここへ友達三人で来て、二人は先に帰ったと言っていたでしょう。私ね、美紀さんと過ごしたこと、名古屋に帰ってから話したら、彼女たち悔しがっていました」

「そう…楽しかったからな…」

二人が歩いている白樺に包まれた林は、何もかもが新鮮で美しく見え、長閑である。初めて小鳥の声に気が付いた。

「あっ、あそこに小鳥がいる」

「何処に？」

「ほら、あそこ」

美紀が腕を上げ、小鳥のいる方へ指を向けた。克美は美紀の腕に顔を添わせ、その方向を見た。

「あっ、見つけたわ。カップルね。私達みたい。可愛い小鳥ね」

「僕達二人だけじゃなく、彼等もいたんだね」

「あっ、キスしてる…」

言ってしまって、克美はきまりが悪そうに美紀の方をゆっくり見た。美紀も克美を見た。克美の顔が間近に有る。少し見つめ合って、「僕達も…」と言おうとした時、克美は目を閉じた。美紀は克美の両肩に手を置いて顔を更に近づけた。克美の身体は小刻みに震えている。ためらいながら、ぎこちなく唇で花のような唇に軽く触れた。

しばらく見つめ合って、もう一度唇を重ね、優しく抱き寄せた。二人の足元には、木漏れ日がかもし出す万華鏡にも似た模様が、ゆっくり揺れている。その後、女神湖をドライブして、デュエットへ戻った。

夕食後、外に出て美紀に克美が話しかける。

「あの星は美紀さん、ミキちゃん、ノリちゃんかしら？」

親しみを込めて言った。

「じゃあの星は克美ちゃん、カッちゃんかな」

美紀は彼女に合わせた。

「違うの、あれじゃなくて、あの可愛く輝いているお星さまよ」

顔を見合わせて笑う。そのまま見つめ合って顔を近づけ、ほほを合わせ、美紀は抱擁するように克美を抱きしめた。正月の出会い以来、思っていてくれたのだ。夢ではなかったのだ。お互い幸せを噛みしめた。

「これからは僕があなたを守る」

「ありがとう。嬉しいわ。私だって、あなたを守るわ」

「ありがとう」

満天の星の瞬きに見守られ、腕を組んだり、肩を抱擁しながら周辺を歩いた。

デュエットに戻ると、「とっておきの」と言ってマスターがおすすめの場所を教えてくれたので、迷わず明日の行く先が決まった。


明朝、二人はテーブルに着いた。

味噌汁の付いた和朝食が出た。懐かしい味である。

「美味しい、美味しい」と美紀は何度も言った。

美紀はすぐに克美の手料理だと気が付いた。普段、ここの朝食は洋食なのだが、マスターの計らいで、厨房へ特別に克美を入れてくれたのだ。

外に出ると霧が出ていた。

今日に限らず高原の朝は霧の発生する日が多く、そして冷える。ドライブを続け、八ヶ岳の一峰、天狗岳の北方十キロメートルほど、いわゆる北八ヶ岳山中をくねりながら貫く二九九号線の麦草峠を過ぎた辺りに車を止めた。デュエットを発つ時はまだ霧が残っていたが、もうすっかり霧も無くなり、暖かい陽差しが辺りを包んでいた。

二人はマスターに借りた長靴を履き、美紀はナップサックを背負って案内板に従い、木立の山道に踏み入った。少し進むと、樹齢数百年は経っているだろうか、コメツガ、シラビソなどが乱立する針葉樹の原生林になった。樹木の根は溶岩で起伏した地面を這って、異様な生え方をしているものが多い。

　そして、それら一面を残雪が覆っている。雪が溶けたところには苔が見える。今の時期、この辺りはまだ残雪が多い。

「凄いわね、別世界に入り込んだみたい」

「うん」

　高所から湿った冷気が降りてくる。手をつないだまま更に進むと、視界が開け「白駒の池」と書かれた立て札を見つけた。そして、その前方から池が目に飛び込んできた。出入りはあるが、おおよそ矩形状で南北四〇〇メートル・東西五〇〇メートルはあるだろうか、池というより、雰囲気的には湖と言った方が似合っている。水際には粗作りの小さな木製桟橋と一艘の小舟、そして、畔には赤い屋根の山小屋がある。

「わあ…カナダみたい」

　よく写真で見る森と湖の印象が強いカナダに似た風景である。

「白樺湖の周りとは全然違うな、こんな所も有るんや…」

　立て札の説明書きによると、標高二一一五メートル。二一〇〇メートル以上では日本最大の天然湖と記されていた（ちなみに水深は約八・五メートル）。高所だけに水は澄み、冷所独特の新鮮な美しさがある。この時、太陽の位置がちょうど逆光になり、わずかに吹く風の波に乱反射して、湖面でキラキラ輝く眩しい光線は、まるで幻想の世界をより演出しているように思えた。

「わあ、素敵。やっぱり別天地！」

「凄いね。太陽の位置、ジャストタイミング！」

「私達にダイヤモンド以上の輝きをプレゼントしてくれてるみたい…」

「有り難いね」

「ほんとに…」

「こんななのに、四月末でも、まだ、湖面が氷結している時があるとマスターは言っていたね」

「ええ」

「その光景も素晴らしいだろうな」

「ええ、きっと」

「花の咲く頃や濃い緑の頃、それに紅葉の頃も…」

「眼に浮かぶ見たい。また、来ようね」

「うん、湖を一周してみよう」

残雪の多い山道を進んで、更に歩むと、原生の密林に踏み込んだ感覚になった。残雪が多い上、木の根が無数に露出して歩きにくい。美紀が手を取って助けるが、甘い雰囲気という生やさしいものではない。

一息つき、樹木の間から湖を見るとカナダ的雰囲気は一層増した。青空、山、樹林が湖面に映り、目を移せば赤い屋根の山小屋と小舟が見える。更に、眼をパンすれば、先ほど側を通った青い屋根の山小屋が湖畔の樹木の陰に隠れ、遠慮がちに見える。静けさに包まれた深山の神秘的とも思える湖の光景である。

「まあ綺麗！」

「マスターが勧めるだけのことはあるな」

「ほんと、素敵な所ね」

この光景の中に、今、まさに二人でいる。夢を見ているような幸せに、二人の瞳が合った。

夢路を更に歩いて、やっとのことで一周した。距離は大したことないが、かなり時間がかかったように思う。二人は元の山小屋の近くに戻った。そして横たえた太い丸太を見つけ腰を下ろした。ここは日当たりが良く、残雪もない。他に人影は見えない。

「この頃、まだ工事中の所も有り、路面は悪く、その上、オフ・シーズンということもあって観光客は少なかった。山小屋の宿泊客は山好きの八ヶ岳登山者中心である。

この後、何年か経て、道も良くなり、この国道二九九号線も正式に開通して観光客も増えた。そして、白駒の池の畔や周辺も整備され、便利になる」

弁当を広げた。

「おーっ、綺麗や。美味そーう」

「どうぞ、召し上がって」

「いただきまーす」

ほおばって、

「やっぱり美味しい、幸せな気分です」

「嬉しいわ、喜んでいただいて。お飲み物は…お茶が良いですか？」

「うん」

一般的に、お嬢さん育ちだと料理が出来ない女性が多いが、克美は違った。厳しく育てられたのだろうか？　あるいは料理は好きと言っていたし、料理だけでなく、家事をしようとする本人の資質なのだろうかとも美紀は思った。

「いつかあなたが作ってくれる食事が毎日食べられる時が訪れるのだろうか？　夢みたいな日々が送れるのだろうか？」

「きっとそうなるわよ。二人の心が結ばれているかぎり」

「このような所に二人で住んだら、僕だけのあなたに出来るのにね。あなたはきっと誰にでも好かれるから」

「私も同じこと考えていたのよ。でも…ここでは生活出来ないみたいね」

「二人とも仙人にならなけりゃ駄目だね」二人は笑った。

「ところで女の仙人っていたかしら？」

「どうだったかな？　そう言えば仙女という字は見たことがあるけれど…一般的にあまり聞いたことないな。克美仙人が初めてになるかも…」

「夫婦仙人ね…でも、漫画で見る仙人は杖を持って、長い白髪に長い白髭よ」

「二人でにわか老人になるか…」

「折角新婚生活に入っても、いきなり老人夫婦じゃねえ…」

大笑いになってしまった。

小鳥のさえずりが聞こえ、見上げると青空の中を二羽の小鳥が飛んでいる。

「僕達もあんなふうに飛べたら良いなー」

「そうね…ふふふ…でも、子供みたい」

「時折言われるなー似たようなこと」

美紀に熱い眼差しを向け、

「それ女の人でしょう？」

を見上げた。

「うん」

「やっぱり…用心しなくっちゃ」

「うん？」と言って、克美に視線を向けた。

「ううん」

ふと湧いた嫉妬…克美は気持ちを切り換えるかのように、かぶりを振って、また空を見上げた。

少し経って、何か思い浮かんだかのように、美紀がクスッと笑った。

「なに？」

「僕が空を飛んでいる様が頭に浮かんだ。人がこのまんまの格好で空を飛び交っていたら気味が悪いもんな…」

美紀は小鳥を真似、両手をバタバタさせて、滑稽な格好をした。二人は顔を合わせて、吹き出した。

山荘デュエットへの帰路、大粒の雨が降ってきた。山深く、赤土混じりの砂利道で、雨が降ると走りにくい。克美は注意深くハンドルを握っている。

「あんなに晴れていたのに…」

「全く…山の天気は…女心と…」

「まっ」

「ごめん」

強い雨がフロントガラスを激しく叩いている。

「にわか雨か…」

美紀は話題を変え、思い出しながら、ぽつりぽつりと話し始めた。

「いつだったかの夏、女性を含む八人のパーティーで比良山（琵琶湖の西）へ登った時のこと…雲行きが怪しくなってきたので、早めにテントを張ったまでは良かったんだけど…あまりにも激しい夕立に、テントの中から覗いてみると、渓流が急激に増水していて、冷やしていたスイカや果物がぷかぷかと流れ出したんだ。折角の御馳走が流れてしまっては大変と、僕達数名がテントから飛び出し、渓流に入ってスイカをかき集め、抱えて安全な所へ運んだ…」

「慌てている様子が目に浮かびそう」笑いながら克美は言った。

「お陰で、ずぶ濡れ…」

「あーあー」

「夕立が去るのを待ったが、なかなか止まない」

「それで？」

「テントの中で食事の用意。これからが、また大変」

「なんで？」

「テントの中で泣かされた」

「えっ？」

「タマネギ、カレー用の」

克美は笑った。

「調理が終わった頃、ようやく雨が止み、月明かりの下での夕食になり、めでたくスイカのデザートも口に入ったというわけさ」

「美紀さんは、色々と楽しい経験してるのね。羨ましいわ」

少し弱まったとは言え、車は強い雨の中を走っている。

「あれ何かしら？」

飛び立てないまま、道端で羽ばたいている小鳥を見つけたのである。

「止めて！」

言うが早いか美紀は車外に出た。そして小鳥を両手のひらで包むようにして戻った。

「怪我でもしているの？」

「分からない」

「何という小鳥かしら？」

「全く知識がない」

「黒に近いグレーかしら？　あまり綺麗じゃないわね」

「うん、醜い小鳥や」

そう言いつつも、美紀はタオルで包むようにして、丁寧に小鳥を拭いている。

「美紀さん自身も拭かなくちゃ」克美は美紀の顔や頭を拭いた。

「お洋服も着替えなくっちゃ」

「そのうち乾くさ」

「風邪ひくわよ」

「大丈夫、暖房しているし」

「でも心配…また濡れちゃったわね。スイカの時のように」

そう言って笑い、車を発走させた。美紀は小鳥の身体を調べている。

「ダニかな？　小さい虫が身体中にへばり付いている」

「ダニ？　嫌だ。身体中、何だかムズ痒くなってきたわ」

美紀は笑いながら、一匹一匹摘み取っては車外に捨てた。そして小鳥を手のひらで包むようにして暖めた。そうこうしているうち、「やられた」と言った。手のひらへ糞をしたのである。克美は運転をしながら笑っている。

小鳥は元気になってきた。美紀は、助手席で指に留まらせたり、肩や頭に止まらせて遊んでいる。暗い所を通ると小鳥は落ちる。踏みつけてはいけないと、美紀は探しまわり、また肩に留まらせる。

「元気になったみたいね」

「うん、しかし、このまま連れて帰れない。飛べるかな？」

しばらく走っているうちに、雨は小降りになっていた。車を止め、二人は外に出た。斜面の岩間から流れ出ている小さな水場を見つけたからである。車外に出ても、小鳥は美紀の肩から飛び立とうとはしない。

「雨水かも知れないな」

そう言いながら、美紀は小鳥を指に留まらせ、片方の手のひらに水を溜めて、小鳥の口元へ差し出した。しかし飲まない。小鳥を肩へ移し、車へ戻った。小鳥は美紀の肩に留まったままである。

「すっかり、気に入られたわね。その小鳥、女性じゃない」

克美がからかう。

更に、しばらく走って売店を見つけ、車を止めた。雨は止んでいた。肩に留まらせたまま、二人は売店へ入って行った。暗所を通った時、小鳥は入って来た明るい入り口の方へ、そして外に飛翔した。二人も後を追って外に出た。

二人が見守る中、小鳥は力強く、高々と舞い上がり、遙か頭上で大きく旋回した後、みるみる遠くへ飛び去って行った。

「私達にお礼のつもりかしら？」

「さあ？　方向確認かも知れない。でも、元気に飛んで行ってくれて良かった」

克美は美紀が小鳥を助けようとする優しさが嬉しかった。


明くる日の朝食後、車山高原スキー場にいた。シーズンオフのため、リフトは動いていない。頂まで登らず、正月、二人で休憩した所まで登ることにした。

一昨日入れ違いに登った所である。スキーをした時に感じたよりも急な登りで、その上、この辺りは陽当たりも良く、雪が無いため、むき出しになった植物が行く手を阻み、歩きにくい。結構距離もある。当時の場所に着いた。天候も味方し、あの時のように遠くの山々まで展望がきく。少し会話した後、思い詰めた顔をして、遠慮気味に美紀は言った。

「お願いがあるんだけれど？」

「なあに？」

「ヒ、ザ、マ、ク、ラ」

克美は一瞬驚いたが、腰を下ろし、

「どうぞ」

美紀は恥ずかしさもあり、ぎこちない動きで克美の太股に頭を載せた。

「良い気持ちや。一度味わいたかった…こんな風景の良いところで…最愛の人の膝で…幸せや！　…最高の贅沢や…余は満足じゃ…」

まぶたを閉じて、しばらく幸せを噛み締め、やがて遠くを望みながら、

「ふふふ…あの富士山だって…」

「えっ、なあに？」

富士も妬く　六千尺で　ひざ枕

と、静かに詠んだ。

「それ誰の句なの？」

「僕の…今、作りました。愚作で失礼」

「ううん、良い感じよ。よく詠まれるのですか？」

「時折、言葉を五、七、五に並べる程度…自分で創作しても、既に誰かが詠んでいるかも知れないけれど、この句だって…」

「創作、お好きみたいですね。機械の設計なさっているのでしょう？　彫刻、楽曲もそうだし」

「そ、そう…ですね」

「素敵なことね」

「膝の上から見上げるあなたの顔も素敵です…それに温もり、感触、香り…もうたまらない…とろけてしまいそう」

「ふふふ…」

「鼻の穴も見える…二つ」

ムードを壊すようなことを言ってしまった。

「意地悪…もう膝枕させてあげないから」

「堪忍、堪忍もう見ないから」

克美は美紀の頭を撫でながら言った。

「美紀さんと二人で槍ヶ岳や穂高岳に登ってみたい」

「えっ、槍、穂高へ？」

「ええ、よく目に付くし、有名だもの。私、正月からこちら、お山の写真よく見ているのよ」

「ふうーん、でも、初めて登るには、この二峰は厳し過ぎるな」

「無理かしら？」

「あきらめることはないです。見るだけで良ければ」

「ええ、良いわ」

「比較的容易に登れて、両方とも目の前で見られる特等席のような場所があります」

「まあ、一度に両方見られるなんて、嬉しい！」

「それじゃ決まった。時期は七月の中旬から八月の初旬頃。それまでに足を鍛えておいて下さい。テニスしてるって言ってましたね。階段はエレベーターを使わず自分の足で登るようにすることと、出来るだけ車を使わないで歩くこと。その程度で良いでしょう。山小屋を利用すれば持ち物は大層にならない。後で書いて送ります」

「場所は何処ですか？」

「内緒、後のお楽しみに」

「まあ」

「三泊程度になるけれど、お家の許可、大丈夫かな？」

「もう、大丈夫と思うわ。駄目なら、私、家を出て、あなたの所へ行きます」

「凄い決心…正月とは随分変わったものですね」

「あなたが変えたのよ」

「こりゃ大変…御両親に恨まれそうだ」

「そうよ…責任重大よ」

二人は笑った。

「いつまでもこうしていたいけれど、そろそろ戻らなくてはいけないわね」

「うん。あのホテルでお茶でも飲もうよ。正月お世話になったし」

「私もそう思っていました」

車山を下りて、ホテルで一時を過ごし、デュエットへ戻った。

「今度は、見送ってもらわなくて良い…一緒に帰れるね」

「ええ、お見送りは悲しいものよ」

マスターと別れて、午前中に出立し帰路についた。

「マスターの心配り、有り難かった」

「私も感謝してるわ」

「デュエットは僕達の出発点のようなものやね」

「ええ、その通りよ…二人の故郷が出来たわね」

「名古屋までタップリ時間有るね。僕が運転するから寝てて良いよ」

「ありがとう。でも、時間がもったいないわ。沢山お話し聞かせて下さい」

ビーナスラインを西に進み、途中から南下して下諏訪から西へ向かった。

「諏訪湖を見て、由布姫を思い出しました」

「由布姫？」

「ええ、井上靖氏の小説『風林火山』の中の」

「で、どのようなお姫さま？」

「想像しようとしても、その美しさや聡明さが、女優など、実在の女性に一致しなくって、実像が描けないままなんです。僕だけかも知れませんけれど…」

「そんなに美しいお姫さま？」

「うん、甲斐と諏訪の戦で、由布姫のいる諏訪が負れ、諏訪氏総領家の血を引く由布姫の命を絶つために来た山本勘助が見惚れてしまい、殺められなかったほどです」

「山本勘助って？」

「甲斐の国、武田晴信の軍師、晴信は後の信玄」

「ふーん、あの時代ね。それで？」

「当時は敗戦側の血筋は根絶やしにするのが常識だった。それに、国を取るためなら、いや晴信のためと言った方が良いかも知れないが…非情なまでに目的を遂行する勘助としては異常なことで、周囲の武田の家臣団も考えられない行動だったらしい。その時、由布姫は十四歳だったかな。勘助は四十歳を超えていた。その後、殺さないばかりか、晴信の要望もあったとはいえ、率先して晴信の側室になるよう事を運ぶ…姫の命を守る方法だったんですよね。子供が生まれれば安心だから…それに、元諏訪家臣団の武田への敵対心も治まるし、武田の家臣団も納得させられる。軍師としても良策だった」

「側室になったのですか？」

「うん、姫も一族の血を絶やさないために渋々…」

「辛かったでしょうね」

「そりゃ二人とも、それぞれに辛かった…でも、結局、姫は晴信を一族の敵と思いながらも、晴信を愛するようになって、子を宿します…生まれた子の名が四郎、後の勝頼」

「ああ、あの勝頼…」

「姫は晴信を愛しながらも敵《かたき》と思う心を持ち続け、心は交錯し、激しくも悲しい生き方をする…一方勘助は、浪々の身の、決して若くない自分を認め、側近の家臣として破格な待遇で召し抱えてくれた若くて優れた国主晴信と由布姫が生き甲斐だったんです。中でも、仕官で来たとはいうものの、明日をも知れない戦国乱世、特に安住の地がない勘助、信じられる温かい繋がりを持たない絶望の人生の中で、由布姫を愛することを知り、姫を守るというか、生きる望みを見つけたというか、生きている実感を持つようになるんです。姫が勘助を困らせることをしても、無理を言っても、温かく見守って、報われるあてのない愛をますます募らせてゆく…女性の美しさは、時には男の魂を変えてしまう悩力を持っているんやな…〝のう〟は悩む方の…勘助のあのような愛し方も何だか切なく…ロマンが溢れていて…由布姫の美しさとともに印象に残っているのです。ま、これらの内容は、僕の欲求的想像も手伝って、作品よりドラマチックに記憶している感も強いですが…」

「でも、あなたも由布姫さまに恋しているみたい…私、何だか嫉妬している気分」

「嫉妬？　ありがとう。でも、僕にとって、それほど印象づけたというか、想像させた舞台であり、題材だった作品ということやろな…」

「あなたが感動なさったご本、私も読んでみます」

そして、美紀は一人納得するように、

「うん、うん、そうや…」

克美は自分の言葉に対する反応ではないぎこちなさを感じて、

「ええ？」

「今、やっと姫の実際の美しさが分かった気がします」

「どうして？　どのような？」

克美の顔を見て、

「言わない」

「まあ、意地悪」

美紀は由布姫の美を克美に重ね合わせ納得したのである。

少し経って、克美は思い出すように、クスッと笑って美紀に聞いた。

「女性の美は悩力ですか…」

真面目くさって話す美紀の洒落が可笑しく、わざと悩ましげな顔を作って美紀を見た。

「この諏訪の地は、あなたに会えたり、以前、民家で世話になったり、風景も良いし、何だか幸運な地のような気がするな。僕達にも、勘助や由布姫以上に壮大なロマンがあるような…」

楽しそうな美紀を見て、克美も嬉しかった。美紀の心は弾んでいる。

「僕の車はアクセルを踏み込んでも、まるで自転車のペタルを踏んでいるかのように、一生懸命に漕いでいる心地だけれど、この車はペダルを軽く踏むだけで、力強く加速する。何だか、あなたと車が勝手に走って行ってしまい、僕だけ置いてきぼりになりそうです」

「可笑しい表現だこと」と言って楽しそうに笑う。

塩尻峠に来た。

「まあ、綺麗」

「やっぱり北アルプスは凄いな。今日は綺麗に見えるね」

「まだ雪が沢山残ってる…こんなに素敵なのに、往く時、ここを通ったのに、全然記憶にないわ」

「僕も同じさ…こんなに気分が違うんや」

「そうね」

「春山は格別らしい」

「あなたは行かないのですか？」

「うん、行きたいけれど、今の北アルプスはまだ危険で、ここから見てる以上に雪が多いし、冬のようなものなんですよ」

「こんなに綺麗に見えていても？」

「うん、僕のレベルでは、安心して行けるのは夏に入って、雪が無くなってから初秋までですね」

「冬のスキー場なら安心なのにね」

「冬のスキー場だって、近くにホテルや施設等無くて、踏み固めていなければ状況は一変して、危険な所なのですよ」

「雪って素敵なのに、そんなものですか…」

「ええ、遭難のニュース、時折有りますね」

「でも、やっぱり、私、雪は好きです」

「雪はロマンチックにさせるしね。そうそう、夏でも雪を楽しむことが出来るのですよ」

「夏に？」

「雪渓です」

「危険じゃないのですか？」

「危険には違いないのですが、根雪になって固まっているから冬よりも安心です」

「夏に雪の上なんて良いなーとっても贅沢ね」

「冬の雪みたいに綺麗じゃないけれど…それに、朝は表面が凍って、かちんかちんで歩きにくい。でも、やっぱり贅沢なんだろうな」

「そうよ、良いなー」

「あっ、雪で思い出した。雪形」

「雪形？」

「春の雪解けの時、地元の人は、山腹に現れる黒い土の形や白い残雪を、似たものになぞらえて、親しみを持って呼んでいるんです。現れる雪形を田植えなど農作業の時期の目安にもしているらしい、雪形は一番確かな合図かも知れないな」

「何だか民話が似合いそう」

指を指しながら、

「そうなんです、あの常念岳の名称だって、麓の集落安曇野に伝わる民話から名付けられたとも言われているんです。民話に出てくる黒い袈裟をまとった常念和尚の姿と似ていることから…ここからは見えにくいなー」

「残念ね、でも楽しそう。どんなお話？」

「ごめん、僕は知らない」

「また、いつか分かるわね」

「うん。あの常念岳から槍、穂高が綺麗に見えるんですよ」

「私たち、今度あそこに登るのですか？」

「いいえ。でも、期待していて下さい」

「楽しみだわ。お話聞いていて、あなたがお山好きな理由、私、分かるような気がするわ」

車は国道十九号線を南下している。

カーステレオのスイッチを入れた。ショパンの澄み切ったピアノ曲がゆったりと流れた。ショパンは一九世紀、ポーランドの作曲家でピアニストである。

「美しい音色や…」

「ええ、私、ピアノ、落ち着くんです。幼い頃から馴染んでいるからかしら？…

この曲だってよく練習したのですよ。上達しなかったけれど…好きなくせにね」

「僕もピアノ好きです。特にショパンの曲は音が美しい…癒されます」

「でも、ピアノでなくて、バイオリンなのですね。幼い頃からですか？」

「そんなんじゃないんです。単純な理由なんです。入社した頃、寮で音楽好きの友ができて、何か演奏できるようになれって勧められ、それで、場所も要らないし、買っても比較的安価なこと、それに…いつか…ピアノを弾く素敵な女性と演奏が出来たら良いなーって、淡い期待にも後押しされ、始めたっていうわけです。」

「そうだったのですか」

「上手な人が演奏すると、情景や感情があれほど豊かに表現できるのに、演奏者によって随分感じが違うものですね」

「そうね…」

「僕の弾き初めはギーギーと嫌な音ばかりで…今でもなかなか耳障り良く弾けなくって…でも、教えてもらって良かったと思っています。正直言って、僕は音痴で音楽が苦手なんです。幼い頃から「音楽は飯の種にならない」なんて言われていた、そんな環境でしたし…」

「あなたの演奏、あなたの品格が表れているようで、私、好きです」

「ありがとう。あなたに、そのように言ってもらうと嬉しいです」

ピアノ曲を聴きながら更に南下…

「あれあれ、おなかも演奏しだしたよー」

「ええ？」

「音はかなり狂っているけれど…良く言い聞かせなくっちゃ…」

「私も」と克美が合わせた。

「合奏か…」

「まっ、ふふふ…」

「どこか良いところないかな…」

看板に注意しながら南下…

「この辺りは景勝寝覚めの床か、この辺で探そう」

脇道へ入り、食堂を見つけて車を降りた。店内から食欲を誘う良い匂いがしてきた。店に入る。

「いらっしゃい。どうぞ」

店主が席に案内する。

「ご注文は？」

「刺身出来ますか？」

「鯉の洗いなら」

「泥臭くないですか？」

「大丈夫です。山の湧き水で泳がせていますから」

「ああそうか…ここは水が違うんだ。じゃあ、お願いします」

「酢味噌で良いですか？」

「ええ、わさび醤油も添えて下さい」

「了解。他には？」

「アマゴかニジマスありますか？」

「アマゴが泳いでいます」

「じゃ、アマゴの塩焼きも…それに味噌汁…後は適当に付けて下さい」

「へい、了解」店主は厨房に入って行った。

「泳いでますだって」

克美が言って、二人は笑った。

「お魚、好きそう」

「うん。あっ、あなたの好みも聞かず、ごめん。勝手に注文して」

「私もお魚好きだから」

「良かった」

「やっぱり、お味噌汁も頼んだわね」

「あなたのようには美味しくないだろうけれど」

「ふふふ…清らかな水の鯉、清らかな恋…」

「上手いな」

「美紀さんから移ったのかしら」

「病原菌みたいやな」

「ふふふ…」

「美しい水、それに新鮮、美味しいだろうな…」

「でも、泳いでいるお魚…何だか、かわいそう」

窓越しに風景を見ながら談笑しているうちに料理がテーブルに並べられた。鯉は姿造りで盛り付けられていた。

「結構豪華に見えるね」

「そうね」

「何だか、二人のお祝いみたいや」

「嬉しいわ」

「さっ、食べよう」

「ええ」

美紀が鯉の洗いに箸をつけた時、口が動いて一瞬箸を引いた。どちらともなく、二人は鯉に向かって胸の前で手を合わせた。

「新鮮で美味しいなんて言ったら、鯉やアマゴには悪いね」

「そうね…感謝しなくっちゃ」

食事の後、外に出た。少し歩くと、眼下に木曽の流れが彫った絶景寝覚ノ床、対岸西方向には雪を被った標高三〇六七メートルの木曾御嶽山、振り返って見上げると、中央アルプスのシンボル標高二九五六メートルの木曾駒ヶ岳が、青空の中、遙か天高くそびえている。

車中に戻ると、克美が会社の話を始めた。

「会社でね、これからもオイル市場では不安定が続くのではないかって、対応に苦慮しているようです」

「商社だもんな」

「美紀さんに会わせてくれたんだもの。私にとっては福の神だったのに…」

「ボクにとっても最高の福の神ですよ」

「でも、オイルの供給が不安定になれば困るわね」

「うん。そういう意味でも、株価は上がっても困る人は少ないが、エネルギーと食糧は実需だけにして、投機などのマネーが入らないようにした方が良いと思うな… 過度な変動は避けられるかも知れない。それにサイエンスが大事なんだよな、特に日本のように資源を輸入に頼っている国は…」

「サイエンス？　どういうことですか？」

「昔、特にヨーロッパで、純粋な探求心から科学は生まれ、発展してきました。それが不幸にも兵器に重点が置かれ、原爆投下という悲しい出来事も…しかし、人類にとって、数え切れない便利さや豊かな生活をもたらし、人の命を救っていることも事実です。それに、新たな病に対応して、新しい治療が生まれてきましたよね。同じように、要求や必要性から、或いは危機に対して、知力が絞られることもあって、より新たな技術が生まれる…化石燃料も、省エネや代替エネルギーの研究を進め、新しい技術でカバーできるようになれば良いな。生み出されたものはビジネスになるのだし…こういうことでは希少材料も代替物を見つけるか、もしくは使わなくて済む技術が生まれれば最高ですよね。何の変哲もない岩石や地中など、自然から探し出した材料で、自動車やテレビジョンなど、数知れない素晴らしい物を作り出した素晴らしい人類だから、この程度のことは出来ないことではないと思うな…そして、食料だって、研究を進め、生産性を上げたり、品種改良や養殖など、色々な工夫によって、狭い国土でも自給できるようになれば、エネルギーや諸々の資源の争奪、領土拡張の侵略戦争は無くなるのではないか…科学はそのような側面を持っていて、平和をもたらす最高の方法だと信じています。そして僕は科学にそういう期待も持っているんです。それに、戦が無くなれば軍備も要らない。悪いことをしなければ警察も要らない。そうなれば、それに対する資金も要らないですよね。性善説から見れば全く無駄なことなのだから…無駄のほとんどは人が作っているのが現状ですよね。懸念されていても、実際事が起こらなければ国も組織も動かないし、そういう意味でも、今回のオイルショックは良いトリガー（trigger 引き金、きっかけ）になったのではないかな」

「わーっ、大変なこと、考えていらっしゃる…夢みたいな」

「ごめんごめん、このようなことは夢か？　それに、女性と話すことではないですね。友によく笑われるんです。美紀と話すと科学や天下国家になってしまうって。身の回りの世間話や人の噂話は疎いし苦手なんです。それに、僕は今、会社や組織の中にいないから、このような話題になってしまうのかも知れない」

「そんなつもりじゃないんです。色々な知識持っていらっしゃるし、色々なこと考えていらっしゃるんだなと思って」

「大した知識はありませんよ…つい調子に乗ってしまって…馬鹿だから、いつも阿呆なこと考えて…」

「ううん。あなたのお話、私には新鮮で楽しい…」

「それにしても、今は化石燃料に頼り過ぎていますよね。僕の田舎でも、少年の頃までは水車が有ったんですよ。コットン、コットン時間をかけて米をついていた。もう見かけないですね。たまにテレビで見たりすると嬉しくなるな…今でも利用できる自然のエネルギーは使えば良いんだが…」

「私は実際見たことないし、田舎暮らしの経験はないけれど、こんな私でも、何だかノスタルジックみたいなもの感じるわ」

少し沈黙が続いて、美紀は話題を見つけた。そして笑みを浮かべ、思い出すように言った。

「あのね、話は変わるけど、ある時、面白いことに気が付いたんです」

「面白いことって？」

「天才は別として、僕のような凡人は能力以上に酷使して考えると、脳はオーバーヒートすると思いがちですが、足りない分、脳細胞が自己増殖して補充しているのではないかと思うことがあるんですよ」

「ホントに？」

「それに不思議なことも起こるんです」

「どのような？」

「昔考えて分からなかったことが、その後、何も考えていなくても、何年か経って、回答が不意に出てくることがあるんです。丁度、性能の悪いコンピューターに、昔入力したその結果が、近頃出たというように」

「性能の悪いコンピューター…面白い表現」克美は笑った。

「気が付かないだけで、日常誰でも経験していると思うな」

「そうかな…」

「面白い表現と言ったでしょう。あれは成り行きで出たのだけれど…図や絵や音楽であったり、詩や歌や文章であったり、何でも考えていることを見える形に表現することは難しいと思います。女性は手紙などすらすら書ける人が多いですよね。羨ましく思います。僕は手紙どころか、仕事上の書類を書くのも苦手なんですよ。説得できる文章、感動させる文章を無駄なく表現できたら良いな…小説も書けたら良いな…科学も小説も自分のオリジナルの世界が展開できるんだし…そう思って、ましになろうと普段の生活の中でも、表現方法に注意しているんですよ。すると、うん！と思わせられるようなことに遭遇したり、思い付いたりする時がありますよね」

「素敵なことよね。私も文章下手だけど、普段、もっと、おつむを使う癖をつけなくっちゃね」

会話をしながら、時折木曽川や風景に目を向け、美紀がハンドルを取って名古屋に向かって南進している。


美紀は名古屋駅から電車で大阪へ帰った。

仕事を休んだ分、美紀は忙しかった。溌剌《はつらつ》と仕事をしている美紀を見て、その変わりように仕事仲間も何かあったと思っている。喫茶店「水車」の春子や純子も勘繰った。

「この前、励ましてくれたお陰さ」と、美紀ははぐらかした。

「どうもおかしい…」姉妹は信じない。

数日して、克美から届いた手紙には、両親も再会を喜んで、二人の交際を認めてくれたこと、北アルプス登山も許してくれたことが書いてあった。美紀は早速、槍ヶ岳、穂高岳とその周辺の地図を買い、登山目的地の鏡平に大きく印を付け、登山日程表、持ち物、着る物等書いて、持ち物は全てナイロンかビニールの袋に入れ、雨が降っても濡れないよう強調し、郵送した。

克美の手紙が届いた。

美紀さま

現実に二人で北アルプスに行けるのですね。

地図に付けていただいた印を見て驚いちゃった。

あなたが言っていらっしゃった通り、槍ヶ岳、穂高連峰が眼前に有るのですものね。

特等席ってどんなのかしら?

大自然の真っ直中で、二人して特等席に座り、見たかったお山が見られるなんて、夢みたい…想像するだけで幸せになります。

きっと素敵でしょうね。

送っていただいた地図、何度も何度も見て、知識を付けておきます。

それに、足も鍛えておきます。

会社でもエレベーターを使わず、階段を歩き出したから「足が太くなるよ」って、
皆にからかわれているの。

足が太くなっても、私のこと嫌いにならないでね。

これから登山の準備をするのも楽しみです。

登山のことや、名古屋に帰ってからの私のことを気遣っていただいて…

私、あなたの行き届いたお心が嬉しくって…

今は会社の仕事や、日常のなにげない小さなことまでも、全てが楽しくって、会社の人や友達、それに家でも、変わったねって言われています。

それに、今は父も大変喜んでくれているのが嬉しいです。

私、とっても幸せです…

あのね…私の中に、いつもあなたが居座っているんですよ…

うふふ…

あなたに病気、事故などの疫病神や×××が近づかないように、こちらから私が見

張っています。

お手紙やお会いできる日、それに登山の日を指折り数え楽しみにしています。

五月　吉日　　　　　　　克美

六月初めの夕刻、美紀は東京からの帰りに名古屋駅で降りた。

「どうしたの？　その顔」顔を見るなり克美は言った。

美紀は蕁麻疹《じんましん》が顔にも出ていた。

「食べ慣れない御馳走を振る舞われたから」

「御馳走で？」

「貧乏性やから」

「何かにあたったのよ、きっと…お医さまに見てもらった？」

「うん」

「お医者さまは何だって？」

「原因は分からないけれど、疲れているところに、生ものの何かが影響したんだろうて」

「だいぶん、無理をしたのでしょう？」

「ううん、一週間ほど東京にいたんやけど、毎夜接待されて…社長の自宅に泊めてもらったことも…」

「気に入られているんですね」

「それはどうなんだか？　中小企業の相手が多いから、どこも社長自らの付き合いになるんや。中には裸の付き合いをしたいと言って、まず形からでもと、サウナへ行ったりもする…それに、ホテルに泊まれば清潔で便利なのは分かりきっていても、大阪に来れば僕のアパートに留まりたいと言ったりも…」

「ふーん、大変みたい。でも、接待って普通売る側がするんじゃないんですか？　あなたの場合、逆みたい」

「僕がお金を持っていないことを知っているから」

二人は笑った。

「でもね、周囲の営業マンとは隔て、自分にないものを与えてくれると言って、技術者である僕を大切にしてくれる人もいる…」

「そうでしょうね」

「昨夜の場合はね、かつて自分が設計した機械の調整をしていたんやけど、部品に悪い箇所が出てきて、鉄工所で加工をしなければならなくなったんや。その日は一先ず帰ろうと作業を止めたら、周囲に誰もいない…夜も更けていたし、社長の家へ電話を入れて、機械を分解したまま、明日は生産出来ない旨詫びた上で、戸締まりのことを聞いたんや。そうしたら、生産のことや戸締まりなんかどうでも良い、待っていてほしいと言う…それで、あちこちの窓などを閉め回っているうち、社長が現れ、自らをそして従業員のことを恥じる一方、よその会社の戸締まりまで心配している僕に感激して、このまま帰すわけにはゆかんと言い、それでまた超御馳走の接待、僕の好きな生ものづくし…下痢はするし、今日目覚めたらこのざま、このところ、暑かった所為もあるけれど、情けないね」

「あ〜あ。でも、今日も行ったのでしょう、昨夜の続き…」

「うん、社長に紹介された鉄工所へ行った後ね。それにしても、この顔、社長には見せたくなかった…社長に悪かった」

「病院は何時？」

「新幹線に乗る前…」

「状況は分かるけど、身体を後回しにしたら駄目じゃない」

「ああ。でも、このことで僕も社長の心意気に感激した」

「昨夜のような現場での作業、よくあるのですか？」

「通常は新しい仕事の仕様打ち合わせや進行中の構想説明、それに技術相談の対応が主やけど、今回は機械メーカーに代わって僕が買って出たんや」

「そう…でも、やっぱりオーバー・ワークよ」

「そうやな。僕には夜の付き合いだけは余分やったんやな…」

「接待って、女の人のいる所へも行くのですか？　私の職場では多いようだけど…」

「僕も商社は凄いと聞いています。しかし僕のことを知っている人は、僕をそういう場所に連れて行ったりしない。僕はドロドロした接待をしたりされたりするのは好きじゃない。それに、どの社長も社員に言えない悩みや相談もあるんや。僕で役に立つことならと思っているし…僕にとっても友好を深めるため、心から望まれる付き合いはむげに断れないしね」

「ごめんなさい。こんな時に、はしたないこと聞いてしまって…」

「ううん」

真面目くさった顔をして続けた。

「そういう場所にも行ってみたいな」

「まあ、どうぞ行ってらっしゃい」

わざと膨れるように言った後、優しいまなざしに変わり、

「疲れているみたい。うちに泊まっていって下さい…父も母も喜びます。それに、身の回りのお世話ぐらいできるし…お食事の制限もあるのでしょう？　できれば治るまでいて下されば…」

「ありがとう、僕も甘えたい。でも、明日、どうしても行かなければならない所があるんや。帰らねば」

「心配だわ。私がついて行きたい…」

「もう大丈夫。あなたの顔を見たから」

「まあ…　でも、心配。もう無茶しちゃ駄目よ」

克美を見て、「うん」と言いながら、目であなたが心配するからと答えていた。

「本当に養生しなきゃ駄目よ」

「うん」

「必ず連絡してね」

とんでもない待ち合わせになった名古屋駅構内の軽食喫茶…その後、六月から七月にかけて、手紙の交信はしているものの、会うこともなく、登山の日を楽しみに二人とも意欲的に仕事をする日々が続いた。

三、鏡平

目的地の鏡平までは一日足らず歩けばよい。

夏のことでもあり、山小屋泊まりなので、大した荷物にはならない。連絡していない他の荷物は美紀が用意した。

登山当日早朝、美紀は新大阪駅を発った。午前も早めに、名古屋駅を出立したかったのである。最近、忙しくて会えなかったが、久しぶりに克美に会える。

槍ヶ岳、穂高岳、そして美しい渓流を見せ、彼女と二人で好きな山を堪能できる。しかも、その二峰が展望できる特等席にも案内することができる。心の中では既にその席で二人寄り添い、夕陽を背に浴びながら、眼前に迫る槍ヶ岳、穂高岳を眺めているところを想像して、興奮気味であった。

名古屋駅に着いた。待ち合わせ場所には、克美と同じ年頃の女性二人、男性一人が克美とともに登山服姿で立っていた。

「何があったのだろう?」嫌な予感がした。

克美が小走りに寄って来た。

「ごめんなさい」

「どうしたの？」

「急に人数増えました…良いですか？」

「ううん？…」

　高揚していた心に突然冷水を浴びたような…そして普通の観光旅行と違うだけに、脳が複雑に迷走して返事に困った。

「女性達は年末の時のスキーで一緒に来たデュエットで先に帰った二人です」

「私達、押しかけました」一人の女性が陽気な笑顔で言った。

「この人ったら…私達も行こうって…了解も得ないで、今日突然押しかけたので、克美に怒られていたところなんです」

　と、他の女性が言った。

「槍、穂高、見たかったのです。私達も連れて行って下さい。私達だけで簡単に行けるところでもないし…」

　一人目の女性は手を合わせ大げさに言った。

　状況の急変に戸惑いながら、少しの間沈黙した後、美紀は二人に尋ねた。

「その前に聞きたいことがあるのですが？」

「何でしょうか？」一人目の女性は眼を大きく開けて言った。

「普段運動していますか？　それに装備は？」

「私達、皆、普段テニスや水泳をしています。装備も大丈夫と思います」

「それなら、断る理由が無いです。素敵な女性が二人、それほどまでに見たいと望まれるのなら、両峰とも喜んでくれるでしょう」

夢は砕かれたが、気分を切り替えて美紀は言った。

「連れて行って下さるのですね。ありがとうございます」

一人目の女性は言った。

「初めから、行くと決めていらっしゃるのでしょう？」と美紀は返した。女性は、笑みを浮かべながら肩をすくめた。

「あ～あ、二人っきりで堪能できると、この日を楽しみにしていたのに…オジャンで…パー」

美紀は動作を交え滑稽に言った。

「まあ…早速、ご馳走さま」一人目の女性は言った。

「先制攻撃されたわね…でも爽やか…」二人目の女性が言った。

そして、一人目の女性を示しながら言った。

「この人ね、克美が余りにも幸せそうなので、自分も美紀さんと伴に行動してみたいと言っていたの。今日はその口実でもあったのですよ。私は一応反対したのですけど…でも…私も興味の方が勝っていたかも…」

「僕に興味を持っていただいてありがとう。でも、蓼食《たで》う虫も好き好きと言うこともありますからね」

「あら、私達もその虫かも」

「ああ、忘れてた。あの男性もお願い致します。彼と私達は高校の同窓生なんです。彼は今大学生、実は彼が装備のこと調べたのです」

少し離れて立っている若者の方を向いて、一人目の女性は本当に思い出したように言った。

成り行きを見ていた大学生の彼は近づいて来て、挨拶した。

「私も宜しくお願い致します」

「この人、昔から克美にお熱上げてるのよね」

一人目の女性が言った。

「それでは僕達三角関係ですか?」

美紀は戯けるように言って、克美を見た。克美は首を横に振った。

「これから四角にも、五角にもなるかもね〜」

一人目の女性が美紀を真似て戯けるように答えた。

「ああ、それから、もう一つ。山に入ったら、全て僕の指示に従うことを約束して下さい」

美紀がそう言うと、四人は「はい」と答えた。

「もう電車に乗らなくては」と美紀が言う。

「切符はキャンセルしました。車を用意しています」と一人目の女性が言った。

「御用意の良いことで…」

「彼が運転します」

「私は彼女達の召使いのようなものです」と大学生の彼は陽気に言った。

「これでも彼は国立大なんですよ」

一人目の女性がからかうように言った。

彼等の明るさや、屈託の無さに、好感を持てることは救いだ…何とかなるだろうと美紀は思った。五人のパーティーになって一行は車に乗り込んだ。車はドイツの超高級車「ベンツ」のマークが入っている。この三人の家はみな裕福なのだろうと美紀は思った。しかし、気にも留めないように平然としていた。男性二人が前座席、女性三人は後ろ座席に着いた。

「三人の紹介しまーす」と一人目の女性が言った。

「僕はおつむが良くないので、ファーストネームだけでお願いします」

その言い方が滑稽に思えたのか、笑いながら紹介を始めた。

「運転手は陽介、彼女が美奈子（二人目の女性）、そして私は良子（一人目の女性）、宜しくお願い致します」

「僕は」と、美紀が言いかけると、「もう分かってまーす」と笑いながら二人の女性は同時に言った。

車は岐阜県に入り、飛騨川沿いの高山本線と平行している国道四一号線を北上した。しばらく馬鹿話をしながら走って、途中河原で昼食をとることにした。

克美は二人分の弁当を持って来ていた。駅弁にしようと言っておいたのに、朝早くから大変だったろうと美紀は思った。本来なら、列車の中で二人静かに味わうはずだったが、五人の賑やかな食事になった。他の三人は元々車と決めていたから、五人でレストランに入る予定だった。

しかし克美が弁当を持って来ていたから克美に合わせた。

その弁当を五人で分けるのでは、これから登山を始めることを考えると量が足りないため、他の三人はドライブインで調達してきた。折角克美が用意してきた二人の弁当をいただくのも悪いと思ったのだろう。さすがに三人は遠慮して気を遣った形となった。

「克美は変わった。こんなにも変わるものかしら？」

良子がそう言うと、美奈子も同じ思いで、二人とも羨ましく、悔しい思いでいる。

当の本人は、二人が感じている以上に幸せであった。食事の時の美紀に対する仕種、心遣いは、皆の前…と、控えていても、他から見れば新妻のように見える。

「美紀さん。克美ね、正月、あなたにお会いするまでは商社マンと結婚して、外国へ行くと言っていたんですよ。婿養子を迎える抵抗もあって、そのために商社に入ったようなものなのに」

そう美奈子が言った。

「そうよ…なのに、言い寄る商社マン達や、他の縁談にも目もくれず、あなた一筋になってしまったのよ。悔しいけど大切にしてやってね」

「はい…嬉しいことです。それに、僕の命は既に彼女のものになっていますよ」

美紀は続けて、名古屋へ着くまで新幹線の中で想像していたことを臆面もなく話した。

「それも儚い夢となり…二人の恋路を邪魔する者は…ヘソでも噛んで死んじまえ…」

浪曲の節を付け、情けない声で滑稽に美紀が言うと、大笑いになった。皆の手前ふざけて言っているが、美紀の言葉は克美の心を熱くさせた。

「ああ可笑し…ごめんなさいね…お邪魔虫で。でも、アツアツ！　特等席に二人寄り添い、夕陽を背に浴びながら、眼前に迫る槍、穂高を眺めるなんて、凄くロマンチスト。それに、命は克美のものだって。克美が羨ましい！　ねえ美奈子？」

「私もそんなこと言ってくれる彼氏が欲し～い！」と美奈子が答えた。

「あ～あ二人にはたまんないわ」

良子と美奈子は同時に言った。

「それじゃ、ここから、もう戻りますか？」と美紀が返す。

「いいえ、とんでもないです。これから邪魔してやります。そして隙があれば…だって悔しいもの。女って怖いものよ」

良子の言葉を受けて、「陽介、頑張るんだぞ」と美奈子が言ったが、陽介は黙って微笑んでいた。

先ほど「大切にしてやってね」と言ったばっかりなのに…美紀には二人が分からなかった。わがままなお嬢さん達が加わって、今後どのように展開するのか、このようなことは美紀にとって初めてなので全く想像できず、その時々の成り行きに任せるしかなかった。それに一日足らずで登れるとは言っても、北アルプスである。何が起こるか分からない。自分がリーダーである以上、細心の注意を払わねばならない。


車は新穂高温泉へ向かって走った。

美紀はこの年下の陽介に理屈抜きの好感を持つようになっていて、その様子が折々に出ている。「あなた達、馬が合うんじゃない？」と美奈子が言うほどであった。

「今夜の宿は父がよく使う良いホテルに予約していますので、美紀さんが予約していらっしゃる宿はキャンセルして下さい。サービスもさせますから」

良子の言葉に美紀はまた、お嬢さんのわがままが襲って来たと思ったが凛《りん》として言った。

「予約は旅館にとってはビジネスです。そのような理由では変更出来ません。約束事は大切なことです。それに明日の鏡平にはホテルは有りませんよ」

喜んでくれると思っていた良子は、予想外の返答に次の言葉が出なかった。

「今夜は克美さんと僕は公営の宿に泊まりますが、あなた方三人はそのホテルに泊まって下さい」

「なんだ二手に分かれるの？」

「今夜は早めに寝て下さい。明日堪《こた》えますから」

「折角良いホテルに泊まっても、温泉気分、ゆっくり味わえないの？」

「明朝六時に、指定した場所に集まります」

美奈子が言った。

「えっ、六時ですか？」

早起きの苦手な良子は不満そうに言った。

駐車場に車を置いてから、美紀は皆に予定を告げた。

「まだ夕暮れまでに時間は有りますから、貴重品以外の荷物はホテルに置いて、すぐここへ戻って来て下さい」美紀は克美と村営宿舎へ向かった。

「すみません。こんなことになってしまって…」

「あなたの所為じゃない。気にすることはないです。彼女達の身勝手なわがままです。何とか上手くいくでしょう。でも、あの特等席に二人で座れないかも知れないですね。今はもう明日が晴天になること、皆が無事であることを祈るだけです」

「そうね」

「これから何が起こっても僕に任せて、平常心でいて下さい」

「山に入れば、僕は皆に平等に対処しなければならない。しかし心はあなただけしか見ていないから、あなたも僕だけを見ていてほしい」

「分かりました」

宿に荷物を預けて二人は約束の場所に戻った。他の三人も揃った。

「明朝の登山口を確認して、周囲を少し散策します。目的は足慣らしと、明日の朝が早く、谷間だから、まだ暗いかも知れないので、今日のうちに周辺の風景、状況などを見ておくためです。明朝六時に此処に来て下さい」

登山口から少し入った。渓流の岩石とその水は、山中ならではの美しさがある。

「まあ綺麗」と女性達から感嘆の声が出た。

「この辺りは熊が出るかも知れない」と美紀が言った。

「出たらどうするんですか？」と美奈子が不安そうに聞く。

「僕が熊さんとお話している間に皆さんは逃げて下さい」

「熊とお話出来るんですか？」と良子が問うた。

「熊語とまではゆかないが、僕は動物と仲良くなれるんです」

「ふーん、得意技ね」

美紀の冗談に合わせて美奈子が言った。皆は周囲を散策した後、元に戻った。

「それぞれ宿に戻りますが、充分休息して下さい」

そして陽介に耳打ちした。

「彼女達を頼みます。あなたがいてくれて助かります」

「はい、分かりました」

それぞれ、宿に戻って行った。

「美紀さん、登山服よく似合う」と克美が言った。

「ありがとう。偶然二人ともよく似たブルーになったね」

「ペア・ルック…やっぱり心が通じているのね。でも彼女達、朝、大丈夫かしら？いつも遅いのよ」

克美は二人の友達を心配している。

「陽介さんがいるから大丈夫だよ。彼がいてくれて助かったよ」

「でも、いつも彼女達に良いようにされているのよ」

「そこが彼の大きい所さ。今夜は違うよ」

「分かるんですか」

「彼の目を見なかったかな？」

そう言って満足そうに美紀は笑った。

今日会ったばかりなのに、すっかり陽介を信頼している。克美は長い間見ていて、何も気付かなかったのに、ますます不思議な人だと思った。

夕食の時、明日の弁当に「五人分のにぎりめし」と「モーニングコール」を頼んで、それぞれの部屋で床についた。


約束通り、六時に全員が集まった。

「晴れていて良かったですね。少し準備体操します。リュックを置いて下さい」

美紀に従って準備体操を終えた。

「入山届けを、このノートに記入します。僕が記入したら、後、続けて書いて下さい」

記入後、美紀は注意事項を言った。

「陽介さん。取りあえず、あなたが先頭歩いて下さい。中に女性三人、殿《しんがり》は私が歩きます。時間は充分有りますから、ゆっくり歩いて下さい。様子を見て、必要なら順番を変えます。では出発します」

歩きながら美紀は続けた。

「あまり離れないようにして、気楽に話をしながら歩いて下さい。疲れたり、異常があれば言って下さい。場合によっては、中止して引き返します。人とすれ違う時、原則的には登り優先ですが、臨機応変に譲り合って下さい。中には走るように降りてくる人もいるから、突き飛ばされないように避けて下さい。会う人には挨拶したり、声を掛けて、出来るだけ顔を覚えておいて下さい。遭難した時の手掛かりになります。ああ、それから大切なこと。塵は捨てないで持ち帰って下さい」

「登山って色々面倒なことがあるのですね」と良子が言った。

「一言で言うなら、皆が楽しく登山するためのマナーのようなものです」

美紀はそう答えた。

「日常生活の常識みたいなものですね」と克美が言った。

「その通りなんですよ」

「あら、克美ったら、美紀さんの影響受けちゃって」と美奈子がからかった。

「その調子で、楽しく話しながら歩いて下さい」

少し歩いてみて、美紀は陽介に声をかけた。

「陽介さん、初めはもっとゆっくりで良いですよ」

山陰になっているが、大分明るくなってきた。しばらく歩いた後、陽介が美紀に問うた。

「ここからどちらに行くのですか？」

「左は笠ヶ岳、右は鏡平の方へ行きます。道標が有るはずですが…では…ここで少し休憩しましょう」

「道標見つけました」と陽介は言った。

めいめい適当な場所に腰を下ろした。

「美紀さん、地図も見ずによく分かりますね？」と良子が言う。

「以前、ここを下ったことがあるし、地図が頭に入っていて、風景と比較しているんです。それに歩くスピードと、時間で推定算出しています」

「でも、良く覚えていますね？」と美奈子。

「私達とはここが違うのよ」良子が頭を指さした。

「僕も何度も地図を見ているのですよ」

「でもねーっ」

「地図を出して見てごらん」

克美は既に地図を見ている。

「今、ここですか?」

「そうだよ」

「凄い、克美分かるの?　いよいよ美紀さんに似てくるね」

美奈子が冷やかした。

「ああ、甘い物、食べて良いですよ。これだけ歩けば太りませんから。それに水分も補給しておいて下さい」

美紀はリュックから粉末を取り出す。

「粉末ジュース、有りますから、良かったら飲んで下さい。山の水で飲むと美味しいですよ」

「珍しーい」美奈子が言った。

「今まで歩いて来て、きつくないですか?」

「大丈夫でーす。ねっ」と言って、美奈子は皆を見回した。

それぞれ持ってきたチョコレートや菓子をほおばったり、お互い与えたりした。

「美味しい…普段飲まないのにね」粉末ジュースを飲んだ陽介が言った。

「休憩の間に風景も楽しんで下さい」

「ね、美奈子、陽介少し変わったんじゃない？」と良子が言った。

「私もそう思っていたの」

少しの休息後、

「陽介さん。出発しましょうか？　これからしばらく、渓流沿いの楽な道を歩きますから、道は分かりやすいです」

「みんな用意できたかな…　では出発！」

見回した後、陽介は大きな声で言って歩き出した。

克美は美紀と手を取り合って、二人きりで歩いている姿を思い描いていた。陽介は道を選びながら、先頭を歩いている。

「山の中で聞く渓流の音って良いでしょう？」歩きながら美紀は言った。

「ホントに…普段、水の音って気にしなかったわ」美奈子が言った。

「生き返るわね」良子が言った。

「生き返るでしょう。それに水の音や美しさも僕の楽しみの一つです」

「渓流って、水も石も岩も汚れていない。綺麗」と克美が言った。

「流れが速いし、気温や水温が低いから、泥も苔も藻も付きにくいのでしょう」陽介が言った。

「僕もその通りだと思う」

「ここは高山の中だものね」良子が言った。

「一般的に気温は標高差が百メートル上がる毎に〇・六℃下がると言われています。勿論、場所、天候の影響も大きいですが…そういうことでは、ここは麓も涼しいから、影響も大きいいんじゃないかな。それに風速一メートルで体感温度は一℃下がると言われています。濡れると更に冷えますよね、注意しなければ」

「山も難しいんですね」と良子が言った。

「以前行かれた雲ノ平ってどんな所ですか？　名称からして何だか良いところみたい」と克美が聞いた。

「僕も最初は雲ノ平とか高天原という名に興味を持って調べたのです」

「やっぱりね…」

「調べてみると、何処から挑んでも一日では入れないんです。それもそのはず、薬師岳、黒部五郎岳、三俣蓮華岳、鷲羽岳、水晶岳等三千メートル級のそうそうたる山に囲まれているんですからね。それに、それらの山と雲ノ平の間の谷には、あたかも雲の平を巻くように黒部川の上流が流れているんです。黒四ダムの上流ですよね。勿論源流もあります。地図を見ると起伏は少ないから、きっと雲の上の平らな別天地だと思って…」

「で…どうでしたの？」

「名称のように雲の上の平らな所でした。ただ、だだっ広いだけで、ま…天女さまがいる素晴らしい別天地ではなかったですね」

冗談半分に言った。

「でも、そこで女子大生と会ったのでしょう？」

克美は思い出したように言った。

「ええそうです。そして、その翌日、この道を別の三人のパーティーの女子大生と下ったんですよ」

「まあ…」

過去のこととは言え、克美は嫉妬した。

「高山の駅まで、正確には大阪駅まで一緒でした」

「美紀さんなかなかやるわね。克美…気になるね？」

良子が言ったが、克美は返事をしなかった。

「詳しく聞きたいわねえ克美？」

良子は興味深げに言った。

「早朝の出立でもあり、熊が出没する注意書きが有ったことも影響したのか、道が不安だから、新穂高温泉まで連れてってほしいと頼まれて、同行したのです。全く偶然の成り行きだったのです」

「でも、楽しかったのでしょう?」と良子が聞いた。

「うん、まあ」

「それで?」

「新穂高温泉で僕は温泉に入ったのですが、彼女たちも入ると言うので同行しました」

「わあーやるー」美奈子は言った。

「湯舟は別ですよ」

「なーんだ、期待はずれ」

「湯舟で飲もうと、僕はジュースを買った時、彼女たちにも渡したんです」

「よく、気が付きますこと」良子は茶化すように言った。

「下山途中、チョコレートを貰ったりして、そういう雰囲気だったのです」

「内心、お気に入りの女性がいたんじゃないですか?」良子は言った。

「そういうことでは…」

「それで?」

「またバスも同じだったため、高山駅に着いてから一緒に食事をしました」

「ふーん、ずーっと一緒ダョ、それで終わりですか?」美奈子が言った。

「その時、そのうちの一人を大阪駅まで連れて行って、九州行きの電車に乗せるよう頼まれました」

「あら、まだあるんだ」

「うん。食後、別の一人がいなくなったと思ったら、電車の座席を確保して、ビールとつまみを窓際に用意してくれていたのです」

「わーっ、彼女たちもヤルーッ」

良子は感心した。自分にはそこまで気が回らないと思ったのである。

「ますます興味を持ってきたわ。それで？」

「座席に着いてビールを一口飲むと、そのまま寝てしまいました。他の女性二人は高山に残りました。ただそれだけです」

「何だ、盛り上がったのに。最後プッツンか、がっかり」

克美は初めて美紀と会った山荘デュエットで、大阪から来ていた女性達が、美紀に対してとった行動を思い浮かべていた。しかし同じことが起こっても、あの時と今では克美の感情には格段の違いがあった。

「でも、女性達が美紀さんに興味を持ったから、そのような行動をしたと思うわ…嫌なら近づかないもの」

美奈子は言った。

「僕を人畜無害と思ったのでしょう」

「可笑しい表現」と美奈子が笑った。

「人畜無害か…」

黙って聞いていた陽介がポツンと言った。自分と彼女達の関係もよく似たものだと思ったのである。

「でも、なぜ他の女性のことを話したのですか？　克美の前で…聞けば詳しく知りたくなるし…」と良子が問うた。

「理由なんて有りませんよ。話の成り行きだったし、この道で思い出したこと、別に隠すことではなかったから…道連れになったのが、たまたま女性だったということです。山の中では老若男女問わずよく有ることなのです。雲ノ平に入る前日にも、その日の目的地、薬師沢小屋を目前にして、気持ちに余裕も出来たことから、小さい流れの側にある岩の上で、大の字になって、うとうとしていたんです。そのうち頬が冷たくなり、目を開けると、若くて綺麗な女性が側に立って微笑んでいるじゃないですか。ビックリしました。谷川の水で作った粉末ジュースを悪戯っぽく振る舞ってくれたのですね…美味しかった」

「やっぱり若い女性じゃない…」と良子が言った。

「続きがあるんや。僕は独りだったけれど、彼女は二人の老人男性と三人のパーティーで来ていた。男性二人は多分ベテランで、僕に大事ないか？気遣ってさり気なく、挨拶してくれたのだと思う。山のマナーや優しさ、凄く嬉しかった。事実、夜行で寝られず、暑い中、予定以上の距離を歩いて疲れていたし…」

「そんなものかな…女性に嬉しかったんじゃないですか？」

「勿論、老人から振る舞われるより嬉しいけれど、男性達も気が利くよね」

「それからどうしたのですか？」美奈子が問うた。

「小屋まで一緒に歩いた」

「それだけ？」

「うん。でも、何処にでも女性が多いと言えるんじゃないかな…ほら、あなた方だって此処にいるんだから…」

「何だかごまかされているみたい…注意しなよ…克美」良子が言った。

「今回でも有るかも知れない。もっとも、先ほどの話のような山を下りてからの出来事は希でしょうけれど…でも…克美さんに出会った時とはわけが違う。もし三人の中に克美さんがいてたら、状況は変わっていたかも知れませんが…」

「まあ…でも、女って、好きな人から他の女性のこと聞くのは嫌だから、これからは黙っておいてあげてね」

良子が言った。

「そうか…そう言えば、逆の立場なら僕だって嫌だな…ごめん」

「そんなの嫌…私…皆知っておきたい」

「あら、ま」

「初めて会った時から隠し事なんかしてませんが、これからも克美さんの言うようにします」

「馬鹿正直で、素直、幼児みたい…可愛い」と良子が笑う。

「でも、これからも何か起こりそう…起こるのよね」

良子はほくそ笑んだ。

しばらく歩いて、目の前が急坂になった。陽介と美紀が女性達をサポートしながら、少しずつ登っていった。

「小休止」と美紀が言った。

「了解」と陽介の声が返ってきた。

「あの二人意気がピッタリね」美奈子が言った。

昨日、美紀が言ったように陽介は変わったと克美は思った。

「キツイですか？　南からの陽当たりもキツイし」

美紀は皆を見回しながら、リュックから取り出した胡瓜を湧き水で冷やした。少し経って皆に分けた。気温も低い上、細いから冷えるのも早い。

「まあ、美味しい。胡瓜がこんなに美味しいなんて」克美が言った。

「私も好きになりそう」美奈子が言った。

「そう言うと思った。僕も富士登山の時、経験したのだから」

「富士山、登ったのですか？」陽介が聞いた。

「うん、会社に勤めていた頃のことだけど、富士の麓にある同僚の家に泊めてもらった折り、登山当日の朝、同僚のお母さんに新鮮な胡瓜を、沢山リュックに入れてもらった。その味が忘れられなくて…今日のはあまり新鮮じゃないけれど…」

「でも、とっても美味しい」と良子が言った。

「まだ時間かかるのですか？」と克美が聞いた。

「もうじきです。疲れましたか？」

「いいえ、大丈夫です」

「陽介さん、今度休憩できる水場でも有れば、そこで昼食にしましょう。多分、双六岳と鏡平への分岐点あたりになると思いますが」

「了解しました」


水を飲んだ後、美紀は遠くを見ながらつぶやいた。

「人生とは重き荷を背負い遠き道を歩むが如し…か」

「何のことですか？　それって」美奈子が聞いた。

「えっ、あっ、独り言…気にすることはないです…重いリュックを背負って歩いて来たので思い出したのです…突然妙なことを言ってごめんなさい」

「何か良い教訓みたいですね」良子が言った。

「うろ覚えですが、徳川家康が京都所司代板倉勝重に送った言葉です…でも、僕は重い荷を背負わないで気軽に生きたいと思っています」

少し経ってから皆にこの先の注意事項を知らせた。

「これからは急斜面が多い。浮き石など注意して下さい。上からの落石は勿論、自分たちも、落とさないように気を付けて下さい。では、陽介さん、頼みます」美紀は声を掛けた。

「はい、皆、用意して！…出発！」

途中昼食をとつて、ワイワイ、ガヤガヤ言いながら急坂の難所は美紀と陽介が女性達をサポートして、午後一時までに標高二〇〇〇メートル余りの鏡平に着いた。

「ワーッ、凄い。槍ヶ岳がすぐ近くに見える」

皆、歓喜し、感動の声を上げげた。

槍ヶ岳は誰にでも分かる北アルプスのランドマークである。そして美紀はとりあえず奥穂高岳も教えた。

「とにかく、皆、無事に着いて良かった」ホッとしたように美紀が言った。

「これを美紀さんと克美が二人でコッソリ見ようとしてたんだからねえ」

良子が絡んだ。

リュックを降ろし、「これが特等席」と美紀は山中に相応しく配置された木の長椅子を指さして言った。皆、この景色は美紀が言っていたそのものだと思った。美奈子が美紀と克美の手を引いて、その椅子に座らせようとした。

「まだ早すぎる」美紀は笑って言った。

「まあ」美奈子は戯けるような動作をした。

「写真を撮る人は今のうちに撮っておいて下さい。明日は早立ちします。槍や穂高も朝は日陰になってシルエットだけになりますから…それから、山の名称は左から、西鎌尾根、槍ヶ岳、中岳、南岳、大キレット、北穂高岳、唐沢岳、奥穂高岳、西穂高岳…」

指を差しながら美紀は細かく説明してから、付け加えた。

「ここからは見えませんが、槍ヶ岳の北側には急峻な北鎌尾根、東側には東鎌尾根が有ります…上高地は西穂高岳の山向こうの丁度この方向です」

この時、太陽はほぼ南南西にあって、突き上がった槍の穂先や連山の稜線から続いている数々の尾根、谷、沢のヒダは、色々な陰影を作り、見事な立体感を醸し出しながら急峻な深い谷へ落ち込んでいる。しかし穂高連峰と鏡平の間には標高約二四四〇メートルの奥丸山や中崎尾根があるので谷底までは見えない。

幸いにも空は青く、稜線との対比も美しい。この連山の稜線や山肌は、大小の岩がむき出しで、大きな起伏が多い。丸みの少ない鋭い岩肌は北アルプスの特徴で、険しい雄姿を誇示し、とりわけ大キレットや北穂高岳はより急峻に見える。ともかく雄大である。

美紀は携帯燃料、コッフェル、ポリタンを取り出して湯を沸かし、蜂蜜と梅酒を入れて皆に振る舞った。

「美味しい…いつも飲んでいるんですか?」

そう言って、克美は美紀を見た。

「うん、梅酒は母が漬けてくれるんや。年数が経っているから美味しいよ。加熱してアルコール分を飛ばしたから、酒の弱い人にも問題ない。普段は葛粉も少し入れるんやけど、ここでは洗いにくいから入れなかった。スライスした柚子もハチミツに浸けて柔らかくなっているから、そのまま食べられるよ。これはボク流の特製葛湯ってことかな…」

「お料理なさるんですか?」良子が言った。

「いいや。でも、ジュースぐらいは…果物は好きだから、よく買ってあるんや」

「何だか暖まってきたわ」克美は言った。

「そうやろ」

「美味しいね」

思いがけない飲み物だったようで、皆が喜んでくれて美紀は嬉しかった。

その後、皆で飲み物の後始末を済ませてから、宿泊の手続きのため、山小屋へ入って行った。先刻重いリュックを下ろした。そして今、重い登山靴を脱いで数歩歩くと、疲れた足が途方もなく軽いような快感を覚えた。

大部屋に上がり、寝床の確保をした。そして美紀は山小屋の人と何か話している。他の四人は先に外に出て、風景を楽しんだ。

「池に写った槍、穂高も美しいですよ。鏡の所以になったぐらいですから」

遅れて来た美紀は、そう言って、小屋の周辺に幾つか点在する小さな池を案内した。皆雄大な風景に感動し満喫した。

「案内した僕が言うのも可笑しいけれど、登山経験が少ない人でも、こんな素晴らしい光景が見られて、北アルプスの真っ直中にいる気分が味わえる所も、そう多くはないのではないかと思う」

「良かったね…無理矢理付いてきて」

皆を見回して良子が言った。

夕刻、太陽は西に近づき、槍から西穂高岳まで、山腹のヒダの陰影は少なくなり、赤っぽく様相が変わって、不思議な光景を醸し出し始めた。

「わあー、綺麗。そうだ、今よね」

そう言って、美奈子は美紀と克美を特等席に座らせた。

「これをしたかったんでしょう」

克美は臆面もなく、しなだれかかるように頭を美紀の肩に預けた。美紀は克美の肩に手を掛け、引き寄せた。二人は誰が見ていようとはばからない。

しかし皆の前で、落ち着かないまま、取って付けたような着座は、二人きりの時のように気分は乗らないし、思うようには出来なかった。

陽介が「うん、似合ってるし、絵になっている。良い構図だ」と言いながら槍ヶ岳から奥穂高岳までをバックに、美紀と克美の寄り添う姿を写真に撮るため、アングルを変えては何度もシャッターを押した。

この光景も、やがて山陰になって暗くなっていく。二度と同じ色彩は無いだろう。この変わりゆく光景に五人は魅了されていた。

「これって、私達以外、あまり多くの人は見てないんじゃない？」

良子は興奮気味に言った。

「そうさ。僕達だけへの、特別のプレゼントさ」

陽介も高揚している。

「最高の贅沢ね。きっと、いつまでも忘れないわ」

美奈子は感慨深く言った。

「でも、二人っきりでなくて、残念ね」

良子は美紀と克美に向かって、からかうように言った。

「うん、残念。でも、みんな喜んでくれたから、許してつかわす」

美紀が答えた。

「まあ」


少し経ってから、美紀が立ち上がって言った。

「晴天で良かった。雨が降れば風景も見えないし、道も難渋して、初めての人にはキツ過ぎる。皆、行いが良いんやね」

「そうよネーッ」と良子が答えた。

「あの槍ヶ岳の穂先、尖っているように見えて、あれで結構広いんですよ」

美紀がそう言うと、「本当に？」と美奈子が驚いたように言った。

「あそこからの見晴らしも良いでしょうね？」

「三百六十度遮るもの無し。周囲の山は全て見られます。晴れていれば富士山の上部も見えますよ」

「登ってみたいわ…連れてって下さる？」

良子が甘えるように問うた。

「機会が有れば…」

「この山も長い時間かかって、ここだけ盛り上がったんですね」

今度は陽介が言った。

「今の学説ではそういうことになっていますね。でも、僕は疑問を持っています」

「どういうことですか？」

「各大陸や日本列島、それにプレート移動等、今の形が出来る過程で、定説よりも短い期間に盛り上がったのではないかと思っているんですよ」

（プレートはプレートテクトニクスのプレート。プレートテクトニクスは地球の地殻は十数個の固い岩板で出来ていて、移動しているという学説）

「それに、北極や南極の磁極が移動したり、地磁気の出来る理由など、僕達が学校で習った定説では説明が付かないことも考えられるし、僕は決めつけたり、定説に縛られないようにしているんです」

美紀は一応受け入れはするものの、何かに付け、あくまでも自分で考えるように心掛けている。そうすることによって、自分の独創性が構築出来きて、常に独創的なものが生まれ、独創的行動も出来る。その結果どんな時、どんな場合にも対応出来るようになると思っている。

陽介は波長が合ったような嬉しい気分になった。美紀の根底にあるものを、陽介の身体が感じ取って、潜在的な何かを揺り動かしたのかも知れない。

「夏と言っても、ここの夜は寒いから、暖かくして下さい」

夕食後に美紀は言った。そして、「熊に気をつけて下さいよ」と山小屋の人に言われながら五人は外へ出た。

昼間、歩き疲れてほてった足に、外の冷気が気持ち良い。

「まあ綺麗」声が揃った。

意識しなくても、見上げなくても、星が目に飛び込んでくる。

「一言、絶句」陽介が言った。

「こんなにお空一杯に…」

「お星さま、こんなに大きいなんて…こんなの初めて」

「北極星どこ?」

「べガや乙女座どれかしら?」

誰となく口々に言葉が漏れる。

ポラリスや　乙女座どれか　わかぬほど
星降り迫る　アルプスの峰

美紀が声に出して詠んだ。ポラリス（Polaris）とは北極星のことをいう。

「それ、美紀さんの歌？」良子が聞いた。

「うん。今、詠んだ」

「凄い、短歌もできるのね」

「できると言えるほどのものではないよ。愚作だけれど、情景だけでも…」

「よく表現できてるわ」美奈子が感心した。

「短歌は学校で習っただけだし、語句もあまり知らない。言葉探しというか、並べているだけや」

「でも、お上手」良子が言った。

「このような時は詩の方が似合うのかな…」

星を眺めながら美紀が言った。

克美は美紀を見ながら、初めて会って、雪と星の中を夢心地で歩いたことを思い出していた。しかし、今、その美紀の横顔を良子の眼も見つめていた。

少し経って、陽介が言った。

「仕事のこと、聞いて良いですか？　場違いかも知れませんが…」

「うん、良いよ」

「一人で仕事するって、どんななんですか？」

そろそろ決めなければならない進路のことが脳裏にある陽介とって、大企業を辞め、一人で営んでいる美紀の仕事に興味を持っているのである。

「そうやなー、僕の場合、どんな仕事が舞い込んで来るか分からないなー。それにー、することが多いってことかなー。営業、構想、見積もり…まだ他にも帳簿付け、集金、税の申告、雑用…そして、時間を労した割には対価が少なかったりして…」

「時間を労した割には対価が少ないって、どういうことですか？」

思い出すように続けた。

「うーん、そうやなー、以前、結構複雑な曲面の金型設計を受注したんですよ。それで、その曲面の数値を出すため、数日かかって方程式を考え、それに基づいて、紙を材料に、十分の一の概略模型を手作りしたんです。そして正しいことを確認してから、金型の図面を描いたけれど、それでも時間から算出した金型図面の対価しか出してくれない。東京の方ではノウハウや知的仕事にも、結構対価を出してくれるが、関西では目に見えない仕事に報酬を出さないことが多いなー。それに、途中で仕様変更があっても、その費用も出ない。発注側で初めに予算を決めているから、僕達にしわ寄せが来るというわけ。だから大手の設計事務所は誰にでも出来る簡単で報酬の良い仕事を持ってゆく傾向にあります。そういうこともあって僕達には難問が回ってくることが多いんです。言い換えれば、そんな事情があるから、僕達にも仕事があるのかも知れません。元々、商品の収益から対価を決める構図だから、設計にしわ寄せが来るです。難しいからと言って、報酬が良いというものではないんですよね。その上、間違いは一〇〇％許されないし…そして折角考えた方程式も、金型の図面に変わり、図面は金型に変わって、更にその金型で商品を作るから…仮に世界に一つしかない方程式であったとしても、日の目も見ずゴミ箱行き…」

「それは空しいですね」

「構想図を依頼主に提出しても仕事が来ない時もあるし、その構想で他の安価な設計事務所に回されたりして…でも、他に出来る所が無くて、また戻って来るような面白いこともあるなー」

笑いながら美紀は続ける。

「あちこち回っている情報も仲間から入って来るんです…」

「そんなことがあるんですか？」

「それもこれも、大阪は元々商人の街で、商人的考え方が強いし、下請けの中小企業も多いから、こんなことになるのやろなー。大阪で心配なのは、今のところ世界に誇れる先端技術が少ない。最近、変動相場制になって、円高になる傾向にあるし、後進国が追いついて来た時はコスト競争力で負けてしまう。ここが問題で、今のままでは将来必ず行き詰まるやろなー」

「仕事を続けてゆくことは大変なんですね。それに汚いこともされるし」

「個人でしていると、そのようなことも覚悟しておかねば…でも、何だかんだの積み重ねから、力を認めてもらったり、信頼や信用をされるようになるんです。今は出来るだけ提案型の仕事に換えて、優位に立つようにしていますが。いずれにしても、注文する側と受ける側は、その仕事も商品になれば逆の立場になることを分かっていない人が多いですね」

「注文側が勝手ということですか？」

「うん」

言い忘れたことを補足するするように美紀は続けた。

「これは受注ではないんだけれど、単独ということは、独りで考えていて、完成までもう少しのところで、後から始めた大手企業のプロジェクトによって先に発表されることもあるんですよね。実験設備、スタッフ、情報、資金など個人には限度が有ることを、思い知らされることもあるんです。これを引き合いに出すのもどうかと思いますが、昔、薬屋を営んでいた二宮忠八という人がいて、独学し、個人で研究を進め、ライト兄弟よりも早く飛行機の設計図を描き上げた事実があるんです。でも、軍に徴用されてから、軍事に使えると思い、飛行機の製作を上申したが相手にされなかった。除隊後、自分でこつこつ製作を進めていたものの、エンジンを買う資金が無く、飛ばすことも出来ない。それで資金を貯めているうち、世間から資金を集めたライト兄弟に先を越されてしまった（一九〇三年）。国民性の違いかな…人材も多かったらしし…彼は先を越されたと分かった時、長年の悲願をキッパリあきらめ、途中まで出来ていた飛行機を叩き壊したらしい」

「悔しかったでしょうね」

「心情として、それは悔しかったと思うな。叩き潰したぐらいだから…でも、それは一時的なことで、あれほどまで情熱をかけてきた事実は、歴史に名を残す売名行為など小さなことを超越して、人類のため、自分のロマンのため、そして、当時のレベルの中で人生をかけられた自分に満足だったのではないかと思うなー。だから、以後、彼は世界中で飛行機開発のため、犠牲になった人々を供養して祭ったんだと思う。誰が先になろうが、彼にはどうでも良かったに違いない」

「ほーう、凄いですね」

「後に、軍の上官だった人が上申されたことや却下した事実を雑誌に掲載して、このことが世の中に知られたらしい。それがなければ、彼の名を僕達も知らなかっただろうし…」

「上官も隠さずに発表したものですね」

「うん、偉いと思うな。それも謝っているらしい」

女性達は興味深そうに聞いている。

「そして、その設計図は正しかったのですか？」と克美が聞いた。

「うん。ずーっと後に、その設計図で制作したら飛んだらしい」

「わーっ、すごーい」

「他にも、世間には先に考えても無名で認めてもらえず、後で発表した著名人が認められることも多いし…」

「大学でも、それはよく聞きます」

「それにー、世界には同じ時期に同じことを考えている不思議も結構あるのです」

「どのような？」

「例えば飛行機と同じように、微積分学でイギリスのニュートン（一六四二〜一七二七年）とドイツのライプニッツ（一六四六〜一七一六年）がいい例だと思います。一方、同時期ではないが、目的は同じ運動の理論でも、ニュートンとアインシュタインでは、どちらも正しいが、対象世界が変わると成立しなくなることもある…」

「難しいのね」美奈子がつぶやいた。

「独りですることには、なんだか辛いことが多いけれど、自由に発想したり行動するロマンも沢山あるということかな…その中には二宮忠八のように徹底したパイオニア的な生き方もあるし、ライト兄弟よりも良い物を作ろうと挑戦する人もいる…ともあれ、やっぱり、僕は未知へのチャレンジが好きです…考えてワクワクするような…何てったって大きなロマンがある」

「良い話を聞きました。仕事は奥深いんですね」

陽介は感慨深げに言って、こう思った。

この人は初めて会った我々に、同年の旧知の友のように接して、自然体で表裏が無い。悪く言えば馬鹿のように心の扉を開けっ放しにしている。しかし、そこから何が飛び出して来るか分からないユニークさ、奔放さ、それに自信が感じられる。共に行動すると引き込まれる。そして理屈抜きの親しみが湧いてくる。屈託無く話す女子大生とのことや、克美が好きになる理由が分かる。こんな好感を持てる人、過去に会ったことがない。そして、この人はとんでもないことを考えているのではないだろうか。

この登山で思いがけなく一番美紀の影響を受けたのは陽介だったのかも知れない。

美紀の話すことは、いつも自分たちの間では話題にならない新鮮な内容ばかりで、良子と美奈子も感動していた。そして良子はこの一日で、美紀と克美の話題や、これからの二人のことが異常に気になりだした。

「美紀さん…今のお仕事大きくするつもり？」と良子が聞いた。

「うん？…僕は人を使うのも、使われるのも嫌なんや」

「一匹狼ね…格好良い」

「一匹子羊さ」美紀が言うと四人は笑った。

人を使えば、何かに付け自分のことは後回しにして、従業員のことを考えなければならない。逆の立場から見ると、ユニークな発想の者は、上から指図されると能力が充分発揮出来ない。その上、いずれにしても自分の時間が短くなる。創造タイプの者は常に何か考えているものである。独りの方が自由で良い。美紀はそう思っている。

「それなら克美と結婚して、養子に入ることはあり得ないわね」

「飛躍し過ぎよ…それに…美紀さんに失礼よ」克美が制した。

話題にこそしていないが、二人が一番危惧して触れないでいる所へ、あっさり土足で入られてしまった。

克美の身辺は単純なものではなかった。克美の兄は父の後を継いで会社を経営する気が無い。父は克美に後を継げる能力のある養子を迎えるつもりでいた。押しつけられる縁談に反発し、克美は商社マンと結婚して、海外に行くと言っていた。とは言っても親思いの克美は、割り切れないまま悩んでいたのだ。その時、美紀と会ったのである。素性の分からない美紀と、浅い付き合いならばまだしも、熱を上げて深い付き合いになることを父は許さなかった。

しかし克美は周囲からの縁談に見向きもしない。商社に入っても美紀を忘れられない。だんだん元気を無くして行く姿を見て、父は可愛い娘を苦しめていることに自分も苦しみ、賭けのような気持ちで再会の機会を許した。更に、もし再会出来なくても、娘が商社マンよりも惚れた男、美紀に自ら会いに行き、器量を見極め、その器ならば、養子に口説くか、彼の仕事の方が勝っているならば自分の代で会社をたたみ、もしくは売却して、嫁がせる決断をしようと考えていた。ところが、賭けであるまさかの再会が当たってしまって、父の出る番が無く、今に至っている。美紀と克美は跡継ぎの不安を持ちながらも父の考えは知らなかった。美紀にとっても「家で、父はお仕事のことあまり話してくれないの」と克美が言っていたほどで、家業のことを知らなかったし、知ろうともしなかった。

満天の星空から、惜しみなく降り注ぐ優しい神秘のエネルギーや深山の霊気に包まれ、この雰囲気を満喫し、しばらく思い思いに喋って、山小屋の中に戻った。

「明日も晴れると良いね」克美が言った。

「明日、下山ね、もっといたい…」良子が言った。

皆、同じ思いである。

少し経て、「美紀さんは…私…」無意識だろうが、良子が小声で一人言のように出た言葉が克美に聞こえた。それに良子の美紀に対する様子が変わってきたように思う。良子の今後の行動が気になった。驚かされることもあったが、今日も美紀の新しい側面を知った。

「それにしても、久しぶりに会えたというのに…彼もあれほども楽しみにしてくれていたのに…このまたと無いロケーションの中で、二人きりの世界を満喫出来ないなんて…」と克美は心の中でつぶやいた。


明朝、鏡平を発って、登った道を下山した。

新穂高温泉を経て、車中、美紀が話しだした。

「以前、上高地→唐沢→奥穂高岳→前穂高岳を経て上高地に泊まったことがあるんや。宿の亭主に牛乳を勧められてね、絞りたての牛乳…普通より大きめのコップやった。喉が渇いていて美味しかったこともあり、一気に飲んだ…楽しかったのはそこまで、すぐ下痢、夕飯前に何度も下痢、夕食も食べないのに、一晩中下痢、それでも治らない」

「牛乳で?」美奈子が言った。

「うん。そして、チェックアウトの時間が来て、状態を話し、延長を頼んだが放り出された」

「薄情やね」良子が言った。

「うん、そう思った。その時、東京大学の医師が来ている診療所を紹介され、なんとか歩いてたどり着いた。そこで注射の他、薬を飲んで、安堵して横になっていても治らない」

「相当きつかったのね」克美が言った。

「元々牛乳は弱いところに、疲れていた所為かも知れないし、後で聞いたことだけど、搾乳してからの殺菌が不十分だったのではないかと言う人もいた」

「そんなこともあるんだ…」良子が言った。

「予定していた上高地観光どころではなく、松本まで早く下りたくて、バスでなくタクシーの相乗り。そうしたら、運転手がガイドしながらゆっくり走る…相乗りなので急がせることも出来ず、我慢に四苦八苦…」

「あらあら、その様子、目に浮かぶわ」と言って良子は笑った。

「笑いごとじゃないよ」

「でも、喜劇の場面みたい」

「悲劇だよ」

「だって、可笑しい。今だから笑えるのかな…」

「やっと松本まで辿り着いたのに、どこの旅館も泊めてくれない。食中毒を警戒してのことやろな。上高地の旅館だって、飲ませておいて放り出すのやからな」

「それで、どうしたのですか?」陽介が言った。

「あいにく病院も閉まっていて、汚い小さな旅館に頼み込み、渋々止めてもらった」

「でも、良かったですね」

「下痢腹であちこち歩き回るのは大変やった。それに帰りの列車も難渋したなー」

「酷い下痢だったのね」克美が言った。

「うん。それで、その後の、いつだったたか、槍ヶ岳から下山中、出会った登山者に、平湯の旅館を紹介してもらった…料理も良いし、親切、その上安価…彼らはこのようなことをよく知っている。以後、上高地に下りても、上高地での宿泊はやめ、バスで安房峠を越えて、平湯まで行くことにしているんや」

「いつも良いことばかりではないのやわ。ね、美紀さん。女子大生とか、美しい女性に介抱してもらえなかったんですものねー」

　美奈子がからかった。

「そういうこと」

皆笑った。

「でも、上高地の風景は素晴らしい、いつか行ってみるといいよ」

「連れてって下さい」良子が言った。

「恋人に連れて行ってもらえば良いよ。ロマンチックな所やから」

「美紀さん、克美とこっそり行くのでしょう」

「もちろん」

「まあ、言っただけ損しちゃった」

車中笑い声が充満した。

「でも、この登山、楽しかったなー」良子が言った。

「雨が降らなかったこともついていたな…」運転しながら陽介が言った。

「そうや、雨は状況や気分を一変させる。とんでもないことになっていたかも…」

平湯温泉の旅館アルプスに着いた。

「登山後の温泉は最高や…」

風呂場に行く前、美紀は皆にジュースを渡した。

「湯舟で飲むと良い」

「あら、私達にも…」

良子は思い出すように笑いながら言った。

一泊し、名古屋へ向かった。

〔安房峠《あぼうとうげ》（標高一七九〇メートル）は飛騨と信州を往来する国道一五八号線にある。両側はヘヤーピンカーブが続く難所で、冬季は積雪のため通行止めになる。この後、一九九七年（平成九年）十二月六日、この峠の真下に北アルプスを貫く安房トンネルが開通する。活火山焼岳からわずか三キロメートルほど南、北アルプスの高温帯に掘ったトンネルで、世界でも珍しい。トンネルの開通で通年通行可能になるばかりでなく、所要時間が大きく短縮されることになった〕

四、太陽がいっぱい

今日は九月末、登山以後二カ月近く経っていた。克美が大阪へ出て来る。普段会わない間は、手紙で近況や気持ちを伝え合っていたものの、会わないでいると会いたい気持ちは一層強くなる。久しぶりに会える美紀は心が弾んでいた。新大阪駅の約束した改札口に到着し、目で探しながら待っていた。

現れた克美は一際目立つ魅力があった。美紀は嬉しかった。

「俺にはもったいない。まるで月とスッポンだな」と独り言を言った。

近くまで来ていた克美が尋ねる。

「何か言いました?」

「いいや、何も。無事に着いたね。車内で何も無かった?」

「ええ、退屈なぐらい」

「行き先、決めてなかったけど、行きたい所は?」

「ええ、あのね、あなたの職場見てみたいの。良いかしら?」

「良いけど殺風景だよ。他には?」

「内緒、職場出てから言うわ。良いでしょ」

「うん」

大阪の北か、南か、心斎橋のつもりでいたから、美紀は電車で来ていた。

「大阪は緑が少ないでしょう？　東京と比べても…」

「そうね」

「これから行くところは、中小企業が多い所で、建物も密集していて、道も狭いんです」

「でも、そこを選んだのも理由が有るんでしょう？」

「うん。仕事に便利だし、ある人が安価で貸して下さったから」

会話しながら近鉄布施駅に着いた。

「衣食には不自由しない街みたいね」

「スーパーや個人商店、飲食店は結構有りますよ。でも職場の近くには飲食店が少ないので、弁当を頼んでいるんです」

「ふーん」

十分ほど歩いて、足を止めた。

「ここです。仕事仲間と二人で、借りているんですよ」

一階は鉄工所で、多くの機械が作動しているのが見える。鉄工所と言っても小綺麗な鉄筋コンクリートの三階建てで、階段を歩いて登り、三階の一室に入った。

「頑張ってるな」と、美紀は仕事仲間の三好に声をかけた。

「急ぎの仕事なのでな」

三好は美紀と同じ年齢である。お互い話もしやすい。

美紀の後ろに付いて来た克美が挨拶する。

「お邪魔致します。中代克美と申します」

「あっ、よくいらっしゃいました。かねがねお噂は伺っています。ノロケかな？」

「余計なこと、言うんじゃない」と言って、美紀は照れた。

「良い仕事場ですね」

「殺風景でしょう？　必要なものしか置かないようにしているんですよ。お互い掃除や整頓するのが嫌いですから」

美紀が答えた。

「良いお考えですね」

「この殺風景な所にも、時々パッと花が咲くんですよ」

三好は言った。

「はい？」

「若くて綺麗な女性達が時折来るんですよ…美紀を訪ねて」

「まあ」柔らかな大きな目で美紀を睨んだ。

「言って悪かったのかな？」

「いいや」

「まだ話してなかったのか？」

「うん…機会が無かっただけ」

「今、思い出しても、いつだったたか、来た女性の発言が印象に残っているな」

「ううん？」と美紀はけげんな表情をした。

「三人の女の子に『私達と一緒に暮らそう』って言われて掃除してくれたりして」

三好は仲の良い二人に対して、悪戯をしてみたくなったのである。

「しょうもないこと言うんじゃないよ」

美紀は冷や汗をかいた。

「やっぱり、もてるんですよね。専門学校の講師をしていると」

「知らなかったわ…講師ね」

「非常勤だけど」

「科目は？」

「製図です…機械と建築の…」

「担当はいつですか？」

「月、水、金の夜、各三時間です」

「大変ね」

「他に企業の技術相談もしているのですよ…凄いでしょう?」

三好が言った。

「わあ…大変どころじゃなくなったわね」

「美紀のニックネーム知っていますか?」

「いいえ、教えて下さい」

「こら、止《よ》せ」

「生き字引とか、歩くコンピュータとか言われているんですよ。彼が側にいて僕も随分助かっています」

「彼女の前だからと、気を遣って持ち上げてくれるのは嬉しいが、何も出ないぞ」

「これ、名古屋の名物ですけど召し上がって下さい」

克美は土産を差し出した。

「出た」と、三好は戯《おど》けるように言った。

三人は笑った。三好が言ったことを克美は事実だと思った。

「今日は引き上げるよ、ここを見てもらうだけだから」

「お邪魔しました」と言って、克美は頭を下げた。

二人は事務所を出た。

「良いお仲間ね」

「うん」

「ね…まだ綺麗な若い女性のこと、聞いてなかったわね？」

「学校の担当者や受講生、それに、以前勤務していた会社の人とか…」

「あなたに興味あるのね」

「実際の仕事を見てみたいと言う人もいるし、仕事も欲しいのではないかな」

「ふーん」

信用しないという面持ちで、美紀の顔をのぞき込む。

「でも、あれって、どういうこと？」

「あれって？」

「三人の女の子、一緒に暮らそうって」

「三人で僕をからかっているんや」

「本当かしら」

「専門学校には学生、ＯＬ、主婦や三十歳近くになったモデルさん、スナックで働いている人、芸人さんなど色々な人が来る。だから僕をからかうぐらいわけも無いことなんやろ。『先生の授業はホッと出来る場所や』そう言う受講生もいる。授業で良いことか悪いことか分からないけれど。でも、授業なんて楽しくなければやる気も出ないし、つまらないもんね。時には大きな笑い声で、他の教室からクレームが出て、喧しいと学校側から注意されることもあるな。ま、結構和やかにやっています」

「ふふ…想像出来ないでもないな。で、男の人はいないの？」

「いるよ。でも、この経験から女性の素晴らしさを発見した」

「どういう？」

「男子は脆いし、諦めが早い。女性は元気や。それに素直で諦めない。そして粘り強い。終わってみれば作品の出来具合や速さも女性の方が優れている」

「ふーん」

「『こんなに真剣に勉強したのは初めて』と言う女性の受講生も結構いる。僕にとって、その言葉は嬉しいし、疲労回復剤になる」

「あなたが講師だから、女性は頑張るのじゃない？」

「それなら、なお嬉しい」

「まあ」

「大学卒の人も多いんや。手に職を付けたいのやろ」

「私も受講してみたい」

「からかうんじゃないよ」

「からかってなんかいないわ、本当よ。楽しそうだもの」

「でも、女性三人と暮らす、それも良いかな」

美紀は戯けるように言ってみた。

「知らない、そうしたら良いわ」

「怒った？」

「うん、怒った」

「ああ、調子に乗りすぎた、ごめん、ごめん」

すまなさそうにしている美紀に克美は含み笑いをした。

「でもね、真面目に嬉しかったこともあるんや」

克美は美紀の顔を見た。

「ある受講修了生から手紙を貰ってね、その中で、『先生に教えていただいていたことは、本当に何というか、凄く深い所で役立っています。物の考え方というか、取り組み方というか、そういうのを、技術的なことを通して、教えてもらってたんだなーって、今、凄く分かるし役立つんです』そう書いてあった。この手紙は嬉しかった。僕が授業で一番伝えたかったことだから」

「そのお手紙も女性よね」

「うん」

「やっぱり。でも、女性で技術って？」

「インテリアデザインの仕事をしている」

「ああ、インテリア。でも、あなたの専門じゃないのでは？」

「うん。でも、分野は違っていても、目的に向かって思考していく、その考え方は同じだと思う。何にだって共通しているんじゃないかな。表現方法が違うだけで…文にしたり、絵にしたり、図面にしたり、そして、工事をしたり、問題解決の根本の考え方も変わらないと思う」

「どういうことかしら？」

「例えば、店のインテリアを考える場合、外からは、居並ぶ店舗の中でも、その店が選ばれたり、或いは入りたいと思わせ、中に入ると、更に驚き、引きつけられ、買いたい気持ちにさせることが重要で、そのためには照明、色彩、形、配置、目線、動線など、あらゆることを考えなければならない。また、それを安価に仕上げるには、材料、資材、市販品など、そして、それらの特性、寸法、加工方法、工事方法などの知識が必要になってくる。これらは分野は違っても何ら変わることはない。彼女は、今では色彩の勉強や、大工の勉強までもしたいと言っている。何をしなければならないか分かってきたんです。することが一杯出来た反面、しなければならないことが多いということが分かって、技術の仕事を続けることの大変さ、それに、女性としてもしたいことが色々あるなど、新しい悩みが出来たようです。今、彼女は全てを任されているそうです。小さい会社だから…」

「ふーん。でも、凄いですね」

「僕もそう思います。でも、初めは青くなって相談にも来ました。技術面だけでなく、職人との接し方も含め、かなり苦労したようです」

「誰にでも出来ることではないでしょう？」

「それはそうさ。やる気と、それに…インテリアは、そのセンスが大切。彼女は両方持ち合わせていた」

「ふーん。でも、その人、その仕事に就くまでは少しぐらいインテリア関係の仕事をしていらしたのかしら？」

「高校卒業後、僕の所へ来るまでは、婦人物洋服店で売り子をしていたらしい」

「へー、また驚いた」

「余計な知識が無いのが良かったと思う」

「でも、彼女、あなたがいたから出来たのよね。頑張れたのよね、きっと。あなたを信頼して、あなたの考えを理解している女性がいるなんて、私、悔しいわ」

「そんな大げさなことではないよ。受講生だから」

「でも気になるわ。それに…まだ何か出て来そう、女性絡みで…女子大生のことも有るし…」

「うー」美紀は変な声を出した。

複雑な気持ちには変わりないが、美紀の周りでは、このようなことなど珍しくないのではないか、克美はそう思い直した。

「でも…お仕事、忙しそう。お身体、気を付けてね」

「ありがとう。でも、正直言って図面を描くこと、あまり好きではないんですよ。考えたことを設計する…言い換えれば表現するために仕方なしに描いているようなものなのです。なのに製図の講師までしている。矛盾していますよね」

「他から見れば素敵なお仕事に見えますのに…」

「キャンバスに絵を描くようには、自由ではないのです」

「そんなものかしら？」

「きっと、性格的なものなのでしょうね。新しいことを考えたり、創造することは大好きなくせに…他に表現方法がないから…それに根底にはもっとアカデミックなことを望んでいるのかも知れません」

「お止めになるのですか？」

「いいえ続けます。生活がありますから。食べて行かねば夢も叶えられませんから。不安になること言って、ごめんなさい。つい本音が出てしまいました」

「大きな夢を持っていらっしゃるのですね。私もお手伝いすることが出来たら、どんなに幸せかしら」

駅に着いた。

「で、次どこへ行きたい？　心斎橋を歩いて、難波で食事でもしましょうか？」

「いいえ」

「心斎橋は女性に結構人気が有るみたいなのに…」

「あなたのアパートが良いわ」

「げっ！　不意打ちや。全然片付けてないですよ」

「だから黙っていたの。あなたの生活見たかったのよ」

「こりゃ大変や…ま、ま、いいか」

「うふふふ…」

克美は美紀の慌てぶりが可笑しかった。

「それに…先ほどのお返し…とでも、しておこうかしら？　女性のお話の…　だって、あれだって不意打ちでしょう？」

会話しながら並んで座席に着いた。

「気が付いたら車窓からの風景が逆に走っている時があるんですよ」

「え、えっ？」

「高安駅の車庫に入ったことも」

「眠って？」

「ええ、座るとよく眠ってしまうんですよ」

「ふふふ…可笑しい」

「この振動、合っているのかな…でも、かっこ悪いね。何故か車掌も終点で起こしてくれないのだから…」

「車掌さんの所為にして…でも、疲れていたのですね？」

「そうとはかぎらない…条件反射のようなことも」

「ふふふ…美紀さんにもそんな一面あるのね。今日は私がいるから大丈夫よ」

八尾駅で降りた。

美紀は、歩いて五分余りの所に有る四階建ビルの最上階に部屋を借りていた。

「新しいけど…狭いですよ」

歩いて階段を上がり、部屋の前に来た。

「ちょっと待って、布団片付けるから」

「良いのよ。私にさせて」

「ま、良いか」

キーをさしてドアを開けた。

「さ、どうぞ」

「ありがとう、明るい部屋ね」

「うん。それがいいところなんだけれど、南向きだから夏は暑くって」

「でも、思ったより片付いているじゃない？」

「そうかな？」

「お布団、ここに入れたら良いの？」

「うん」

克美はササッと片付けて、見てる間に拭き掃除までしてしまった。

「お部屋は二つだから、簡単ね」

「物も無いしね」

「ふふふ…　あれっ、この椅子、車のじゃない？」

「うん、カローラに以前付いていたものを使っているんです。今、車に付いているのは解体屋で買ってきたものです」

「ふーん、座り心地良さそうね。リクライニングも付いてる」

克美が思っていたより、書籍は少ないと思った。

「ちょっと、友人夫婦に紹介するよ」

部屋の外の廊下に出て、正面のドアをノックした。友人がパジャマに近い格好で出てきた。

「ま、入れや」

「今日は紹介したい人を連れてきた」

「おい、それって、チョット待て、この格好じゃ」

「良いよ、もう、ここにいるから」

「初めまして、仲代克美と申します。どうぞ宜しくお願い致します」

友人は慌てて自己紹介した。

「あっ、宜しく、杉谷晋平です。おい！　美紀が彼女を連れて来たぞ」

「そう。ちょっと待って、すぐ行くから…入ってもらったら？　お茶入れるから」

奥の方で彼の妻、富子が言った。

「さっ、入れよ」

「今日はここで良いよ」

「よろしく…富子です」富子が出て来て、愛想良く言った。

「克美と申します。よろしくお願い致します。有り触れていますが…これ名古屋の名物ですけれど…」

そう言って克美は用意していた品を富子に渡した。

「ありがとうございます」

受け取って、富子は夫の顔を見た。

「懐かしいな…かつて僕も名古屋にいたんですよ」

「あら」

「奥さんは東京から…まだ新婚、彼と僕は小学校時代からの友人で、親友なんですよ」

美紀が言う。

「近くに親友がいらして良いわね」

「彼には、あなたのことをいつも惚気《のろけ》られています」

晋平が言った。

「余計なことを言うな」

美紀は言って続けた。

「彼等夫婦には何時も世話をかけています」

「とんでもないです。二人仲が良くて、私も喜んでいるんです」

富子が言った。克美は終始会釈しながら、微笑んでいる。

「今日はこれで」

「そうか」

美紀と克美は部屋に戻った。

「食事、外に出ましょうか？」

「私に作らせて…家庭料理で良いわね。ほら、お味噌汁も」

「ありがたいけれど、お客さんに作らせては？」

「もうお客さんじゃないわよ」

「…」

「スーパー、近くに有ったわね」

「じゃ、僕が買ってくるよ」

「私が行くわ。買い物籠持って、食品売り場をあなたにウロウロさせたくないの」

「それじゃお願いします」

「任せておいて。あなたはその椅子でゆっくりしてて」

「ありがとう」

克美が買い物に出てる間に、美紀は映画音楽を聴きながら新聞を見て、くつろいでいた。そして、このような幸せな日が、現実に訪れるのだろうか？　等、色々なことが脳裏を巡った。

克美が戻ってきた。

「良いスーパーね」と言って台所に立った。慣れた包丁の音が聞こえてくる。

「デザート、いつもどうしているの？」

「果物は好きやから、よくそのまま食べるけれど、バナナ、レモン、りんご、蜂蜜、卵の黄身、それに牛乳などを入れ、ミキサーでジュースを作ることもある。一人じゃ多すぎるから友に飲んでもらったりもする」

「このミキサーね」

「ああ、それ。友人の結婚式の司会をした時に、お礼にもらったんや」

「気が利いてるわね」

「僕のこと、よく知っているんですよ。その棚に有るこけし人形だって、元々一つやったんやけど、一人ではかわいそうやと言って、みやげに買ってきてくれてからペアになったんや」

「楽しいお話ね。で、あなたの持っていた、こけし人形はどなたにもらったの？」

「え、え、え…」

「慌ててる…ふふふ…」

「その台所の食器だって、別の友人の結婚式で、色々用事をしてやったら、友人のお袋さんが、いつか必要になるからと言っていただいたものもあるんや。でも、台所に有るものは大抵田舎の余り物を持ってきているんや。ああそうや、カローラも友人から安く譲ってもらったんや」

台所から味噌、醤油などの調味料や食材など調理中の家庭の香りが漂っている。

「それ良い曲ね。私も大好き」

部屋には『太陽がいっぱい』(一九六〇年、フランス・イタリア合作映画の主題曲、作曲ニーノ・ロータ)が流れていた。

「あら…何考えているの?」

「うん、こんな幸せな日が本当に訪れるのか信じられなくて」

「幸せと思ってくれるのね。嬉しいわ。このような生活きっと送れるわよ。心配性ね」

漂っていた家庭の香り、克美の手料理の数々が現実のものとなって食卓に並べられ、美紀の心を一層幸せにした。田舎を出て以来、このようなことに薄幸だった美紀にとって、胸に込み上げてくるものがあった。

「召し上がって」

「うん」

美紀は煮付けを口に入れた。

「美味しい!」

「ありがとう。喜んでくれて、私、嬉しい」

「幸せ過ぎて…」

「またそのこと…でも、私もあなたの愛に包まれて、とても幸せよ」

二人は電気こたつを兼ねたテーブルを挟んで向かい合って座っている。

かけていたカセット・テープの曲は『太陽がいっぱい』に続いて『ロミオとジュリエット』（一九六八年、イギリス・イタリア合作映画の主題曲、作曲ニーノ・ロータ）から、『ある愛の詩』（一九七〇年、アメリカ映画の主題曲、作曲フランシス・レイ）へ変わって、部屋は甘美な雰囲気に満ちていた。

「映画はよく行くのですか？」

「あまり行かない。テレビで見る程度」

「やっぱりね」

「あなたは？」

「私は時折行きます」

「僕は人混みの中や、人が多く集まる所は苦手なんです」

「そうだと思っていました。お山の方が良いんでしょ」

「うん。自然の中が良い」

会話をしながら、食事を終えた。

「あのうデザート欲しいんだけど？」

「先ほど食べたばかりじゃない？」

「二人だけのデザート」

「？…」

美紀が克美を見つめ、その雰囲気から察して、克美は美紀の側へ寄り添った。美紀は克美を抱き、軽く唇を重ね、そして抱擁するように頬ずりをして離れた。克美は台所で後片付けをし、次の食事の用意まで手早くし終えた。

「遅くなるから送るよ」

「今夜はここに泊まるわよ」

「ええっ！」

「う、そ、よ」

「ああビックリした。本気にしてしまうよ」

「でも泊まりたいのは本当よ」

「嬉しいけれど、今日は僕を驚かせて楽しんでいない？」

「たまには良いでしょ？…　うふん…　これ、夕食に召し上がってね。作っておいたから」

「ありがとう。本当に幸せだよ」

美紀は何度も何度も幸せを噛みしめ、信じられないでいた。克美は満足そうに微笑んでいる。二人は外に出て、美紀は克美を送って行った。

「今度来る時にはテニスコート借りておくよ」

「ええ、楽しみ」

道端にコスモスが咲いている。可憐さに克美を重ねた。新大阪で別れを惜しんだ。

また手紙の交信が続いた。

五、古《いにしえ》の里

紅葉の頃、朝、京都駅で待ち合わせた。

克美は着物を着て現れ、まるで花が咲いたように明るい。肩の辺りは淡いピンクに彩られ、帯に向かってぼかしながら薄くなっている。帯からは濃さを増しながら華やかな赤紫となって裾に広がり、その中に白い野菊の花が配色され、帯には少し大きめの白菊が散らばって咲いている。髪は上げて簡単に束ね、白いうなじの初々しい柔らかな線が、襟に流れ込み、清潔で女性らしい色っぽさを匂わせていた。

克美のこのような姿を見たのは初めてである。美紀は我を忘れ見とれていた。

美紀はと言えば、よそ行き用を着てオシャレをしたものの、変わり映えのしないジャケットとズボン、その上、京都駅に近づいた頃、左右の靴下が異なることや、穴が開いて、くたびれているのに気が付いた。

昨日、この日のために丹念に選び店員にも勧められて、折角、常より値をはずんで買っておきながら、興奮して寝付きが悪く、朝、慌てて出かけたため、普段室内で履いている古い靴下で来てしまったのである。

道路が混雑していて、京都駅の売店で新調する余裕が無かった。今、ズボンで隠れてはいるものの、この格好はどう見ても、克美と釣り合わない。二人で歩きながら内心気が引けた。

「綺麗や、よく似合っている。僕まで嬉しくなる…」

「ありがとう、喜んでくれて。私、幸せ」

「正月、言ったこと、覚えていてくれたんやな…」

「私も着てみたかったの」

「今日は愛車、カローラちゃんで来ているんです。僕もだけれど、車もあなたに釣り合わないね」

「そうかもね…ふふふ…」

克美は少しふざけたが、着物姿を美紀に見てもらいたかったのだ。

「ごめんね」

「冗談よ、気にしないで」

車が止まっているガレージに着くと、克美は紙袋を後部座席に置いて助手席に座った。

「今まで見たことないけれど、タバコは吸わないし、お酒も飲まないのね?」

「僕にとっては毒薬なんです」

「車内も臭わないわ」

「誰かが一回吸うと、長い間臭いが取れない。気分が悪い。だから、禁煙車です」

「電車みたい」

二人は笑った。

「車の中も綺麗ですね？」

「お姫さまに乗っていただくために、昨日掃除したのですよ」

「お世話かけたわね…で、これが換えた椅子？」

「そう。椅子だけは高級車の…あなたに似合う」

「うふふふ…」

「私もタバコ、お酒、両方嫌いなんです。職場では煙で難儀しているんです。あなたが吸わなくて良かったわ」

「吸う人は大抵、他人のことを考えず、マナーが悪い。毒薬という意識もない」

「私もそう思うわ」

美紀はそのことで思い出したように、ある話を始めた。

「以前入院したときにね」

「入院って？」

「痔で出血多量」

「えっ、本当に？　そんなことってあるの？　悪いけど可笑しい」

　克美は笑っている。

「笑いごとじゃないよ。苦しくて衣類の着替えも出来ない状態だったんだから…輸血しなければ手術も出来ない…今生きているのが不思議なぐらいで、いつ死んでも不思議でないとまで言われて…」

「笑ってごめんね。でも、可笑しかったんだもの」

「純血を守りたいから、僕は輸血を拒んだんです」

「純潔？　純血？　を守る？」

　そう言って、また笑う。

「まだ死ぬわけにゆかないから、輸血」

「大変だったわね」

「輸血のお陰であなたに会うことが出来たんだもんね」

「そうよね」

「話が大分それてしまったけど」

「そうそう、何の話だったかしら？」

「同室の患者がね、『タバコも吸わず、酒も飲まず、何の楽しみがあるんや？』と、僕に言ったんです。そうしたらね、隣のベッドの人が、『この人は頭の中で一人で楽しんではる』と言ってくれたんです。分かってくれている人もいるんだと思いました」

「あなたの楽しみ方が、他の大方の人と違うのね…私も分かるわ」

「その人は六十から七十歳ほどで、駅の階段を降りている時、綺麗な女性に目を奪われて転げ落ち、手を骨折して救急入院したそうです」

「うふふ…あなたも御注意を…」

「はい…注意します」

「まあ…」

期待した答えは返って来なかった。美紀はわざと言ってみたかったのである。

「その人と結構話が合って」

「女性のこと？」

「いいえ…色々あるけれど…経済談義」

「病院で？」

「早稲田大学の経済学部を出たと言っていました。その時はどこかの会社の非常勤役員をしていらっしゃるようで、真からの経済人でした。話は株式のことに及んで…僕の考え方がユニークだと言って、本を書けと言うんです」

「書いたのですか？」

「いいえ…無名の僕が書いても売れないと言うと…私が買いますだって」

「ふふふ…」

「それでね、その後すぐ、彼は僕が言っていた銘柄に乗り換えたようです。かなりの金額を…勇気要りました…と、言っていました」

「病院にいて出来るのですか？」

「取引のある証券会社へ電話すれば良いのです」

「あなたも株取引しているのですか？」

「少しだけ」

「怖くないですか？」

「怖くはないけれど、余裕のお金は無いから、相応にしか出来ないんです」

「余裕があれば増やすおつもり？」

「うん…してみたい」

「でも…世間では恐れているわ」

「言葉は適当でないですが…食わず嫌いというか、知らずに恐れている人が多いのではないかと思います」

「そんなものかしら」

「何も分からないで株の売買をする場合は怖いし、なんら丁半博打と変わらないと思います。でも、大切なお金を投資するのですから粗末には出来ません。その企業の技術レベル、経営者の能力や姿勢、そして、その業種や企業の成長性等よく調べて、先々の収益を推測出来ると博打ではなくなります。だから不安も少ないのです。投資した会社の今後の姿を自分で考えて、企業に提案することもあるんですよ。しかし、株購入は人気投票的な面もありますから、それも考慮します。それにね、時には株式分割もあったりして、少ない投資で取得価格の何倍にも大化けする醍醐味も味わえます。大きなプレゼントを貰ったような…」

「株式分割って？」

「企業の業績が良く、株価が上がって売買しにくくなった時や、市場での株の流動性を良くする目的等のため、それに株主へのサービスになることから、既発行の株を分割することによって、新株を発行し、株主に与えるんです。例えば一対二に分割の場合、一〇〇〇株持っていたとしたら、二〇〇〇株になります。比較的歴史の浅い企業が成長過程の時に何度か行うことがあるんです。株数が増えるから、一旦株価は下がりますが、通常はまた上がってきます。分割するというニュースが流れるだけでも株価は上がることが多いのです。それに、新株の供与は無償の場合も多いから、投資家には有り難い…」

「そんなこともあるの…良いわね」

「うん。でも、銘柄選びは…やっぱり自分の得意な分野の企業が分かりやすいですね。

予測や分析がしやすいし…だから僕はサイエンスに関連した企業を選びます。サイエンスは常に進化するから成長が大きいし、限度が無い。それにサイエンスは世の中の進歩の牽引役でもあるから…一旦選んで買ったら、じっくり長期保有と決めています。企業の成長は半年や一年では無理だし…短期的には業績に関係なく、諸々の変動する経済の動きで株価も大きく変動することもあったり、証券会社をはじめ、金融関係者、大口投資家の思惑や、株式を組み込んだ色々な金融商品のアクシデント、そして、そのとばっちりを受けることもあるし…例えば、将来期待が持てず、近い将来業績が落ちると予想できる銘柄があれば、空売りをして、期間は有るものの、下がったところで買い戻し、その差益を得る、いわゆる逆張りの方法もあります。このように自然の流れの中で取引をする場合は良いのですが、取引の出来高が少なくなって、上値の重い時、故意に大量に売り浴びせ、業績に関係なく無理矢理株価を急落させると、他の投資家はパニックになり、その売りに加わって売りが売りを呼ぶ展開になる。それによって値下がりが加速することになっていく。これが主力銘柄であれば、他の銘柄にも波及することが多い。短期的には、このような投機的仕掛けもあるんや。このことを大局的に考えると、株価が下がれば、国民の富も減る。もし仕掛けたのが国民であれば、自分で自分の首を絞めていることになる。自己の利益だけを考えるような、このような投機的仕掛けは僕は好かない。あくまでも、国力や企業の成長とともに資産が増えるのが理想と思う」

「株取引までも、よく考えていらっしゃるのですね」

「ええ？　までもって？」

「なんでも科学的で論理的だし、以前のお話にも…」

「ああ、覚えていてくれたんですね？　ありがとう」

　悪戯っぽい目をして答える。

「あなたのことは何でも覚えているわ、女性のことも…」

「ああ…くわばら、くわばら…」

　一層悪戯っぽい目をして睨む。

「女って怖いのよ」

　本当に怖そうに戯けて身体を小さくした美紀は、「恐ろしや、恐ろしや」と言いながらも、彼女の目が可愛いと思った。

「ふふふ…でも、株の売買って結構難しいのね？」

「だから、知的ゲームとも言われています。僕も、あまり好きな方じゃないけれど、市場経済の世界では、資源、商品、株式、為替相場など、各種マーケットのことを多少なりとも知っておかなければならないと思っているんです。無関係と思っていても、僕達は皆その中にいるのですから…身近なことでは金利や物価、昨年勃発したオイルショックによる影響も良い例ですよね。それに実際株を売買することによって、政治、経済、世界情勢、科学技術、企業のこと…等を知ろうと、より真剣に取り組むようになるし…勿論リスクはありますが、読みさえ間違わなければ、僕のような元金の少ない者が何か始める時、資金を増やす手段の一つには違いない。過去にも株で得た資金を元手に成功した人が結構多いと聞いています。その中には入院中に資金を得た人も結構いるそうですよ。読みだけでなく、運も良かったのでしょうね…特に短期間では突発的な出来事がプラスになる時も、逆に作用することもありますから…」

「それで…隣のベッドの人はどうでしたの？」

「結局、タイミング良く、その銘柄が急騰して、彼も『怪我したお陰で儲けさせてもらいました』と言って退院していきました。かなりの金額になったと思います。彼も運の良い一人でしょうね」

「あなたはどうでしたの？」

「少しだけ…」

「軍資金ね？」

「うん」

「やっぱり病院でも退屈しないんですね…あなたは」

「一カ月入院しましたから…色々ありました」

「そうでしょうね」

「株式投資を始めて思ったのだけど、株価や経済の行き過ぎはいけないが、少し過熱気味の方が良いような気がするな。過去のデーターをこねくり回す理論株価なんて、理屈は元々目安に過ぎず、株価は本来企業の将来に対する期待値みたいなもので、その将来に投資するのだし、期待値も投資する人の心理が決めるものだから」

「目安？」

「ええ、もし、計算できる完全な理論なんてあれば、その数値にへばりついて株価は動かなくなって、面白くも何ともなくなるし、市場は要らない」

「面白い理屈。でも、なぜ過熱気味が良いと思うのですか？」

「先ほども少し触れましたが、株式の時価総額が増えると、株式の売買による税収が増えたり、年金とか、会社や投資家、それに社会全体の保有資産価値が上がるし、ポジティブな気分になれる。そして、内需も増え、経済が活発になる」

「ふーん？」

「逆に景気や企業業績等の悪いニュースをきっかけとして、投資家は過剰反応して、金に関わることだけに、株の売りは大きく増える。このような場合、投資家の多くは同じ行動をするから、上がる時より下がる時の方がきついですよね。何と言っても、心理がネガティブになれば株価は下がり、消費は控えられ、不況になる。何しろ消費はＧＮＰの六割程度を占めるのだから、景気への影響は大きい」

「私には何となくの程度で、充分には理解出来ないけれど…」

「ああ、ごめん、ごめん」

少し間をおいて、話を続けた。

「話を少しスライドするけど、同じ蓄財でも、お金は難しいが、知的財産は誰でも蓄えることができるよね。それに、知的財産は単なる知識の蓄積でなく、人を作り、人格や品格を高めることができると思うんです…普段からそれがさりげなく滲み出るようになれば素晴らしいと思うな…」

「生き方次第ってわけね」

「うん。そうなれば少なくとも貧客《ひんかく》にはならなくて済むかも…」

「ええっ、何て言ったの？」

「貧しい人に…僕の造語」

「また洒落？」と言って克美が笑う。

「ちょっと無理があったかな、格好の良いことを言い過ぎたので落としたんや」

照れながら、そう言って、目をむいて肩をすぼめ、舌を出した。

「ふふふ…」

「やっぱり、お金に結び付けたら品格も値打ちが落ちてしまうな…反省」

「でも、心豊かに生きられたら良いわね」

「うん。ところで、どこか行きたい所、ありますか?」

「お任せするわ」

「今日は驚かすこと、言わないんだね」

「今日は女らしく、お淑やかに、あなたにお任せするわ」


烏丸通りを北へ向かって走りだした。

「京都は道が狭く、よく混雑するでしょう? 戦災も受けてないしね…神社や寺院等、昔のまんまの所が多く残っているんですよ」

「やっぱり趣があるわね」

「うん。夢やロマンに満ちあふれている。表面には見えないけれど、京都には日本文化の集積のように素晴らしい技術も多いんですよ」

「例えば、どんなものですか?」

「料理、和菓子、和紙、琴の糸、扇子、友禅、西陣織、絵画や螺鈿《らでん》、陶磁器等の芸術品、工芸品、建築の美、それに、その構造…等はよく知ってますよね」

「ええ」

「螺鈿は元々大陸から渡来したもので、奈良時代、平安時代に盛んだったそうです。日本に渡った時は粗略なものだったが、日本で磨きがかかって、正倉院（奈良市）に残っているあの素晴らしい芸術品に変わったようです。逆輸出もしたそうですよ。真似したわりに、より良いものにしてしまう。最近でも、例えば、これは京都ではないですが、液晶表示板やロータリーエンジンなど、先進諸国で〝もの〟にできなかったものでも、日本人は成功させてしまうんです。何と言っても、京都を中心とした日本の古来の技術が、追従を許さない最先端の技術に使われていることは素晴らしい」

「ふーん」

「よく見る琴や三味線の糸は、何で出来ているか知っていますか？」

「いいえ」

「興味があって調べたのですが、絹糸なんですよ」

「絹糸？　私の着ている着物と同じ？」

「ええ、しかし、ただの絹糸ではなく、細い絹糸を何本か束ねてはよじって、そして張って、また、それを束ねてよじる。その作業を繰り返した上、ウコンなどの特殊な液を塗って防虫とともに丈夫なものを作るそうです。作り方で音色も違うらしい…もっとも最近ではナイロンなどを使うようですが、やっぱり絹糸の方が良い音が出るそうです」

「凄いですね…そんなお話を聞くと…私、弾けるようになりたいわ…お琴も」

「あなたならすぐ弾けるようになりますよ」

「そうかしら。挑戦してみます」

「和琴か…これは日本独自のものですしね…僕は好きです…音もデザインも…それに古都に似合うしね」

「ふふふ…それって、洒落ですか？」

「分かりましたか？」

「ええ…あなたの一言一言は何らかの意味があるんですもの…」

「へへへ…面白いのは、扇子なんです。扇子は日本で考えられた折り畳みができる携帯団扇《うちわ》なんですね。竹製の工夫された扇骨に和紙を張って、スッキリした日本画がかれ、扇子そのもので品位の美さえ感じるし、扇子は日本らしい日本文化の粋そのものと思います。そして芸子さんの舞用、歌舞伎用、落語の小道具…色々な所に使用されれ、使用目的によって、形状、大きさ、描かれるものまで様々で、女性物など可愛くて、なかなかセンスあると思いませんか？」

「あら、あら、また…」

「まだまだ凄いのが…日本の技術や美術の凝縮は女性の着物と帯…そして真骨頂は平仮名だと思うんです。シンプルな割りに、詩や和歌など使い方、書き方によっては何ものにも勝る美に変身する…それに…何と言っても便利でしょう…もし中国に生まれていたら、漢字が苦手な僕なんか大変だったと思います」

「私も」

二人は笑った。


北大路通りを西に進んで、高野川沿いをしばらく北上し、車は大原の里に着いた。この場所ほど古《いにしえ》の雰囲気が漂って、郷愁を誘い、山里という言葉が似合う集落も珍しい。車を預け、三千院（平安時代に開創された）の山門をくぐった。

観光客の姿がなければ、静寂なたたずまいである。まっすぐ天に向かって伸びる杉の木立と、水平な落ち着きが感じられる古風な建物、縦横の線が全体を引き締め、よく手入れされた庭から、僧の修業の場であった一面もうかがえる。

その中にあって、優美な池、この時期、一層盛り上がるのは紅葉《もみじ》とその下の苔で、今年の紅葉は、今、丁度見頃らしく、透き通るように色付いた姿は近年になく美しい。まだ落ち葉の時期には少し早いが、苔の上の所々に、紅、オレンジ、黄色など、色とりどりの散り急いだ紅葉《もみじ》が静かに載っている…生々しい苔の緑色と、若々しくさえ感じる紅色の対比に絶句させられる。

着物を着た克美が立つと、そこだけが一際輝くような構図の中心となった気がした。

「美しい。よく似合っている」と美紀は思った。

魂を奪われたのは美紀だけではなかった。見とれていると、真紅の紅葉《もみじ》の葉が克美の襟足にかすかに触れるように舞いながら、足元に落ちた。

「あらっ…」と、克美は言った。一瞬の出来事であった。

襟足を　かすめ舞い落つ　紅葉《もみじ》かな

美紀は心の中で詠んだ。表現する時、自然と出てくる美紀の癖のようなものである。澄んだ水音を立てて、竹筒から流れ込む苔むした手水《ちょうず》も、着物姿の克美にはよく映《うつ》る。克美が院内の何処にいても、この全体の調和した風景に融合している…美紀は魅了されていた。

建物の中で、二人はゆっくりと歩を進める。

「ここの天井にも天女さまが描かれているらしい」

「ほんと？　天女さまが…見てみたいわ」

「平安時代に描かれたから、護摩を焚いた煤など長年の汚れで見られないらしい」

「そう。残念だわ」

「本物の天女さまならここにいるよ」

そう言って克美に目を向けた。

「ふふふ…また言ってる」

嬉しそうに笑った。

院内を参拝して回った後、門前の風情がある茶店で休憩をした。

そこには緋色の番傘が立てられていて、緋毛氈《もうせん》も敷いてある。

「三千院でも、ここでも、あなたはよく似合っている」

「そ〜う、嬉しいわ。あなたが似合う所を選んでくれたから」

頼んでおいたお茶と和菓子が、大原女《おはらめ》の格好をした女性によって運ばれてきた。

「お待ちどうさんどす。どうぞおあがりやす」

二人はお茶をいただいた。

「この茶碗、良い香りする」

「土の香り。お茶と良く合ってるわね」

少し経って、店のみやげ物の中から女物の扇子とかんざしを選んだ。

「これプレゼント」

扇子は源氏物語の絵柄で、かんざしは花で飾られている。

「まあ可愛い…どちらも素敵ね…嬉しいわ…大切にします」

嬉しそうに眺めている。

「これ髪に刺して」

「ああ…ごめん…ボケーッとしてて」

喜ぶ可愛い仕草に見とれていたのである。美紀自身も楽しみながら、いたわるように髪に刺した。髪から心がとろけるような香りが漂っている。

「どう?…似合うかしら?」

「うん…とっても可愛い」

「ふふふ…この扇子はここね」克美は笑いながら帯に挟んだ。

「そこで良いんかな? 何だか武家娘の懐剣《ふところがたな》みたいや」

「そうよ…懐剣よ…」

「それって…もしかして…僕のために?」

「ふふふ」

「気持ちは嬉しいけれど…でも…僕は何があっても…命は大切にしてほしいな」

懐剣は武家娘が嫁ぐ時、「命を賭けて、あなたへの貞操を守ります。そして、あなたが死ねば私も死にます」という意味合いもあって帯に挟んでゆくものだ。美紀はそのように記憶していた。

「チョット遊んでみただけよ」

その気持ちや仕草も美紀には可愛くて堪らない。彼女は二人きりでいる時の方が生き生きしていると美紀は思った。

二人は店の席に戻った。

「私もあなたに渡したい物があるの」

布製の袋からお守りを取り出し、「ここで渡すのも変ですけれど」と言いながら美紀に渡した。

「熱田神宮（名古屋市）の御札さん、あなたを守っていただくように、私がお願いしたの。袋は私が作ったの…いつも身に付けていてもらえば嬉しいんだけど」

「ありがとう…いつも身に付けて、僕の守り神になってもらうよ…」

美紀は首から吊していた袋を外した。

「あなたに作ってもらった袋の方が良いから、熱田の神様には悪いがこの袋の分も同居させてもらおう」

「何が入っているの？　以前から気になっていたの」

「大切なもの…」

「見せて？」

「駄目や」

「意地悪ね」

言ったその刹那、美紀が袋を開けようとしている隙に、「私が入れ替えてあげる」と言いながら横から奪い取った。

「あっ、しまった」

克美は素早く袋を開けて、中のものを取り出した。

「あらっ、私の…」

今度は克美が驚いた。運転免許証と克美の写真がビニールの袋に丁寧に包まれていた。

「免許証よく忘れるのでね」

美紀は照れ隠しに言った。

克美は美しい大きな目を更に大きくして、潤んだ瞳で美紀を見つめた。

「嬉しい！　とっても幸せよ」

「お守りが二つになった。それにいつも、あなたが一緒や。怖いものは無い。何だって出来る」

克美は美紀を見つめている。

その表情が一層克美を美しくさせた。そして、全身がしびれるような幸せの感情に包まれた。


その後、寂光院を参拝した。三千院とはかなり雰囲気が違う。尼寺の所為か、本堂も庭もゆったりとした柔らかさが感じられる。

「建礼門院（高倉天皇の中宮、徳子）も悲しい女性ね」

「栄耀栄華から一転して、こんな寂しい山里暮らしだもんな」

「源平合戦で子供の安徳天皇も亡くなり、かわいそう…」

「父、平清盛に翻弄されて…」

「女性は悲しい思いをすることが多いのですね」

「そうやな…」

「でも、平安時代って、魅力あるわね。源氏物語の中の生活なんか」

「そう…宮中では優雅な日々を過ごしていたんやな…悠長に和歌で心を伝えたりして…優美な文化遺産も多い…僕はあの時代の文化に惹かれるな…和文化の代表のように思えるし…日本人の能力の本領が出ているような気がする…車の中で話していたことも、この時代のことが多いですよね」

　話しながら車に戻った。

「でも、京文化は貴族の遊びから生まれたことも多い。貴族文化が優雅であればあるほど、それは、農民の、より苛酷な犠牲で生まれたわけだから…悲しいな。どの時代も権力者のことのみ語り継がれる…」

　ハンドルを切りながら独り言のように喋った。そして、少し考えた後、一句詠んだ。

　　名木の　犠牲となるや　雑木愛しき

「こんなところかな。いや、少し物足りないな。それに字余り」

「ううん、美紀さんの心よく分かるわ。それ、いつもの即興でしょう」

車は京都市内へ向かっている。美紀は噛み締めるように、静かに言った。

「僕はいつも予算と納期、それに使用目的が決まっていて、一〇〇%成功しなければならない物ばかり設計しているから、キャンバスに自由に絵を描くように、一度、一見何の役にも立たないように見えても、夢のある、いつまでも残るような物を作ってみたいと思っています。文化遺産とまではいかなくても…」

「楽しいでしょうね…デュエットでの彫刻だって、あんなに楽しかったんだもの…あなたの気持ち、分かるような気がします」

美紀は食堂を見つけ、車を止めた。近辺に名所があるわけでないが、質素に京風を思わせる設えである。京茶漬けを頼んだ。

「何でも食べていらっしゃるけれど、和食好きのようですね?」

「そうです。御飯と味噌汁、漬け物に魚と野菜…」

「私も和食党よ。同じで良かった」

「少しずつ何種類も綺麗に盛りつけられた本物の京料理を食べてみたいけど。高価だから手が出なくてね」

「私、お料理好きだから、上手になって、あなたに召し上がっていただくわ」

「ありがとう。楽しみやな。幸せやな」

「あなたが喜んでくれると、私、嬉しい」

「で、洋食は召し上がらないの？」

「嫌いじゃないけれど、幼い頃から田舎料理に慣れているし、抵抗なく落ち着くんや。それにね、日本人は長い歴史の間に、日本の国土や風土、食材に合った身体になっていると思うんや。急に洋食に変わると、ろくなことにはならない」

「ふふふ…面白い理屈。でも、そうかも知れない」

「ここの漬け物、美味しいね」

食事の後、漬け物を買って、「御両親に」と克美に渡した。

山里は早く日陰になる。外気は既に冷たくなっていた。京都市内の渋滞に入って、方向を確認し、流れに乗った。

「山も良いが古都も良い。僕は好きや、また来よう。二人で行きたい所が仰山有るんや」

「ええ、私、楽しみ」

美紀は少し考えるようにして、一句詠んだ。

深まりゆく　京の名残の　逢瀬かな

「ちと、古くさいかな?」

「逢瀬のこと?」

「うん」

「でも、古都に似合うんじゃない? それに、よく考えると、秋がだんだん深まってゆく侘びしさ、紅葉も散ってゆく名残惜しさ、そして、深くなってゆく男女の愛、その二人が京都を離れる時、短い逢瀬も終わる名残惜しさ、色々想像できるし、何だか凄い句に思えるわ」

「ありがとう」

心の底から出た言葉であった。美紀の世界に入って、美紀の思いを理解し、溶け込むように一体化してゆく彼女を感じ、美紀は嬉しいのである。

美紀がその思いに耽っている中、克美は自分の思いを表すかのように一首詠み上げた。

瀬をはやみ　岩にせかるる　滝川の
　われても末に　あわむとぞ思ふ

「この歌、大好きなの。最近見つけたのよ」

これは、たとえ障害のため一旦は離れることがあっても、それを乗り越えて必ず逢うのだという、激しい恋情を詠んだ崇徳院《すとくいん》の歌で、百人一首の中の一首である。

美紀は彼女の思いに感激して、すぐには言葉が出なかった。

京都南インターチェンジから名神高速道路に入った頃には、辺りが薄暗くなっていた。

「あらっ、名古屋に向かっているわ」

「うん。ところで、あなたはプロ野球好きですか？」

「詳しくはないけれど、好きよ」

「僕は阪神ファンだけど、あなたは？」

「ごめんね。中日なの」

「地元だもんね」

「でも球場へまだ行ったことがないのよ」

「僕が甲子園球場へ行く時はいつも雨に降られる。ずぶ濡れ…雨でプレイが遅れた上、負けるし…遅れた分、終了も遅くなって、帰りの電車も途中からなくなってしまう。散々な目に遭って全く良いことが無いから、今は行かない」

「いつも濡れちゃうのね」と言って笑った。

「水も滴る良い男、ですからね…」

「しょってる（＝うぬぼれている）わね。でも良い男」

「ありがとう。名古屋まで中日対阪神戦でもしますか？」

「名古屋まで送って下さるの」

「はい」

「かなりの距離よ。それに往復になるのよ、お疲れなのに。心配だわ」

「疲れてなんかないですよ。あなたといたいのですよ」

「嬉しいけど…あなたのことが…　ね、今夜、私の家に泊まって下さい。父も母も早くあなたにお会いしたいと言っているし」

「今日はお家の近くまで送るだけ」

「そんなのないわよ」

「また、改めてお訪ねします」

「でも…」

「神様はきっと僕達二人を守ってくれますよ。神様が逢わせてくれたんだし、再会もさせてくれたんだもの。それに僕には、あなたの願いを受け止めた熱田さんの御守りと、何よりもまして、いつもあなたが守ってくれているから、心配ないですよ」

「私、とっても幸せ…ああ、忘れていたわ。後部座席の袋にセーター入っているの…着てね。これから寒くなるし」

「えっ、本当? 嬉しいな、ありがとう。セーターなんて女性から貰ったの初めてや」

「でも、出来が良くないの。編みもの慣れてないから…気に入ってくれると嬉しいけれど…」

「忙しいのに、編んでくれたんだ…」

美紀は嬉しかった。幸せに浸っている。

車中では聞き苦しい声で歌う阪神タイガースの「六甲おろし」が聞こえていた。

六、ロマンの炎

京都から帰って直後、克美の方では、以前から体調の悪かった父親が、検査の結果、かなり進行している膵臓癌であると診断され入院した。

会社は、今まで父一人で運営していたため、代理を出来る者は誰もいない。これは何処の中小企業も同じで、会社は社長一人の肩にかかっている。彼女の父親は進行の速い癌で、治療方法も無く、家族や従業員のことを思うと無念でたまらない。歳もまだ五十半ばである。

職長の平田が「社長の入院中、私が代行しますから、安心して治療に専念して下さい」と言っても、彼の力量を分かっているだけに、安心は出来ない。家族だけなら、今、会社を畳んで資産を売却すれば、何とかなるだろうが、従業員がいる。彼等の生活保障をするだけの財力は無い。

会社の売却という方法もあるが、この時期、従業員を含む好条件の売却先は見つからないであろう…それに、売却先を探し、交渉する体力もない。入院中、治療どころか、そうした悩みが病状をより悪化させた。

ひとまず平田が引き継いで運営をしているが、ニクソンショック、為替変動、それにオイル危機など、相次ぐ状況変化が会社の体力を弱めていたこともあって、日に日に業績は落ちてきた。やはり平田に経営は無理であった。

何の不自由も無いお嬢さん育ちで、今まで会社のことなど全く知らなかった克美でさえも、営業状態が悪くなってきたことぐらいは分かる。

会社のことに関しては母親も彼女と全く同じである。

父親は完全看護で入院しているとはいえ、「側にいてやりたい」と言って付きっきりの状態となった母親も、結局看病疲れで倒れてしまった。

連絡を取った兄隆二は様子を見に来たものの、

「経営は分からないし、こちらに帰っても、どうすることもできない。平田さんに頼むしかない。今勤めている会社を辞めれば、家族全てが収入源を無くすることになりかねない。僅かでも収入源を残しておきたい」と言い残し、自分の預金通帳を渡して東京に戻った。

克美は会社を退職し、両親の世話をするようにした。

その上、克美にまた不幸が起こった。近頃採用した経理担当者が売り上げ金の一部を持ち逃げしたのである。更に不幸が克美を襲った。以前から少し疑っていた母親の痴呆症（二〇〇四年十二月二十四日、厚生労働省により認知症に用語変更された）が急に進行して、どうにもならなくなった。まだ五十過ぎなのに原因は分かっていない。今までよく来て口出ししていた親戚も、両親が倒れ、資金繰りが苦しくなってからは近づかなくなった。ただ、叔母（母親の妹）が時折様子を見に来て、手伝ってくれるのは嬉しかった。父親を見舞ったり、買い物も出来る。

「こんなに不幸が重なるものなのかしら…」

幸福の絶頂から奈落の底に落ちたような気分になった。美紀が以前「幸せの山が高いと不幸の谷も深い」と、言っていたことを思い出していた。

「あっ、そうだ。私には美紀さんがいる。まだ奈落の底ではない」

心で叫んだ。しかし、こんなこと打ち明けて良いものか…とも迷った。

こんな状態になっていることを、美紀は全く知らなかった。

「両親から、一度家へお連れするように言われているの」

そう克美から聞いていたこともあって、京都で会った時、クリスマスに名古屋へ行く約束をしていた。そして、いよいよだと胸を弾ませていた。

十二月に入ってから、金曜の夜遅くにアパートの管理人が、美紀に電話を知らせた。克美からの電話だった。

離れて暮らしていることもあり、今までの交信はほとんどが手紙だった。そしてこれまで泣き言等言ったことがなかった彼女が、今の状況をかいつまんで打ち明けてくれた。

「よく打ち明けてくれました…心配するんじゃない！　今から、すぐそちらへ行きます…四時間以内で着くと思います」

「嬉しい！　でも、今日はもう遅いから…」涙声が分かる。

「会社の資金が絡んでいるだけに、事は急を要するでしょう…従業員の年末の賞与のこともあるし…詳しいことは会ってから聞きます」

美紀は受話器を置いて部屋に戻り、向かいの部屋の友人に事情を話して部屋のキーを預け、部屋を託した。

「しばらく帰れないかも知れない」

「仕事はどうする」

「今の仕事は、内容をよく説明して、仕事仲間に引き継いでもらう。しかし、信用で成り立っているだけに取引先には申し訳ない。怒るだろうな…でもこの際、仕方がない…」

「分かった」

愛車カローラでアパートを発った。

「頼む！　スピードを出すが拗ねるなよ！　四時間突っ走る…カローラちゃん」と車

に頼んだ。ここからなら、西名阪→名阪→東名阪を利用した方が早く着く。走りながら、車の中で、今後の方策を考えた。

まず資金。もし彼女の家に有れば出してもらう。自分も株を売れば二百万円余りにはなる。不足分は銀行から借りる。しかし、銀行も今までのようには融資してくれないのは決まっている。融資を受けるには担保がいる。会社の固定資産は既に担保になっているだろう?……もしなっていなくても、彼女の住んでいる家を担保にはしたくはない。

最後の手段は、今後の企画内容と商品力にかかっている。商品は幸い、個人でパテント申請しているものが幾つか有る。ここで役立つかも知れない。今、オイル危機の影響で銀行の貸し付けも厳しい最中、借りることは容易なことではない。しかし、どうしても銀行を説得しなければならない。そして、大切なのは従業員や取引先との関係になる。よし決まった。着いたら早速準備だ。

甘い夢は吹っ飛んでしまったような気がした。彼女の親が健在で、後を継ぐように言われれば、快諾はしなかったに違いない。しかし、事情が変わった。自分にとって彼女は最愛の、何よりも大切な人である。彼女のためなら頑張れる。命さえ惜しくない。「何とかなる。何とかする」と自分に言い聞かせ、アクセルを踏み込んだ。

克美は落ち着かない中、美紀の好きな味噌汁を作って待っていた。

「一人で苦しまず、もっと早く連絡してくれれば良かったのに…」

「だって…」

今、美紀が現実に目の前にいる。もう一人じゃない。安心して今まで張りつめていた緊張が解《ほぐ》れたのか、美紀の胸に泣き崩れた。

「心配いりません…命に換えてもあなたを守ります」

興奮も手伝って正直に言った。克美はその言葉が嬉しかった。克美には、もう美紀しかいない。全て彼に委《ゆだ》ねようと決めている。

中代家と会社は近距離で、共に瑞穂区にある。

美紀はまず、会計、資金の状態を聞いた。克美は経理関係のファイルを持ってきていた。父親の言い付けで、克美が家の預金から、とりあえずの分を銀行へ入金したから、まだ手形は不渡りにならず、倒産までには至っていないのが救いだった。

手形とは期日になれば、決めた場所で、決めた金額に現金化出来る有価証券で、現金の代わりに使う。一般的に約束手形が多い。不渡り手形とは期日になっても現金化出来なかったり、手形として履行出来なくなったもののことをいう。

美紀は克美が持ってきていた経理関係のファイルに目を通した。

収支からして、中代家の残金と美紀の持ち金を足しても、このままでは月末の手形の不渡りは確実である。美紀は自分がどこまで出来るか分からないが、やるしかない。まだ良い時に連絡してくれたものだと思った。

自分の仕事は全て現金決済にしてきた美紀は、「この会社も手形を止め、早く現金化しなければ…その前に明日の資金か…」と考えていた。

克美から粗方の内容を聞いた後、差し当たって、美紀は克美の家（中代家）の一部屋に住むことになった。一緒にいる方が克美を守れるし、お互いに都合が良い。

広い家には、克美、痴呆症の母、それに美紀の三人だけである。克美の部屋にはスキー、白駒の池、鏡平、京都など、二人の写真が大切そうに飾られていた。しかし、今の状況は、今まで思っていたような、二人が一緒に住めるという甘く生やさしいものではない。

社長は癌、克美の母親は痴呆症、そして会社の再生…今まで経験もしたことがない幾つもの難問に立ち向かわなければならない。美紀は体力も無いくせに、難問になると余計にファイトが出て、才能を発揮する性分でもある。

いつもの冷静沈着さを保ったまま「何とかなる…何とかする…頑張らなければ…」と、自分を奮い立たせていた。

「父の書斎を、自由に使って下さい」

「ありがとう、そうさせてもらいます。お父さんに御挨拶と、僕の考えを承認していただくたために、明日病院へ行きます」

美紀はその夜、工場へ行って、会計以外の書類にも目を通した。財務の他、工場経営、経営工学の知識も持っているから、要点を把握するのは早い。家に戻り、構想を練って、計画書の草稿を粗方書いた。朝までかかった。後は克美の父に話を聞いた後、最終仕上をして、まず銀行へ行かねばならない。

病院と銀行へは克美も同行する。克美が留守の間は、母親の介護を叔母に頼むか、代金を出して他人に頼まなければならない。今回は叔母に頼むことにした。美紀は背広どころか何も持ってきていない。とりあえず、カッターシャツ、ネクタイ、下着等も、全て社長のものを着用した。

二人は病院に着き、美紀は社長に初対面の挨拶をした。

「あなたのことはいつも克美から聞いています。お会い出来て嬉しいです」

そして、社長から、粗方、会社の事情を聞いた後、美紀は考えては、また考え、まとめてゆくかのように構想を話した。

「お話をうかがって私も安心しました。あなたにならお任せ出来ます。あなたの思うようにして下さい。それに…家や会社の物は、何もかも自分のものと思って使って下さい。克美には、いいや、私にも信頼して、頼る人はあなたしかいません。大変でしょうが宜しくお願い致します」

ベッドに横たわりながら、美紀の手を握りしめた。

「若輩ながら、精一杯務めさせてせていただきます」

父親は克美の方を見て言った。

「こんな火中に飛び込んで、私達を守ろうとして下さる。良い方とお会い出来て良かったな。私達は幸せものだ。幾つもの縁談を断った理由も分かる…許してくれ…苦しめたこと」

「お父さん」克美は泣いた。

「時々、報告に来ます」美紀は言った。

「忙しいでしょうから、その必要はありません」

その後、少し話してから病院を出た。


かつて、ある会社の社長と談話中、気に入られ、名目は若手の教育を兼ね、生産性や収益改善ということで、会社の体質改善を含め、改革を頼まれたことがある。断ったが、たっての頼みで、引き受けることになった。中規模の会社で、社長は先代を引き継いだ二代目である。

一般的に中小企業は、若手や中途入社の社員なども分け隔てなく活躍しやすいと思われがちだが、大企業以上に組織や上下関係が硬く、保守的体質の企業が多い。特に古いままで、硬い頭の管理職がいれば、能力のある社員がいても、身動きすら出来ず、全く機能しない場合もある。更に長年経験を積んだ職人も、自ら硬い殻の中にこもる者も少なくない。

この会社も例外でなかった。そのことの改革も含んでいる。このような時は、改善実績が数値的に表れてゆかなければ、美紀の指針に従わないばかりか社員の意識は変わらない。

各部署からメンバーが集められ、プロジェクトチームが結成された。

社員は普段の業務をこなしながらの仕事である。収益改善の目標を「一二〇％向上」と決め、彼等とともに計画書を練り上げて社長に提出した。

美紀は職場に足を踏み入れた途端、改善箇所などが目に飛び込んできた。しかし、自ら案を出さず、あくまでもメンバーに出させなければならない。メンバーは若手といっても、同年代や年長者もいる。いかにやる気を起こさせるかにかかっていた。

プログラムの中に、美紀の得意な研究開発も盛り込んでいた。美紀はこの部門を重要視し、特に力を入れた。プロジェクトが進行してゆく中、半年ほどで、随所に成果が出始め、更に一年経ってプロジェクトは終了した。その時、社長は美紀を会社に迎えたいと言った。

「外部からコンサルタントのような形で入り、社員の方は皆、私を先生として迎えて下さいました。そして、社長の権限の元、社員を自由に動かすことができたからこそ、微力ながらも成果を出すことが出来ました。会社に入ってしまえば、新参者への妬み、馴れ合い、反発等が出て、こうは上手く運びません」

そう言って美紀は丁重に断ったことがあった。彼自身一匹狼でいる方が好きなことは言うまでもない。

今回は会社に入って、財務も含んだ経営全般を再構築しなければならない。あの時より遙かに困難である。成功するには自分の考えの元、社員全員が同じ方向に動いてくれなければならない。丁度、作曲しながら、そして演奏もしながら、オーケストラを指揮するようなもので、よく考えて行動しなければ、不協和音どころか、まとまりがつかなくなる。

幸い社長から全てを任かされた。問題は新参者の自分を受け入れてくれるかどうかである。自分もそうであるように、能力が低く、ましてや、重しにさえなる指揮官の下では、充分力を発揮出来ない者もいるに違いない。組織の興亡は上に立つ者次第で、間違えば衰退は速い。リーダーの重要性を強く感じている。

更に事は急を要し、まず資金が要る。銀行からの融資…大きな関門が待っている。

こんな中、この危機や難問にも、美紀の心は奮い立っていた。

美紀には分を過ぎた欲は無い。彼女がいればそれでよい。愛する彼女のためになら、全てを捧げることができる。その絶好の舞台が与えられたのだ。そう思うと幸せな思いが潮のように満ちてきて、彼の持つロマンの心に激烈な火を付けたのである。

社名は「瑞生電子」。営業内容はプリント基板へ部品の装着や、エアコンの部品他、電子部品製作で、いわゆる下請けである。

名古屋へ着いてからの、美紀は忙しく、そして行動も早かった。美紀は社長から粗方聞いた内容、現状、今後のこと、商品のこと等…、そして、そこに自分の考えを練り込み、必要な図や図面を含んだ計画書を作り上げた。病院から帰ってから明くる日の夜にかけての早業である。書いている途中、銀行のアポイントメントを取り付けておいた。

翌日銀行へ行った。この地方では有力な地方銀行でBT銀行である。銀行には克美も同行した。美紀が責任者であることを示すためである。一応婚約者ということにした。その方が何かにつけて都合が良いと思ったのである。常務室に通され、秋山恒夫常務が応対した。五十歳半ばで恰幅の良い温厚な面持ちの人物である。

挨拶を交わした後、美紀の依頼に対して、「社長さんには色々お付き合いいただきましたが、今の御社の状態では…私どももビジネスですから…」と言うと、美紀は「ビジネスは過去より未来が大切と思いますが…」と返した。

続けて、変動相場制に移行したことや、今後も起こりうるオイル騒ぎ、変転激しい世の中、そして今後の動きなど、例をあげながら、自分の考えをそつなく話した。そして時代の変化はますます早くなる。それに対応していたのでは遅い、先読みした経営のスピードが必要で、その先読みするのに一番大切なのは、サイエンスであること、そして、その最先端の情報と、これからのあるべき姿を、自ら描いてゆかねばならないことも強調した。そして計画書を手渡した。

秋山は黙ってページをめくった。読み進めるうちに楽しくなってきた。

従来製品は勿論、今後生産する新製品までも、世の中の流れや将来性、具体的に設定した独自の予測計算、それも難しい数学ではなく、誰でも分かるように算出、加えて全体にフローチャートや図を多用してより分かりやすくしていた。マーケティング、売り上げ高、収益、会社内の組織、更にそれにかかる費用等も書かれていた。この中でも予測設定のユニークさや、今、多くの企業がオイルショックで苦しんでいる中、それをビジネスチャンスとして、省エネルギーに役立つ用途範囲の広い新商品が含まれているのに驚いた。

そして、このクラスの企業では、珍しく、開発に重点を置きながら収益を上げてゆく…そしてその具体性…夢があり、その独特の先見性に秋山は圧倒され、目の覚める思いをした。秋山は目を通し終えても計画書から眼を離さない。

頃合いを見て、美紀が尋ねた。

「何かご質問は？」

「これ、あなたが御一人でなさったのですか？」と秋山が問うた。

「はい、何分、急なことでしたので、抜けていることも多いと思いますが…後は走りながら加えていきたいと思います」

「このような型破りな計画書を、今まで見たことがありません」

「いけませんか？」

取引先にも、銀行内にもここまで考える人材はいない。秋山は初対面ではあるが、一途に走るこの若者の熱意に引き込まれていく自分を嬉しく思っていた。

美紀は続けた。

「瑞生電子にはもう資金は有りません。お貸しいただけないと、明日はありません。名古屋の小さな明かりがまた一つ消えます。正月を前にして路頭に迷う社員も出ます。この十二月と一月を乗り切れば、立ち直ります。このまま倒産して、銀行も…」

「もういいですよ…そこまでおっしゃらなくても…」

「駄目ですか？」

「融資しましょう」

「えっ…本当ですか」

「あなたに融資しましょう」

「して…担保は？」

「聞いていなかったのですか？　あなたに融通しますと申し上げたでしょう…担保と言っても、有るのですか？」

「はいっ？」

このような場合、担保は大抵不動産と決まっている。

「あなたです。あなたに賭けましょう」再度言った。

秋山の受諾に感激した美紀は、即、椅子を降り、土下座した。勝手に身体がそう動いたのである。即座に克美も倣った。

「何をなさいますか」秋山は言った。

美紀は張り詰めていた心が緩み、秋山の温情に対する感激と感謝の気持ちが満ち溢れ、顔は涙で濡れている。床に座したまま秋山を見上げた。

「ありがとうございます。銀行の方にお願いするのは初めてで…会社を預かるのも初めてです…生意気なこと、御無礼なことも申し上げたかも知れません…お許し下さいませ」

「なんの…むしろ楽しませていただきました。頑張って下さい…」

そう言ってから、「いや、あなたにならば無用の言葉だった」と秋山は言って、「さ、さ、椅子にお掛け下さい」と促した。

　こんな若者がいる限り、この不況も、これからの日本も捨てたものではない。秋山は心の中でエールを送っていた。

「融資金額は計画書の記載通りで良いですか？」

「はい」

「書類はすぐ取りかかります。でき次第、明日になりますかな、係の者を御社に伺わせます。明日中には口座に振り込むことが出来るでしょう」

　一部始終を見ていた克美の元級友でもある女性秘書は、お茶に替えてコーヒーを入れて来た。

「克美、良かったわね」

　秘書は瑞生電子が破綻すると聞いていただけに、この成り行きは嬉しかった。うなずいた克美の目から一層涙が溢れ出た。

　美紀と出会えて良かった。いざという時に見せる。能力、迫力…これが底力と言うのだろうか…そして大阪での全てのことを捨て、潰れかった会社に身を投じて、私を守ろうとしてくれている。何があってもこの人に付いて行く、改めて、そう心に誓った。涙が止まらない…

「私、あなたが羨ましい」

秘書は美紀のことを以前、聞き伝えに聞いたことはある。しかし、絶体絶命のこの時に何もかも捨てて、全力で克美を守ろうとしている姿を目の前で見てしまって、羨ましいというより嫉妬していた。

「あのう、厚かましいことで、心苦しいのですが…もう一つお願いしたいことがあるのですが…」

美紀は秋山を見て言った。

「何ですか？　言ってごらん」声に優しさが滲んでいた。

「しばらくの間、経理の御指導、していただけないでしょうか。一人用意しておきますので…」

この状態にあっても美紀は、自分で描いたプログラムをしっかりと進めていた。

「分かりました。有能な者を使わしましょう。他には？」

「いいえ、これで充分です。ありがとうございます。宜しくお願い致します」

「大変なことでしょうが…期待してます」

握手を求められ、握手後、頭を下げ、帰ろうとすると、

「あっ、そうそう、ＫＨ社が通信器機の部品を作ってくれる所を探していました。当たってごらん、私からも連絡しておきますから」

そう言って秘書に地図を書かせ美紀に渡した。この若者を応援したいのである。

「重ね重ねの御厚意、ありがとうございます…すぐ行かせていただきます」

全く馴染みの無い名古屋にあって、秋山の大きさと、初対面の美紀に対する温かさは美紀の身体を熱くさせていた。


二人は銀行を出た。

「ありがとう」

感謝の気持ちを込めて克美は言った。

「良い役員さんに会えて良かった。これも、あなたのお父さんのお陰や」

克美は美紀を見て、小さく左右に頭を振った。

それにしても…美紀は悔しかった。お嬢さまとして育ち、周囲もそう見ていた、その彼女が元クラスメートのいる前で土下座の姿を見せたのである。

「もう二度とあのような真似はさせない」

美紀は自分に誓うように言った。

彼女のためなら自分は何でもするが、彼女のあのような振る舞いは我慢できない。

お嬢さまでいてもらいたいのである。

「えっ？　何のこと？」

「土下座」

「あっ、あのこと。あなただって…」

「僕は秋山常務の心に感激したから…無意識でそうしていた…」

「私だって、あなたに感激したのですもの…」

美紀は克美の言葉に、また眼が潤んだ。

「経理のことまで、手を打って、その上、仕事まで紹介してもらえるなんて、やはりあなたは凄いわ」

そして、克美には、美紀がこの短期間に、全てのことを考え尽くしているように思えた。

「いいや、秋山常務に甘えたんや…懐の深い、とんでもないお人や」

そして、「初対面の自分に…」とまで…思い、また、また熱いものが込み上げていた。それにしても、俺は涙もろ過ぎる。経営者には向かないと思った。

秋山には自然と出た態度だけれど、美紀は、本来、頭を下げるのが嫌いで、何と言っても権力者に媚《こび》へつらうことがヘドを吐くほど、性に合わなかった。美紀は何時でも、誰とでも、対等なのである。しかし、これからしばらくは、媚《こび》へつらうことは別にしても、方々で頭ぐらいは下げなくてはならないだろうと思う。ともあれ、彼女を守るためには、何でもしなければならない、そう覚悟をしている。

「ところで…」

「はい？」

「あなたの友達で、経理を手伝ってくれる女性はいないかな…明日からでも…知識は無くていいから」

「当たってみます」

「これからが本番だ」と美紀は新たに決意をするように言った。

「あなたって不思議な方ね。凄いロマンチストなくせに、しっかり地に足が付いていらっしゃるんですもの。女ってそういう男性に心を奪われるものよ。私、心配だわ」

これまで見聞きしていることも思い重ねて、こんな時にも女心がチラッと現れてしまった。

「僕にはあなたがいる。それだけでいいんです。それに、僕にとって、これからすることは皆ロマンなのです」

美紀は熱い身体のまま言った。

克美も興奮した熱い眼差しで美紀を見つめた。


美紀は、この銀行だけに絞って、一世一代のつもりで、自分の持てる全知全能をかけただけに、その緊張から解放された安堵感が、全身に心地よい疲労を感じさせた。

しかしまだ今日の仕事は終わっていない。

それに、明日から社内でも他の社員の抵抗は強いに違いない。ともかく非常事態である。自分を理解してもらうように努め、彼等と一体にならなければならない。新たに気持ちを引き締め、その足で一人KH社へ向かった。

明くる朝、克美は社員を集め、父の代理で報告することを言い、採用した経理担当の橋本美子と美紀を紹介した。

そしてBT銀行から、融資を受けられること、経理の指導をしてもらうこと、KH社から仕事を貰えたこと、年末の賞与のこと等…話し、これらは皆、美紀が話を付けてきたこと、美紀は克美の婚約者であり、しばらくの間、社長に代わり、リーダーとして全てを美紀に任せるとの社長の伝言などを話した。

そして、美子が挨拶した後、美紀が協力をお願いした。

「それぞれの技術に熟達しておられる方々のことも聞いています。克美さんの婚約者と思い遠慮することなく、宜しくご指導して下さい。急なことで、たまたま新参者の私がリーダーに任命されましたが、いずれ社長がお戻りになるか、適任者が引き継げば良いと考えています。今までの仕事や、これからの新しい仕事が軌道に乗るよう、そして、私達の生活が安定するよう努めます。しばらくは、私が舵取り役をさせていただきますが、ご協力御願い致します」

そう言って頭を下げた。

次に克美が続けた。

「私も一新入社員として、総務の仕事をします…と、言いましても、母があんな具合ですし、かなり橋本美子さんに依頼することになると思います。皆さん方が力を合わせて、この難局を乗り切って下さることを切にお願い致します」

涙ながらに訴えた。

美紀が「経理に友達を」と言ったのは、克美にとって良い話し相手が近くにいるようにしたかったのと、美紀、克美、美子を新人として給料を同額にしたことで、克美と美子の関係は親密になり、更に、この給料のことは社員にも伝わるに違いないだろうし、良い効果が出ると考えたのだ。他社にない無欲の決断だった。給料日になれば、その効果が表れてくるはずである。使われる方の給料が高いと知れば、皆も、うかうか出来ない狙いもある。美紀も当面はこのぐらいのことをしなければ、会社は立ち直れないと思っていた。

社長の入院費は社長の給料として、別枠で確保してある。勿論、入院費は保険金も降りている。克美と母親と美紀の生活は、美紀と克美二人の分を合わせれば最低生活は出来る。今後のことは株式会社に移行した時、役職に応じて決めれば良いと思っていた。早いうちに借金を返し、担保になっているものも無くしてしまう。

将来、株式会社に移行しても、今の会社の固定資産の名義は社長であり、金額に換算すれば、この分で発行株式の半分以上は社長のものに出来る。会社を引き継ぐのは子供二人であり、所有権は他人に移ることはない。

「お嬢さん…任せて下さい…なあ、みんな？」

職長の平田和夫（四十六歳）が言った。

昔から、尾張の衆は忠誠心が強いと美紀は聞いている。

「朝礼はこれで終わります。今までの仕事を続けて下さい。平田さん、差配が終わりましたら、林美紀さんと新しい仕事について打ち合わせして下さい」

克美はそう言って、全て美紀の描いたシナリオ通り進めた。


美紀は職長の平田と打ち合わせ、従来の仕事の現状を聞いた後、計画書を見せて、今後のことを話した。そしてまずＫＨ社から貰った仕事に取りかかるため、意見を聞いた。

仕事の内容は、珪素鋼板を重ね合わせ、絶縁紙を巻いた後、決まった回数だけ細い銅線を巻き、プラスチックカバーを取り付けるという小さい部品で、数が多いものだった。銅線は切れやすく、傷が付きやすい。被服のコーティングが少しでも剥げれば短絡の原因にもなる。量産は結構難しい。これが上手くいけばＫＨ社に足がかりが出来ることも意味する。

「当社ではまだ経験がありません。それに巻線機も有りません」

平田が言った。

「巻線機は私が設計します。外注で加工して、社内で組み立てましょう」

美紀は次の仕事も考えていたから、それも共用出来る巻線機の構想は出来上がっていた。物を作る時、それがものになるか否か、美紀には見極める本能を持っていた。更に言えば、ものにする力も持っていた。

会社が大変な時に銀行に融資をさせ、あのＫＨ社から仕事も取り、これからの仕事の道筋もハッキリしてる。計画書の中には会社を大きくし、株式会社にして、全ての社員も株を持ち、重役にもなれ、各々に責任を持たせると記されていた。守りでなく、攻める経営である。

「この企画は銀行も賛成して応援してくれます。銀行とのゴルフ等の付き合いも、今後は社長だけでなく、重役が交代に行くようにすれば良いと考えています。それに、場を与えたり、肩書き…言い換えれば、地位は人を成長させますから…更に、社員の方にも、給料とは別に株の配当が収入となります。これは利益が出れば出るほど、会社が大きくなり、持ち株が増えるほど収入が増えることを意味します」

こうすれば自ずと社員の意欲も変わる。将来の姿を描いて全社員に夢を持たせる。

これが美紀の最大の目的であった。このことは平田にも興奮を与えた。

「この株式会社化はいつ頃に？」

「会社が軌道に乗り始めた頃と考えています。今からそれまでが準備期間にして、責任の持てる技術と、皆さんの心構えが必要と考えます。皆さん次第では案外早いかも知れませんし、大きくするのも皆さんの力です。会社は株主のもの、皆さんが株主になれば、会社は皆さんのものになります」

仕事は地道に、そして押しつけるのでなく、意見を聞いて、一番難しい設計も自分でするとあっさり言う。将来にも、ハッタリとは思えない実現可能な大きな夢を含んでいる。皆を奮い立たせる内容を平然と企画し、そして語る。まだ若いが自分よりも遙かに大きい。このところ、自分が代行運営していて、会社も悪化するばかりであったが、お嬢さんが惚れ、そして、社長が任せたこの男に賭けてみようと、平田は素直にそう思った。美紀と平田は相談して、株式会社化をＫＫ計画と決めて、平田から皆に伝えるようにした。

「私は早速、巻線機の設計に取りかかります。平田さんは他の段取りと、皆の面倒を見て教育もお願い致します」

そう言って、美紀は製図器の前に座った。

その後、平田は社員を集め、何かを話し、指図しているようであった。社員は現在男性十七人、女性九十五人である。持ち場に戻った皆の表情が明るくなり、動きがキビキビしだした。克美にはそう見えた。そして「美紀が受け入れられないのではないか…」という心配は杞憂に終わりそうに思えた。しかし、美紀は新参者として、まだ自分が皆に受け入れられているとは思っていなかった。自分というものを皆に認めてもらい、信頼されなければならないと思っていた。

美紀が瑞生電子に来て数日経った頃、陽介がやって来た。

「大学に行かない時や帰りに手伝いをさせて下さい。そして色々教えて下さい」

「手伝ってもらうのは有り難いが、陽介さんの学ぶのは大学でしょう?」

「美紀先生に教えていただきたいのです」

親しみを込めて冗談ぽく言った。

「おい、おい先生は止めてよ」

良子と美奈子も克美のピンチに「手伝わせてほしい、二人とも身はフリーで、自由に使ってほしい」と訪ねて来た。そして、三人とも教えてもらうのだから、給料はいらないと言う。少しでも力になれたらと思っているのである。

驚いたのは社員達だ。その三人にファーストネームで親しそうに話す美紀は一体何者なんだろうと関心を強くした。そして、社員の中には、それぞれ彼等を知っている者がいて、彼等のことが全員に知れ渡るのに時間はかからなかった。陽介の父は大学教授、良子の父はBT銀行の頭取、美奈子の父親は国会議員だった。三人の家柄を知らないのは美紀だけで、美紀にとって彼等は克美の友であり、一緒に山に登った、そして、打ち解けて話し合えるようになった仲間だというだけで充分であった。

「三人が来てくれて助かります。ありがとう」

そして続けて陽介に言った。

「研究開発、実験、試作等手伝ってもらいます」

「はい。宜しくご指導下さい」

「それに…頼みたいことがあるんだけれど…当社に入って、今後これらを担ってくれる優秀な学生さんを紹介してくれないかな…なかなか、当社に来てくれる学生さんはいないかも知れないけれど…」

「探してみます。いつから来れば良いのですか？」

「早い方が良いです」

「分かりました」

そして、美紀は向きを変えて女性の二人に言った。

「良子さんと美奈子さんはタイプライター使えますか？」

「二人とも、一応、遅いけれど…」

「良かった。仕事は山ほど有ります」

「お手柔らかに」

「ああ、タイプライター用意しなければ…」

「私達、家から持ってきます。使い慣れているし…」

「ありがとう」

今の事務所は総務、経理、研究、開発、設計等同居している。銀行から来てもらっている経理の指導員もいる。今は無理だが、美紀はいずれ分けなければならないと思っていた。


明くる日、陽介が一人の学生を連れて来た。

「彼は一級先輩で変わり者と言われていますが、物作りの虫みたいな人です」

陽介は陽気に紹介した。

「陽介さんに口説き落とされたんじゃないですか?」

美紀は笑顔で言った。

「はい。ああ、いいえ…」

「彼はプライドも高いです」と陽介は付け加えた。

美紀は微笑んで、「意地やプライドが無ければ、良い仕事はできません」と言った。

「陽介から色々聞きましたが、あなたに会ってから決めようと思いまして…」と口ごもりながら言った。

「決めるのは美紀さんの方でしょう?」と陽介は笑った。

「まだ卒業までには間が有ります。卒論等、忙しいでしょうが、アルバイトでもしながら決めて下されば良いです。もっとも潰れるかも知れない会社に、顔を出してもらったことは光栄です。本当に変わり者なのかな?」

美紀は笑った。その笑いから、みなぎっている自信が二人に伝わってきた。

「彼はもう卒論仕上げているんですよ」と陽介が言った。

「ぼ、僕は古屋五郎といいます。宜しくお願い致します」

そう言って学生は履歴書を出した。

「もう決めたのですか?」と陽介が聞くと、「うん」と五郎は言った。

「ね、やっぱり変わり者でしょう?」

陽介がそう言うと三人は笑った。

「五郎さんありがとう」

美紀は頭を下げた。そして、続けて言った。

「僕も変わり者と言われています」

「僕のこと知らなくて良いのですか?」

五郎が問うたが、美紀は笑顔でうなずいた。

良子と美奈子の仕事は、通商産業省（二〇〇一年一月六日、経済産業省となる）への書類、銀行や各取引会社等への対外書類、工業所有権（産業財産権、知的財産権）申請草稿の清書タイピング、作表、品質管理用書類、仕事の指図書、ＫＫ計画用スローガンの作表と道筋など沢山有る。女性二人には美紀が昨晩作っておいた草稿のタイピングと、職場に掲示する図表の拡大清書を頼み、陽介に実験、そして五郎には巻線機の作図や計算等設計の手伝いをさせた。

美紀は力学の数式、材質…本を見なくてもすぐ出てくる。製図も早い。五郎も結構自信はあったが、あっけにとられ、これが実践だと思った。五郎と陽介には、技術の仕事方法、思考方法などを早く自分のものにして、早く育ってほしい、美紀はその思いで接した。この四人もまた美紀を生き字引、歩くコンピューターだと思った。

ただ働きさせるわけにはゆかない。体制が整うまで陽介、良子、美奈子はアルバイトということにして、手伝ってもらうことにした。

この小さい会社に有名国立大学から人材が入ってくるようになった。美紀のバックには大物が沢山いる…結局三人が来て、五郎を採用したことは、思いがけない良い影響も与えた。

美紀は次々と手を打って出る。仕事も増えた。潰れると思っていた会社が、潰れるどころか年末の賞与も出た。社員は、「この会社は絶対大丈夫」と思うようになった。更に、近い将来株式会社にして、重役にもなれ、株も持てるという。当然職場は活気付いた。

製造現場では、従来の仕事を進めている。

美紀は製造現場を見て思う。活気付いてきたとはいうものの、作業や流れ、そして人員配置など、無駄や非効率な所が多いと…しかし、その場では指摘をしなかった。指摘してしまえば、「従来社長が全てを指揮し、社員は指図を待つ」今までの構図となんら変わらない。焦らないで、まず平田や幹部の意識を変え、そして、社員自ら考え、改善してゆく体質を作らなければならない。特に気になることが有れば、自発を促すようなアドバイスをする程度にとどめ、作業者から質問が出れば一緒に考えた。そうするうち、各人が、美紀の所に直接相談に来るようにもなった。美紀はいつも笑顔を絶やさないでいる。そして、分かりやすく、優しく接するように心掛けている。女性が多いこともあり、対応には特に気を配った。

昼の弁当は各自持ってきたり、業者に頼んだり、近くの食堂へ行ったり、めいめい都合のよいようにしていた。美紀は克美が弁当を作ったり、中代家へ食べに帰ったりしていた。食べに帰っても、早く戻り、昼休みは出来るかぎり、皆と一緒に過ごした。その方が親しくなり、一体感が出来る。空き地でのキャッチボール、バレーボール、バトミントン、室内の卓球、話の輪に入っていった。

美紀は皆をファーストネームで呼んだ。女性達の間では美紀のニックネームが付いたようだ。

眼が大きいから「目玉チャン」とか、昭和天皇の第二皇子である常陸宮様に似ていると言う人もいて「火星ちゃん」とか…

「あんな高貴な人を…恐れ多いこと、でも、光栄や」と美紀は恐縮して笑っていた。

業務遂行上、不具合や即対応が必要でないこと以外、製造現場のことや従来のことは、とりあえず各部署の長に任せることにした。そんな中でも、今年中に会社全体の人材、作業状態、効率、品質の意識や管理方法、それに取引先と直接接している御用聞き等、全ての情報を集め、内容を把握した上で、来年早々から、社員を巻き込み、その対応に着手するつもりでいる。情報を集めながらも、美紀は今後の仕事の準備に忙しかった。

巻線機の設計も早々に仕上げ、年内に部品加工や、購入品、材料…の発注をしておかねばならない。五郎を教育しながら進め、なんとか予定通り手配は出来た。

この年は慌ただしく終わろうとしていた。

年内、会社最後の日、正月休みも美紀が仕事をするだろうことを察して、「美紀さん、僕も出勤して良いですか？」と五郎が申し出た。

休み中、抱えきれないほど仕事が有って、孤軍奮闘と思っていた美紀には、胸が詰まるほど嬉しかった。

「嬉しいけど、五郎さんにも予定が有るのでは？」

「僕の予定なんか大したことは有りません。今の状況を見ていると、勝手なことを言ってはおれません。それに美紀さんから、色々なことを早く学びたいのです」

美紀が五郎に期待していたことが全て彼の口から出たのである。

「ありがとう」

美紀は両手で五郎の両手を包み、力を入れて言った。五郎は僅かな間に技術や思考も入社当時と段違いに成長していた。


結婚こそしていないが、愛し合っている者同士、一つ屋根の下で暮らし始めて、新婚気分の甘い生活であってもおかしくはない。しかし、それとはほど遠い。家《うち》のことが無ければ、好きなスキーに行っていただろうに…

普段も夜遅くまで仕事をした上、帰宅後痴呆症の母親のことで大騒ぎになったり、徘徊する母親を捜し回る等、大変な毎日であるのに、正月まで仕事だと言う。克美は美紀の身体を気遣った。

「正月ぐらい休めないの？」

「今は時間がいくら有っても足りないんです。大事な時なんですよ…こんな時に、良い人を陽介さんが連れて来てくれましたよ」

「五郎さんのこと」

「うん。それに…あなたの友達も皆良くやってくれて助かっています」

「今日はすき焼きにしたの。今日ぐらいゆっくりしてね」

「うん。そうします」

「でも、頭の中では何か考えていらっしゃるのでしょう？」

「いいや」

「あなたのことは分かるんだから」

玄関で音がした。

「母がまた徘徊？」と言って、克美は玄関へ走って行った。

「まあ…お兄ちゃん」

「ただいま」

目と目でうなずき合った。

「お食事まだでしょう？　今、食事中なの」

「お客さん？」

「美紀さん一人よ」

美紀は立ち上がり、頭を下げて、「お帰りなさい…御世話をかけています」と言った。

「いえ、うちの方こそ御世話をかけています。感謝致します」

隆二は深々と頭を下げて、初対面の挨拶を交わした。

「お兄ちゃん、早く座って」

「どう？　会社の方」と隆二が問うた。

「皆、見違えるほど活気付いて、楽しそうに働いてくれているわ。それに、人も入れたし…私の友達も応援に来てくれているの。皆んな美紀さんのお陰なの。美紀さんがいなければ、倒産して、正月を迎えることが出来なかったわ。正月も仕事するんだって」

美紀に向かって隆二はまた頭を下げた。

食後、美紀は会社の状況、株式会社化のこと等を話した。

「株式会社化までに、完全とまでいかなくても、各部署の専門的知識を向上させ、全体のレベルを上げ、今まで全てお父さんがなされてきた仕事を分担し、社員全員で会社を運営するようにします。リーダー一人で出来ること、目の届く範囲には限度があります。言い換えれば、その範囲までしか事業が出来ないということです。僕なりに一応ストーリーは描いていますとはいうものの、初めてのことで、考え、考え、手探りしながら、チャレンジしている状態です。このシステムを完成させ、各々を信頼し、任せることによって、それぞれが自己増殖するようになり、会社の維持だけではなく、大きな成長が可能になります。その結果、リーダーは会社の未来のことや舵取りに力を入れることが出来、負担も減ります。今回のようにリーダーが倒れたら、全て駄目になることはなくなります。万一の時は、育った役員の中から、代わりのリーダーを選べば良いわけです。そして、今、しようとしているこのことは絶対失敗は出来ません。だから、この半年余りはメチャクチャ忙しいのです。この休み中に、今後の新しい収入源の準備、各部門の教育の道筋、隔週土曜休のこと…それから、社員旅行などの福利厚生も含め、草案と概略の収支なども、再度算出しておかねばなりません。年明けにも、今、準備している仕事のメドが付けば、大阪や関東の家電メーカーへ、今後営業してくれる人と、五郎さんを連れて営業に行きます」

考え尽くしているだろうとは思っていても、美紀がここまで考えていようとは…美紀の構想は、側にいる克美にも想像すら出来なかった。

「研究開発の五郎さんをなぜ連れて行くのですか？」と克美は聞いた。

「一般的に、何か良いビジネスがあると、我も我もと群がって、付加価値はすぐ落ち、長続きはしない。潰し合ってしまう構図は明らかで、だから絶対的独自性が必要なのです。設計にしても、世の中には多くの設計者がいます。しかしテクニックの上に独創性を持った本物は少ないのです。会社のような組織にあっては、出来る者が他を背負うことが常であり、常々天性というものの重要性を感じています。そして並の人材では他社より優位に立てないことも事実なのです。五郎は優秀な人材です。世間を知ってもらいたいし、客が何を考えているか肌で感じてほしいのです。瑞生電子規模の企業で、絶対的独自性を出すには、当面提案型で物作りをするのがいいかと…それには必要なことなのです。それに、当社のように小規模で、人材は育っていないが、研究開発型の会社を目指すには、天才的人材が必要で、彼がその一人かと思います。会社の根幹については天才が突っ走って、他の者は必死に付いて行けば良い。そうすれば他の者のレベルも上がる。そして皆が工夫して天才を補完する。そうすることによって、皆が潤えると考えています。そのためにも彼を早く磨かなければならないのです」

隆二と克美は美紀を凝視している。美紀は続けて言った。

「そして、この半年余りで会社を計画通り飛躍させ、決して社員を裏切ってはいけない、これは会社を任された者の最低限の責務と考えています」

克美は、資金繰りの苦しい時期に五郎を入れた意味が分かった。

そして隆二は、美紀の並々ならぬ決意を感じ取った。

「今日、頼みもしないのに、五郎さんがこの休みに出勤すると申し出てくれて、僕は慌てて涙を隠しました。まだ入社して浅いのに、僕の考えのいくらかを察してくれているんですよね」

美紀は嬉しそうに言った。

隆二が突然、「この休み中、いや、これからも僕に出来ることが有ればさせて下さい」と言った。

父と違う経営方法に感動したこと、他人の美紀が我が家のピンチに立ち向かって頑張ってくれているのを目の前にして、長男として傍観出来ない気持ちになったこと、それに勤めている会社で、自分の将来に生き甲斐を感じなくなっていた時だけに即決した。ちなみに隆二は克美と四歳違いである。

「お兄ちゃん東京の会社は？」

「辞める。美紀さんとともに働いた方が僕のためにもなる」

「そうよ。その通りよ」

「ありがとうございます。百人力を得た心地です」

そして、「株式会社にする時、隆二さん社長になって下さい」と美紀は頼んだ。

「美紀さん、それは…」

隆二も克美も、美紀が社長にと思っているのである。

大晦日、出勤した美紀は五郎に隆二を紹介した。

「五郎さん、本当に助かるよ。ありがとう…紹介するよ。この方は隆二さん。社長の息子さんで、東京で勤めておられたが、昨日帰郷され、こちらが忙しいので、今日から一緒に仕事されることになったんだよ」

「五郎です。宜しくお願い致します」

「隆二です。宜しく…私を呼ぶ時もファーストネームで呼んで下さい」

「では始めましょうか。隆二さんも見ておいて下さい。五郎さんに休みの間にしてもらいたいことは、インバーター（直流を交流変えること。交流の周波数を変える技術にも使用）回路の設計とそのケース、それに巻線機の電気制御回路…まず、インバーターは手近な所にあるクーラーや冷蔵庫、それに蛍光灯、他にも応用出来れば素晴らしいですね。それに工場の設備などにも使えるでしょう。出来るだけ小型にして下さい。省エネにもなりますから、これから大きく伸びるでしょう。僕はそう信じています。材質の中にはフェライトが要ると思うけれど、メーカーを探さなければならないかも知れません。それに巻線機はＫＨ社の部品にも使用するつもりでいます。巻線機の電気回路図はフローチャート（論理の流れ図）に従って下さい。出来上がれば自分で組んでもらいます。また、余裕が出来れば、パワーコントロール（電力制御）とインバーターとの関係付けも考えてみて下さい」

隆二は目を丸くして聞いている。

「それに、まだまだこれから、検査機など作る物は沢山有ります。もちろん説明はしますし、応援もします。僕が必要な時は言って下さい。でも、出来るだけ自由な発想で、自分で進めてほしいのです。仕事は大胆に、しかし、それには緻密な思考と計算等の裏付けが必要です。それから、大切なことは洗練された格好の良いデザインは理にかなっていることが多く、トラブルが起こりにくいこと、覚えておいて下さい。宜しく頼みます」

美紀はゆっくり納得させるように話した。

「はい、やってみます」

美紀が信頼して全てを任せてくれることを、五郎は嬉しく思った。隆二は五郎の仕事だけでも、その多さに驚いた。

「隆二さんはとりあえず、隔週土休の年間の草案を練って下さい。それと、福利厚生のことや、慰安旅行のおおよその日程もお願い致します。慰安旅行には連休が必要ですから、それも考慮して…その後、僕が色々経営についての草案を書きますので、一緒に考えて下さい。それから、明るいムードメーカーの役もお願いしたいのです」

頼んだ後、美紀は忙しかった。

今後の開発商品を含めた収支の予測算定、想定生産計画、製造の行程草案、株式会社までの道筋草案、教育、組織と人材配置、生産性及び稼働率の向上、各作業のマニュアル化、品質管理…きりがない。大局は自分で考え、大枠の指針のみ作って、後は各部門に任せよう。その方が力が付くし、やる気も出る。美紀はそう考えていた。

三人がそれぞれ課題に取り組んで、静かな職場に鉛筆の音だけが聞こえた。


昼頃、母が寝たのを見計らって、克美が三人の食事を持って来た。

「五郎さん、折角の休みなのに、ごめんなさいね。美紀さんがとても喜んでいたわ」

克美は三人の食事の世話をしながら話の輪に入った。昼食は仕事から離れ、全くの馬鹿話になった。このような場になると、隆二は早速独特な才能を発揮しだした。この明るさ、雰囲気作り、品性、この人はリーダーの素質を持っている。それも天性のもの。そして育ちの良さが、それを育んだには違いないが、東京での営業の仕事も良い作用をしたのだろう。そして、丁度タイミング良く、良い人が帰ってきてくれた。

この計画はきっと成功すると美紀は確信した。

五郎は、差別せず兄弟のように同列に扱ってくれる三人に恐縮し、同時に嬉しくもあった。それに美紀が喜んでいてくれる、この人のためにも頑張ろう、改めてそう思った。心底そう思うと、心は弾み、自然と力が入る。食後、美紀は時々五郎を覗き、軽口を言っては気分を解し、隆二と打ち合わせをしながら進めていった。


元日に出勤した、その朝。

「今日の出勤は、この会社の記念になるでしょうね」

隆二は興奮気味に言った。五郎と隆二それに美紀は顔を見合わせて笑った。

「では始めましょうか」美紀は言った。

各自、自分の席に着いて仕事に取りかかった。やがて美紀は隆二と打ち合わせた。

「仕事の効率化、仕事の流れ、稼働率の向上、各作業のマニュアル化、品質管理…これらは一言で言えば省時間化、ひいては省エネ化につながることだし、隔週土休のこともあるから、僕達が押しつけるのではなく、指針を示し、相談が有ればアドバイスをするにとどめ、社員の方々に任せた方が良いのではないかと思うのですが…例えば何々委員会など作って」と美紀が言った。

するとと隆二は、

「うん、それが良いですね。そうすれば、いつから隔週土休に変えるか、社員自ら決められるし、経営にも参加することになる。それに…勉強にもなって、士気も上がると思います。慰安旅行も予算だけ決めて彼等に任せましょう」と言って賛成した。

「ＫＫ計画の一端にもなることでしょう。それらのことは社員と一体になって隆二さんの方で引き受けていただけませんか？　勿論、僕もサポートします。品質管理の考え方、大枠の教育も有りますし…」

これには隆二が近い将来社長になっても、社員と信頼関係を作るための近道になるとの配慮もあった。

「僕は向こう二カ月ほど、収入のための製品化、営業も含め、銀行や対外的な折衝に傾注します」と、美紀は言った。

「はい、分かりました」隆二に異存はなかった。

東京での仕事と比べれば雲泥の差があった。そして、なんの抵抗も無く、このように安心して経営に携われることを、美紀に感謝した。美紀が一番苦しい所を引き受けているからである。

五郎は黙々と仕事をしている。

陽介が言ったように、物作りの虫である。才能もある。将来、研究開発部門を任せられると美紀は思っている。

「どうや？　上手くいってますか？」

美紀は五郎に声をかけた。

五郎はニコッと笑った。その笑顔には自信が溢れている。美紀は出来るだけ彼に任せ、口出ししなかった。

「今日は少し早めに終わりましょうか？　元日だし、社長の所へも行きたいから」

美紀が二人に言った。

「僕もそう思っていました」と隆二が言ったが、五郎は、「今、大事なところをしています。止めることは出来ません。むしろ今日は遅くなるかも知れません」と言った。

美紀は有り難かった。正月など関係なく目的遂行まで頑張ってくれる。美紀は自分と似ていると思った。

「すまないな…社長を見舞って、また戻るから」と美紀は言った。

克美に五郎と自分の弁当を頼んでおいて、美紀は隆二と病院へ向かった。

社長は癌が進行していて、かなり弱っている。しかし、二人の見舞い、そして隆二が家業を継いでくれることを社長は喜んだ。

「今まで来れなくて申し訳ありませんでした」と美紀は言った。

社長は寝たまま力無く首を振り、「ありがとう。ありがとう」と言って二人の手を取った。

美紀が報告しようとすると、「もう克美から聞いています。それに、全てあなたに託したのですから…」と言って二人の顔を眺め、「もう何も思い残すことはありません」と力無げに言った。

二人は社長を励まし、早く復帰してもらうことを頼んだ。

そして、少し話した後、「隆二さんは付いてあげて下さい。僕は五郎さんが待っているので戻ります」と言って、美紀は病院を出た。


美紀は一度帰宅し、克美から二人分の弁当を受け取って急いで会社へ戻った。五郎は黙々と、仕事をしていた。

「五郎さん。腹が減っては戦が出来ん。一息ついて下さい」

そう言って美紀は事務所の机上に弁当とお茶を用意した。五郎は嬉しそうに席に着いた。

弁当を口に入れるなり、五郎は思わず美紀に聞いた。

「これ克美さんの手料理ですか？　美味しいですね」

「うん」

「克美さんは、美紀さんのお嫁さんみたいなものですね」

「ええっ、まだ、まだ」

「幸せですね。毎日こんな美味しい食事出来て、それに素晴らしい人で」

美紀は微笑んで、会釈した。

「お二人お似合いです…」

「いいや。月にスッポン、提灯に釣り鐘。もちろん僕がスッポンだけど」

二人は笑った。

「でも、美紀さんのこと色々聞いています」

「どうせ良い話はないでしょう」

二人はまた笑った。


食後、美紀は五郎の設計に目を通し、「お見事」と言った。五郎は褒められて喜んだ。


インバーターと電力制御を取り入れた製品設計、その検査機、そして治具などの設計、これらの主要部を、休み中に仕上げてしまった。美紀は少し手を加えたものの、終始五郎を手伝う形で遂行した。毎夜遅くまでかかった。

「休み明けといっても明日だけど、業者や見積のことは平田さんに聞いて、部品の手配をして下さい。この月の半ば過ぎには、試作品と検査機や治具も仕上げたいと思っています。巻線機の組み立てや、その電気制御も作らなくてはいけないし、無理を言いますが、もう少しの間頑張って下さい」

「はい。でも楽しく仕事出来て良かったです」

「五郎さんが来てくれていなければ、経営のことをしながら、これら全てを僕一人でやらねばならなかったのです。ありがとう」

「好きなことをして、御指導を受けた上に喜んでもらえたら、僕は嬉しいです」

「試作品が出来たら、僕と一緒に営業に出て、企業を見てもらおうと思っています。そして次の研究を一から五郎さんにしてもらいたいと思っています。勿論、僕もサポートしますが…」

「もう、そんなこと、させていただけるんですか?」

「お願いします」

「何だか、ますますファイトが出てきました」


正月休みも終わり、年頭の挨拶の中で、隆二が仲間に加わること、新規の仕事やK計画など、今年は忙しく、飛躍の年になること、そして将来の目標は全週だけれど、とりあえず今年のお年玉として隔週土休の計画、慰安旅行の計画があることを告げ、休みを増やすためには、仕事の効率を今まで以上に上げなければならないから、その気構えを持ってほしいことなど、美紀は話した。

初出だからと言って、浮ついているわけにはいかない。各自それぞれの仕事を遂行している。

美紀、隆二、五郎が正月も休まず、夜遅くまで仕事をしていたことは、会社の近所に住んでいる社員は知っているらしく、そのことが皆に広がり、自分達も正月気分に浮かれていられないという自覚が働いたのか、皆キビキビ動いている。

隆二は今日の終業時間を一時間切り上げ、美紀と五郎を除く全社員を集め、休み中に美紀と隆二が打ち合わせたこと、各委員会を作ること、そして、その主旨や進めて行く詳細を話した。

一方、美紀と五郎は、部品手配後、試作品、検査機、治具、電気制御など社内で出来ることから、設計そして製作に取りかかっていった。そして、月半ばの夕刻には、早めに手配していた部品が全て揃った。

「五郎さん…業者がね、あんな図面描かれたら、ええかげんな仕事は出来ない。気合い入れて加工したと言ってたよ。たぶん良い部品が出来ていると思う…さ、組み立てるぞ」

美紀が言うと、「はい」と五郎は生き生きと答えた。

巻線機の組み立ては終業後になったが、美紀と五郎の他、平田、陽介、現場の機械担当者の光男も加わらせた。彼等を加わらせたのは、今後のためと、勉強のためであり、一つ一つの機会を美紀は無駄にしなかった。

美紀が先頭に立って組み始めた。

「大切なことは、基準位置から図面の寸法通り、全て間違いがないように位置確認をしながら組むことです」

そう言って、部品に不備は無いか、確認しながら、適所に測定器や工具を使い、垂直、水平を確認しながら組んでゆく、見てる間に、主要基本部分を組み上げた。

「後は、五郎さんと光男さんが中心になって組んで下さい。平田さんと陽介さんは、興味があれば彼等を手伝ってやって下さい」

美紀が側に付いて基本的には二人に任せ、組み上げていった。

夜も十時になっていた。

「今日はここまでにしましょう。明日は遅くなっても組み上げます。光男さん五郎さん宜しく頼みます。皆さん遅くまでありがとうございました」

直後、光男と五郎を呼んで、「どうでしたか？」と美紀は聞いた。

「今まで修理ばかりで、このような組み立ては初めてで勉強になります」と言う光男の顔が輝いていた。

「僕も勉強になって、嬉しいです」と五郎も言った。

「これだけでなく、今後、色々なことが有るでしょうが、二人で協力し合って遂行して下さい。二人に研究開発の中核になってもらおうと思っています。今日はご苦労さまでした」

美紀はそう言って、若い二人に期待し、技術や考え方も教育していこうと思っている。


五郎と光男の並々ならぬ努力、それに美紀のサポートもあって、月半ば過ぎには試作品と検査機や治具も出来て、生産体制が整った。生産側の社員達は、美紀が技術的にも半端じゃないと分かったし、五郎、光男の存在価値を認める結果になった。

五郎は大学卒業まで、フル出勤は出来ない。今までに重要なところは仕上がっているので、美紀の指導で光男が遂行した。この間の光男の技術力の向上もさることながら、働きは素晴らしかった。美紀は助かるとともに、これから、この二人はそれぞれの持ち味を生かし、研究開発の両輪に育ってくれるだろうと頼もしく思った。今まで、学歴や固定観念で扱われてきた光男にとっても、社員を含め、何事にも見かけや先入観で判断しないばかりか、日々直面することに新鮮な感覚で取り組んで、新たなことを見い出している美紀に、余すところ無く感化されていたのである。

ＫＨ社用の試作品は、美紀や五郎の正月出勤や、平田をはじめ生産側の奮闘で、多少のトラブルは発生したものの、予定よりも早く仕上がった。

美紀、隆二、五郎、そして納品営業担当の恒彦は、早速アポイントメントをとって、KH社へ試作品を持って行った。KH社の担当者へ三人を紹介し、試作品を渡した。

「少しの間お待ち下さい」

そう言って担当者は去っていった。三十分ほどしてから担当者は一人を伴って再び現れた。

「どうもお待たせ致しました」

四人は立ち上がって、御辞儀をした。

「上司の宮川部長です」と担当者が紹介した。

「林美紀さんはどなたでしょうか?」と宮川は言った。

「私です。この度はありがとうございます」

「はじめまして、宮川です」

二人は丁重に名刺の交換をした。

「この度は厄介な部品をお願いしまして」

「試作品は御満足いただけましたでしょうか?」

「はい。性能、出来映えとも、申し分ありません。それに、期限より早く納品していただき、有り難いです。大変だったでしょう? 正直申しまして大抵は納期が遅れた上に、性能など、トラブルが多いものですから…」

「では、御満足いただけたのですね？」明るい表情で美紀が言った。

「早速量産に入っていただけますか？　これが注文書です」

四人は顔を見合わせて喜んだ。

「納期はそれで宜しいでしょうか？」と担当者が問うた。

「はい、結構です」

「それから、この二つも引き受けていただけないでしょうか？」

サンプルを見せて、宮川は言った。

「はい、有り難いことです」と言って美紀は頭を下げた。

「君、御説明を…」

宮川は担当者に命じた。担当者は図面と仕様書を出して説明した。

美紀と五郎は顔を見合わせ、お互いＯＫサインを出し、承認図、試作品そして見積もりなどの納期もその場で決めた。

「やっぱり、ＢＴ銀行の秋山常務が言っておられた通りです」

満足気に宮川が言った。

「はいっ？」

「いや、独り言です」と言って宮川は笑った。

そつのない行動や打ち合わせ、そして決定に爽やかさを感じ、早くもお互いに信頼関係が芽生えた。四人はＫＨ社を出た。

「これから、忙しくなるぞ。ああそうだ、僕と隆二さんをＢＴ銀行の前で降ろしてくれませんか？　秋山常務にお礼を言っておかなければ…その後はバスで帰ります。五郎さん、今日いただいた仕事、早速取りかかって下さい」

「はい」

五郎は快く答えて、仕事をしている実感を持った。


数日後、承認図の了解を得て、試作を光男と平田に託し、美紀、隆二、五郎、恒彦はインバーター関連の試作品を持って、大阪や関東の家電メーカーを回った。美紀の以前の人脈が役に立った。

数日して、一社から注文が来た。五郎が仕様の打ち合わせに大阪へ飛んだ。ＫＨ社のことや最近の瑞生電子の評判を聞き、他社からも次第に注文が来るようになった。ＢＴ銀行の秋山常務が陰で手を回して下さっているに違いないと美紀は思った。

「これでは、人を増やさなければ駄目ですね」と隆二が言った。

「人を増やすと同時に、正月打ち合わせたことを早く実行しましょう。少数精鋭、最小限の人数で遂行したいですからね」

隆二が美紀とともにいることは、社長になるための教育にもなっている。

インバーター関連は一カ月後大阪のN社が使っていることを聞き、他社からも注文が来た。美紀は手を緩めず、隆二に言った。

「新聞、技術誌にも宣伝を出して、記事にもしてもらい、見本市への出展もしましょう」

この頃から、業績の向上は急加速し始めた。

収益の大きな変化に驚いているのは、経理の指導に来ている銀行員だった。

今後、新しい仕事も加算されるから、業績は更に上がるのは確実で、そのことを銀行に戻って秋山に報告した。

「うん、うん」と嬉しそうに微笑んで「彼の手法をしっかり見ておきなさい」と言った。

担当者が育つまで、教育依頼もさることながら、銀行に経理を見てもらうことは、財務内容を銀行が全て把握しているということでもあり、当面、銀行と太いパイプを繋ぐという狙いもあった。そして銀行に財務の細かい説明は省け、美紀は本来の仕事に集中できる。効果は顕著で、銀行は運転資金の融資など資金面でも好意的であった。

これは結構型破りで、美紀にすれば捨て身の経営だった。美紀は株式会社化の指導も頼むつもりでいる。しかし、銀行に頼むのは株式会社にするまでと考えていた。

年明けから、社員を巻き込んで意識や構造改革も進めてきた。変わってきたとはいうものの、各々の部署の生産性の向上や品質についての各委員会の遂行が遅く見え、各自にもっと強い自覚を持ってほしいと感じていた。そして遂行上の考え方の一端でも伝えたいと思って、ある日の終業前の一時間ほどを使って、美紀は全社員を集めた。

今日は、皆さま方に私の考え方を少しお話しして、今後の参考にしていただきたく、お集まりいただいた次第です。黒板を使いますので、食事室にしました。

気楽にしていて下さい。私も原稿無しで喋りますので、前後して整理の付きにくいことがあろうかと思います。その時はご容赦下さい。

まず一つ目に身近なことから。もめ事や諍いが合った場合、一方的に自分の考え「我」を押しつけるのではなく、自分と相手を置き換えてみて、立場を変えて相手の立場になってみるということです。そうすると結構すんなりと解決することも多いのです。今後、各委員会の会議も多くなると思いますので、このことを思い出して下さい。相手の立場になるということは、製品作りでも同じことで、ユーザー様の立場になって一品一品真心込めれば、自ずと良い物が出来、信頼も向上して注文が増えます。

これは強力な営業力になります。

そして日常的に、してほしいことは、考えて考えて、考えた上に考えるのは当然のこととして習慣付けして下さい。

念のためにも、最悪を想定して、もし何々ならば…と、問題を未然に防げるように努めて下さい。野球だって、もしエラーしたら…と、ボールが行く先々の選手の後ろに回り、常に他の選手がバックアップしていますよね。

なお、トラブルや疑問の解決には何故、何故…と、突き詰めて行くことも、癖になるようにして下さい。

少し話を変えますが…

営業に関連して、身近なことから少し数字で遊んでみたいと思います。私は計算がのろくって、桁など両手を使って合わす有様なので、黒板へ書きますから、皆さまに計算の協力をお願い致します。

例えば、今の日本の人口は大体一億人。一世帯平均家族数は三〜四人とすれば、約三千万世帯になります。ここまでは私でも計算出来ます。

さて、学校のクラスや職場の平均人数が三十人としますと、三千万世帯分の三十人を約分しますと、百万分の一で良かったですね？

これを言い換えれば、百万個製品が売れると、三十人に一人が知っていることも考えられ、日本の全家庭に口コミで伝わる可能性が持てるわけで、評判が良ければ製品は宣伝無しに勝手に売れるということになります。その結果、会社の評判まで良くなり、仕事も増えることになります。

私達は家庭の人が直に手にする商品を作っているわけでありませんが、考え方は同じで、いわゆるブランドが出来ることになって、高価な宣伝費は要らないことになります。ちょっとした数の遊びから、このようなことが分かるわけで、ユーザーの信頼がいかに大切かも分かるかと思います。

勿論、百万個になるまでは適切な宣伝は必要です。

それから信頼に関わることですが、長年築いた信頼も、何か悪いことが起こると一瞬にして社会から見放され、企業は破綻に陥ります。

手間や材料費に多少費用が多くかかっても、不良品は絶対出さないこと。不良品の対処費用や信用を無くす方が損害は大きいのです。

例えば、コストを抑えるために、水で濡れる場所の部品材質を鉄製にして薄いメッキで被覆したとします。その結果、錆というトラブルが発生して、その対応の費用は膨大になります。全く無駄な費用です。そのためにも、目的に合った材質、例えば水に錆ない種類のステンレスとか、プラスチックス、ゴムもその類ですが、そのような材質にする。

それに、危険な箇所では強度面で安全率も大きめにするぐらいが良いですね。思いがけない力がかかったり、材質は全てが均質であるとは言い切れないということも含んでいます。これらのコスト上昇分は他で経費を削り、トータルコストで下げれば良いと思います。例えば、計画段階から、お客さまの元へ届く過程において、細部に至るまで、どんな所にコストが発生しているかリストアップし、検討すると良いです。大切なことは、その物の流れ、動きが止まることも大きなコストの発生になります。輸送効率についても、製品の形や大きさの少しの違いも空気を運ぶことになってしまいます。材料費よりも、人件費、在庫の費用の方が大きい場合が多いのです。こういうことからマニュアルを作り、次からはこのマニュアルに従って遂行すれば良いわけですが、出来たマニュアルに甘んじず、常に考えていると、より良い考えが出て、改良を加え、このマニュアルも進化させることになります。

日々の努力の積み重ねですね。これが各人のレベルアップになったことの証明にもなるわけです。作業者の自覚やレベルが上がり、もし一〇〇%信頼出来る物が出来るならば、検査工程を無くすることも出来、検査マニュアルも品質管理も不要かも知れません。このことは管理のための管理、あるいは管理のための書類になってはいけないということです。単に書類や作表が増えるだけになってしまってはいけない。

問題解決には役に立つかも知れませんが、価値を生まない無駄な作業であることには違いありません。そういうことを考えると、制作時に検査を兼ねても良いでしょう。自ずと稼働率や生産効率も上がってきます。

その費用の浮く分は結構大きくなると考えていますが、そのうちの何割かを社員の方の給料を上げる方に回すことが出来ます。

その上、他の中小企業に先駆けて、完全土休の実現も可能になるのです。

そうすれば励みになり、ますます技術も士気（モラール）も向上して、好循環になります。これらは難しいことを言っているわけではありません。

他社は乾いたタオルをまだ絞ると言っていますが、当社は僕が今まで言ったことや、出来る限り付加価値の高いオリジナルな物を作って行くつもりです。

研究担当者は常に情報を集め、考えていきます。サイエンスが重要になるでしょう。

そして社員の方全員のアイデア提供も助けになります。

これからは、時代の変わり方が速くなるでしょう。

世界の全てのことに注視し、その変化に先んじて、商品や会社の在り方など、経営方法を変えていかなければ、どんな会社でもすぐ消滅してしまいます。安穏など有りません。くどいようですが、商品力、人材、意識、考え方が重要です。

最後に、大抵の人は教えられることに慣れすぎて、自分で考えたり勉強することが下手になっています。何かに付け、どうして良いか分からない時には、何でもやってみましょう。何とかなるものです。

人は自分の物差しで色んなことを判断します。

私は、その物差しを、より正確というか、より高性能にするため、日々知識を増やし、そして考え方が広く、深くなるよう養っているつもりです。

これからますます経営のスピードが必要になります。私達舵取り役も心を引き締めて挑んでいます。皆さまも宜しくお願い致します。以上で終わります。


隆二は美紀のこのスピーチを聴いて、いつものユニークな考え方、そして普段には無いその強い口調に、自分や社員に対する意識改革を促したい美紀の気持ちを感じた。そして、いつも走りながら、先々を考えていかなければならない、これが会社経営なのだと思うとともに、経営とは大変なことだと再認識した。

軌道に乗ってきた今、このスピーチは銀行から来ている経理指導者は「勝って兜の緒を締めよ」ぐらいにしか思っていなかった。しかし、このことは逐一銀行の秋山に報告されている。経理担当者は録音していたのである。

秋山は美紀の真意を理解していた。


軌道に乗ってきたというのに、いつも穏やかな美紀が強い口調で訴えたことは、皆が美紀の心中を知ることになった。そして各委員会も隆二の元で活発に動き出した。美紀にも難問の相談などあったが、ヒントのみ与え、出来るだけ各自に考えさせた。

受注が増えてきて、将来が見える今、人は生き生きと動き出す。

「克美さんの友達に応援してもらっていますが、いつまでも甘えるわけにはいきませんから、一人総務に女性社員を入れなければいけないですね。それに製作現場にも数人…」

美紀は隆二にそう言った。隆二は早速手配した。


克美は相変わらず母の痴呆症介護で昼夜ともに忙しかった。

母は自分が子供の頃の両親、兄妹、身近な人々のことを口走り、今はもう無い建て替えられる前の自分が育った生家へ帰りたがる。自分の子供の顔も忘れてしまい、子供を怖がる時もある。それに徘徊するため探し回らなければならない。そして、暴れたり、大声を出す。

ガス、水道、電気や台所、風呂、トイレでも目を離せない。折角の食事もメチャクチャにしたり、冷蔵庫内のものや、家の中の物もメチャクチャに移動するから、それらを探し回ることも度々。下の世話も…

ともかく何が起こるか分からないのである。

七、故郷

五月になって、社員旅行が実行出来た。皆とともに行動出来ないのは残念に思いつつも、美紀と克美は参加出来なかった。

克美は母親の看病のため、そして美紀はこの連休を利用して、というより、身体が空けられる日はこの時しか無かったのである。美紀は友人に託した大阪での整理と、両親のいる故郷へ行く用事があった。克美は美紀の手伝いが出来ないことや、行ってみたい美紀の故郷に同行出来ないことも残念だった。そして弁当や費用、そして土産物を美紀に渡した。

「故郷には、いずれ行ってもらいます」と、美紀は言った。

美紀は会社のワゴン車を借りた。アパートに残した家財の不要な物は処分し、有用な物は田舎に運ぶためである。

大阪では友人の加勢を得てアパート内を整理するとともに、暦では平日だったこともあり市役所で転出届けをした。そして名古屋に戻れば転入届けや、所々に住所変更の連絡をしなければならないと考えつつ、一路三重県の故郷に向かった。

大阪に就職した当時は、帰省の度、ときめいていた。どんなに心が疲れていても、ここに帰れば優しく包んでくれる安らぎ、安堵感のようなものが湧いてきた。しかし今は山、川、道、橋、そして何度か絵に描いた桜並木までも、とりわけ残念なのは、鮮烈な印象を残した学舎までも、当時とは変わってしまったことだった。そして当時の思い出は、整理しきれないほど次々と、映画のシーンのように湧いてくるのに、その場所や友人も少なくなった。

帰るのを楽しんで、待っていてくれるのは老いた両親だけである。心の故郷と言うには、当時とは何かが違い、物足り無さを思う。でも、両親がいる。それだけで充分ではないか、美紀はそう思い直した。

生家に着いた。車を敷地の角に駐め、裏庭を歩んだ。

トントンと音が聞こえる。母が羽織の紐を織っているのである。美紀は近づいて行った。気配を感じたのか障子窓が開いて、母が顔を出した。美紀の顔を見て笑みがこぼれた。正月も電話すらせず、名古屋に行っていることも、美紀自身は連絡していなかったのである。

母は美紀の空腹を気遣い、魚屋に電話を入れ、食事の材料を畑へ、そして電気式に換わったポンプで井戸水を風呂に入れ、せかせかと動き出した。このように歓待してくれるのは、世界中で母と克美だけである。

その夜、仕事から戻った父も加え、久しぶりに母の作った夕食を味わいながら、美紀の突然の帰郷に驚いている両親に、粗方の近況を話し、積もる話をした。そして、お互いの息災を喜び合った。両親は幼い頃から丈夫でない美紀の身体を心配した。

「年金も貰えるようになって、二人暮らす分には不自由は無いから、もう送ってくれなくて良い…」

母は涙ながらに言った。美紀との会話から老いた両親の生活を知っていた克美は、自分達も苦しい中、僅かながらも、美紀の名で送金してくれていたのである。

これから田植えの準備等で農繁期になる。

美紀が小学校時代、春の田植えと秋の取り入れの農繁期には、手伝いのため一週間ほど午後休みになる農繁休暇があった。

当時は手作業の人海戦術で、田植えは近所の人々が協力し合い、一列に並んで、張った綱に付けた目印のところへ一株ずつ手で植えていった。山の中の沼田は水が冷たく、蛭《ひる》や蝮《まむし》に注意しながら、中腰での長い作業は辛かった。

稲刈りは各家で行うが、やはり一株ずつ刈り取って、藁《わら》で束ねてゆく。これも中腰で辛い作業である。実りの頃の雀、猪、台風や洪水にも悩まされる。洪水で堤防が決壊すると土砂が稲を覆って、減収の上、土砂を取り除く作業も、川近くの田は大変なことであった。

麦、菜種、養蚕、筵《むしろ》や縄作り、山仕事、母の紐織り…年中暇はない。美紀が大阪へ出て数年ほどは帰省しても盆、正月以外は手伝うことも多かった。今は田植え、稲刈りは機械化して、丈夫な堤防が出来たので、かなり楽になったものの、機械は中古とはいえ、費用が嵩むようになっている。小農家も各家に機械を持つから負担が増えた。生活様式の変化にともなって前記した需要は減り、筵や縄作りなど現金収入の仕事も無くなってきている。いずれにしても忙しい割には収入が少ないのが現実である。

「子供達も平穏に暮らしているし、少ないながらも年金もある、昔の酷い生活のことを思えば、今は幸せや」

母は口癖のように言う。

しかし、楽になったとはいえ、食べるものは田畑で作り、現金出費の少ない慎ましい生活である。このような暮らしでも、この頃は農協主催や、老人会などで、少しずつ積み立てては時々旅行もしているという。美紀が実家にいる頃には想像も出来ないことであった。生まれ故郷で滞在する余裕も無く、一泊して翌日の午後、名古屋へ向かった。

運転しながら、今の美紀の帰る所、心の故郷は克美だと考えていた。

故郷の　儚き夢か　火達磨の
　　ドラマは残り　待つひとも無く

故郷をあとにし、車中で詠んだ。

名古屋に戻って、両親への送金の礼を言った。その後も克美は、誕生日、母の日、父の日にも、何らかの形で両親へお金を送ってくれるようになった。


ＫＨ社からの仕事は、ますます増えたのだが、特定の会社からの注文が増えて、売り上げに対する割合が大きくなるのを恐れ、提案型で他企業へ売り込んでいくことや、オリジナル商品を増やすことを隆二と話し合い、美紀はこのクラスの会社には珍しく研究、開発人の強化を決めた。

五郎のような人材は少ない。むしろ五郎が来てくれたことは幸運だったのである。少なくとも五郎や光男とチームが組めて、物作りが好きで情熱を持って取り組める学生が欲しい。美紀はこのことを五郎に話し、めぼしい学生の紹介を頼んだ。

美紀は会社全般に目を配りながら、五郎や光男と収益源の研究開発に力を注ぎ、毎夜遅くまで次の計画に掛かっている。克美は美紀の身体を気遣った。社員も同じであった。

人の心は、愛し、愛される人がいて、ともに喜び合い、他人から必要とされるかぎり頑張れる。そして、力が出るものなのだ。気の置けない仲間達の中、良い指導者に見守られ、皆が輝ける、それが理想の学窓や職場と美紀は考えていた。美紀にとって、ここは、そのような場に思えた。美紀自身も誰かに見守られているような気がしているのである。だからこそ、突っ走れるんだとも思っていた。

暑い季節になって、会社も熱く、軌道に乗っていた。社員の人数も増え、会社も幾分か大きくなり、各責任者も育ちつつある。各社員も自ら考え、動き出すようになっている。美紀が自らの行動で手本を示している影響も大きい。

そして、売り上げ高が増えた割には残業時間や社員数はあまり増えていない。収益は優良企業並になっていた。

このような中、部品製作を依頼している平沼電子が不渡り手形を掴んでしまった。為替の影響や、オイルショックで危なくなっていた会社の倒産で、連鎖倒産の影響を受けた突発的な出来事である。

その社長平沼と美紀は親しくなっていたこともあり、資金が調達出来なければ倒産すると泣き付いて来た。倒産されては困るが、心情的にも見殺しには出来ない。倒産の悲惨な修羅場を見ているだけに、その思いは強かった。

資金については時間が勝負である。美紀は自社の出来事のように、銀行や関係会社を奔走した。自社だけでも大変な時に、大きな仕事が降って湧いたのである。それぞれへ協力を得る説得や依頼で、頭を下げることが続いた。

〔為替は一九七一年以前、一ドル三六〇円の固定相場制だった。同年八月十五日ニクソンショック、そして同年十二月十八日一ドル三〇八円となった。更に一九七三年二月十四日変動相場制へ移行した。日本経済に力が付いてきた証とはいえ、今まで安泰だった為替の急激な変動を受けた上、オイルショックの影響も大きく、対応出来きれない企業も多く出た。ついでまでに、第一次世界大戦（一九一四〜一九一八年）後、アメリカの政治、経済、金融市場の地位は強くなり、ドルは基軸通貨となった。しかし一九二九年から始まった世界大恐慌で、一九三三年アメリカの金本位制は停止に追い込まれた。第二次世界大戦後ＩＭＦ（国際通貨基金）加盟各国の通貨は金またはドルによって平価（一国の通貨の対外価値を示す基準値）を表示するという金ドル本位制を施行、ドルは世界の基軸通貨としての地位を維持した。その後、ヨーロッパ各国や日本の復興、アメリカの大きな財政赤字、国際収支の悪化、更に各国のドル保有が増え、ドルの信頼が揺らいだ。そして紆余曲折を経て、一九七一年八月十五日アメリカ大統領ニクソン（Richard Milhous Nixon）は総合経済対策を打ち出し、その対策の一つに、ドル防衛のため、ドルと金の交換を停止した。その時、ヨーロッパの主要為替市場は一週間閉鎖され、再開後も混乱した。この時の一連の出来事は、日本ではニクソンショックと言われている」

美紀は金策のために駆け回り、ＢＴ銀行から帰ってから少し経った時、平沼社長から連絡があった。

「秋山常務が林さんを同行してくるようにと連絡があったのです。お願い致します」

何故自分が同行？と不審に思ったが、美紀は快く引き受けた。美紀は平沼社長と仲が良い。それに、平沼電子の金策に美紀も奔走していたから、自分も同行するように言ったのだろう…そう思った。

ＢＴ銀行常務室、

「単刀直入に申します。林さんが平沼電子さんの経営権を持ち、取締役として入って改造していただくならば、それを条件に融資いたします…買収していただくことも考えたのですが…」秋山は二人に向かって言った。

「え、え、えっ」

美紀と平沼は思いも寄らない発言に驚いて、交互に二人を見た。

そして、

「買いかぶられては困ります。私なんか…私は平沼社長を尊敬しています。改造や買収なんて、おこがましくて…それに、うちも、そんな大それたことができる状態じゃありません」

美紀は正直に言った。

「私も平沼社長の人間性は尊敬しています。しかし、あなたが初めて私のところへいらっしゃった時、これからの社会の変化の速さ、先取りしてゆかねばならないとおっしゃいましたね」

「生意気なこと申しました。必死だったのです」

「あなたのおっしゃった通りなのです。それに、あなたは実践していらっしゃいます。だからこそ、あなたの会社は立ち直ったのです」

「未だ道半ばです。それに上手くいったとしても、あれは常務さんのお力添えあったればこそ…まぐれです」

美紀は正直そう思っている。

「ご謙遜なさることはありません。あなたの会社はもう大丈夫ですよ。平沼電子社は不渡りを掴まされただけではありません。平沼社長は急激に変わり始めた社会に対応出来なかったのです。だから落ちてきた面が大きいのです。このままでは、今後も困難なこと、あなたならお分かりのはずです。当行としましても、今まで貸し付けた分を回収したい。それに、お客さまを失いたくありません。そのためには融資しても良いのです。しかし無駄と分かっていれば、一円たりとて融資できません。あなたが引き受けて下さったら融資します」

秋山はきっぱりと言い切った。

「当社のこともありますし…」

「兼任で良いでしょう。それに、私は以前、あなたを担保と、言いましたね。あれはまだ生きています」

初対面の時、出任せに言った、何の効力もない担保…秋山が今、その担保のことを持ち出したのは、自分が美紀に強制したことにすれば、二人の関係が気まずくならない…そう気遣ったのである。秋山に、ここまで言われれば、美紀に断る理由はない。しかし、成功する自信もない。それに平沼社長の気持ちのこともある。降って湧いた話に複雑な心境であった。

急な話…自分より若い美紀に改造…美紀が優秀とは分かっていても、秋山のあからさまな話に平沼は一瞬ムッとなったが、二人の話を聞きながら、時間が経つうち感情も落ち着いてきた。そして、平沼は思う。秋山常務の言うことは間違っていない。温厚な秋山常務が二人を前にして、強く言い切ったのも、早く話を進める腹づもりだろう…美紀のことは今まで付き合ってきて、力量、人間性は充分分かっているではないか…だからこそ彼を信頼し、心を許して、付き合ってきたのではないか…二人は仕事や商工会議所、そして銀行主催の会合などで、時折会うようになってから、飲酒しない美紀が自宅まで送り届けることも多く、急速に近づき、親しくなったのである。

平沼は、かつて酔った勢いで美紀に言ったことがある。

「わしはあんたに惚れた。うちの娘をもらってくれないか？」

「ええっ？　ご冗談が過ぎます…」

「すまん、すまん。あんたには克美さんがいらっしゃったんやな、分かっていても言ってみたかった…」

「酔っていらっしゃる」

美紀にとって、これに似たような話は他にもある。しかし平沼にしてみれば、あれは決して酔った上での出任せではなかった。

平沼には克美より一歳年上の娘がいる。美紀が平沼の家に行くと決まってお茶を運んできた。彼女と美紀は挨拶や、それに付随した程度の会話しかしたことがない。しかし平沼からそんな話が出る…娘をもらってくれと言うことは、父親にとって「一番大切なものを与える」ということで、それほど美紀を信頼し、心を許すようになっていた。

落ち着いて考えれば、彼がうちの会社に手を付けてくれるなら異存はない。更に今、どうしても資金が要る…メンツにこだわっている時ではない。快く依頼しよう…頭の中を整理すると平沼の決断は早かった。

平沼の懇願もあって、美紀は引き受けた。今、内容は分からないが、一生懸命立ち向かうだけである。困難に挑む時、「何とかなる…何とかする」と、いつもの闘志が湧いてきた。ＢＴ銀行を出て、二人は平沼電子に向かい、詳細の打ち合わせをした。


美紀が家に戻った時は深夜になっていた。

そして今日のハプニングを隆二と克美に報告した。「今でも、大変なのに…その上に…」と、克美は美紀の身体を気遣う。しかし、走り出したら止まらないことも知っている。

美紀は「自社、瑞生電子のことも…」と思う。瑞生電子は各部署に責任を持たせ、遂行する組織スタイルに変えてきた。

良い機会や、自分の持ち仕事も少しずつ隆二さんや五郎さん達に引き継いで、近いうちに全てを委譲しよう。美紀はそう決めると、社長の書斎に入って、平沼電子の成長構想を練った。

この身辺の急激な変化に、美紀の脳はフル回転になっていた。

平沼電子社はシンセサイザーなど電子楽器のパーツを製造している。今は下請けだけど、将来は自社商品も視野に入れ、大枠の道筋を立てた。立ち止まって細々考えている暇はない。走りながら考えてゆかねば…

美紀は平沼電子に重点を置き、瑞生電子と平沼電子両社を往復しながら、考え、そして必要な所へ奔走するなど、周囲が想像も及ばないような行動をしたりして、両社のことだけに没頭した。美紀自身月日が経つのも分からないほどの日々が続いた。

外に出ると、いつしか涼しい風が肌をなぜるようになっていた。

瑞生電子だけでなく、後を追うように平沼電子も美紀が描いた形になりつつあった。そして平沼電子ではシステムや意識の改善も広がり、美紀が描いた構想以上の行動さえ出来る部門も出てきた。克美は美紀の身体を気遣いながらも、忙しい中で楽しんでいるかのような美紀を見ていた。

瑞生電子は十月に隆二を社長にして、株式会社化になるとともに、隔週土休も実現出来た。この規模の会社で、まだ隔週土休は社員にとって良い待遇である。

美紀が作った組式図に、美紀自身の正式役職は入れていない。それには意見が出ることを見込んで、欄外に総合サイドマネージャーとのみ記入していた。そして美紀は株式の保有もしなかった。会社が好転し始めて、途絶えていた親戚が顔を出し、口出しすることもあった。美紀が中代家に入り、会社の実権を握っていることを苦々しく思っていたのだ。株式会社にする時にも親戚からの出資は無く、職制がはっきりしてからは顔も出さなくなった。

隆二が後を継ぎ、克美は美紀に嫁ぐことが出来る。克美の父親にとって、一番望んでいた形になったのである。ただ克美の結婚式を自分がしてやれないことを悔しがった。会社の成長を見届け、美紀に感謝し、美紀と隆二、そして克美の手を取って、妻を気にしながら、隆二と克美に妻を託し、笑顔で逝ってしまった。

遺言通り身内だけのささやかな葬儀となった。

「覚悟していたことだけれど、悲しいわ」

そう言って克美は泣いた。美紀は慰める言葉も見つからず、克美を抱きしめた。

「良子さん達に頼んでまで、二人っきりで鏡平へ登山させなかったことを謝っていらっしゃったけれど、お父さんにとって、あなたが何よりも大切で、深い愛情を持っていらっしゃったことがよく分かる」

「今まで知らなかった…父が頼んだなんて…」

「言えなかったんや。認めたとはいえ、心配だったんや」

克美は美紀の胸の中で、ただ泣いた。

少し経って、美紀は自分にも認識させるようにつぶやいた。

「数多くのドラマを作り、長年かけて溜めた知識や知恵を一杯持って、愛情をたっぷり残したまま逝ってしまうんやな…誰もが…いつか…悲しいな…辛いな…」

美紀の頬も濡れていた。

やがて痴呆症の母親も寝込むことが多くなった。父親が亡くなったという自覚も無くなっている。克美は母親のことをかわいそうに思った。

会社は全員で取り組む体制が出来た。幸い美紀が借りた銀行への借金の返済も終わり、美紀は肩の荷が下りたような気がした。

そんな十一月の初旬、ＢＴ銀行の秋山から呼び出しがあって、美紀は出かけた。以前から一度付き合ってくれと頼まれていたが、忙しくて今日に至った。その夜は帰らず、隆二と克美が心配のうちに夜が明けた。美紀は早朝戻って来て、連絡出来なかったことを二人に詫びた。二人は無事を喜び、理由は聞かなかった。

八、いつか行く道

その夜、美紀は初めて克美を求めた。美紀は名古屋へ着いた夜から今まで、働きづめの日々を過ごし、克美との時間は無かった。克美にしても会社のこと、家事、そして母親の介護で忙殺されていた。その様子を見ていた美紀もまた、克美の身体のことが心配で気が気でなかった。

ところがこのところ、その母親も床に就き、動き回ったり、家の中の物を荒らすことはなくなって、夜間の世話も少しは手が空いてきた。

「今夜、母が眠ってから、あなたのお部屋へ参ります」

そう答えて、身体が震えた。

嬉しかったのである。

デュエットで初めて会って以来、随分長い時が過ぎたように思う。愛しい人が側にいるというのに、結ばれることはなかったのである。

「美しいうちの自分を捧げたい…抱いてもらいたい」

克美は常々そう思っていた。

そして今、温かなシャワーを浴びながら、湧き上がってくる幸せな興奮が彼女を緊張させた。

克美が部屋に入ると、薄暗い明かりの中、愛しても、愛しても、愛しきれないほど愛おしい彼女を待って、美紀も緊張していた。克美は可愛らしい寝衣を着ている。恥じらいながら布団に膝を進めた時、美紀は上半身を起こし、言葉の代わりでもあるかのように抱き寄せた。ほのかに甘い香りがする。

美紀は今までの思いを込めて抱く腕に力を入れた。

「どうしようもないほど好きなんです」

「私、とっても幸せ…」

長い接吻の後、美紀の手は克美の浴衣を脱がしていった。

克美の身体が小刻みに震え、強ばっている。美紀もまた動作がぎこちない。

「初めてなんですよ…」

「嬉しい」

狭い肩幅、白い柔らかなもち肌は、腋の下からウエストにかけて曲線的に細くなり、胸は形良く盛り上がっている。ゆっくり横になり、美紀は優しく抱擁していった。克美の息使いも荒くなってきた。そして遂に結ばれて、克美は小さな声を出した。苦痛にも聞こえる喘ぎ声だった。

結ばれたままで、今の二人は甘美な幸せの世界にいる。優しい抱擁が続いた。行為が終わっても、美紀はしばらく克美の身体の上にいた。右手で乳房を掴み、乳房の間に顔を埋めた格好のままで動かない。克美の手は美紀の頭を抱いている。二人は抱き合ったまま眠った。

朝、目が覚めると、克美は横にいなかった。起き上がると、シーツには昨夜の証しが残っていた。台所で、克美は楽しそうにハツラツと動いていた。

会社で美紀は、やっとの思いで言い出しにくいことを告げた。

「他にしたいことが有るので、会社を去りたい」

その旨、時間を掛けて隆二に話した。隆二は「何でなんや」と言って、納得が出来ない。そして何度も慰留したが、決心は固まっていて、了承せざるをえず仕事を引き継いだ。

「しかし、美紀さん、克美が承知しないよ」

二人とも、克美が出られないことは分かっている。

「今夜話します」

「会社のみんなや、銀行の人、取引先の方々、辛いから、挨拶せずに去ります。隆二さんから、宜しく伝えておいて下さい。秋山常務には会って行きます」

夜、食後、克美を目の前にして、やはり言い出しにくく、何度も言い出そうとしては、ためらった。

「あのう…話が」

「なあに？」

「あ、明日ここを去ります」

「今、今、何と言ったの？」

「も、もう…僕の役目は終わりました…後は社長がしっかりやってくれます。僕には他にしたいことがあるので…」と、告げた。

「そ、そんなの…無いわ…そんなの…嫌…」

克美は結ばれたばかりなのに、突然のことで、次の言葉が出ない。ただ大きな目から涙が溢れるばかりである。

「僕には他にしたいことがある」と言う言葉に、美紀を知り抜いているだけに、心を縛って止めることは出来ない。それに今まで自分を殺して、私のために嫌なリーダーも務めてくれたのだから…頭で分かっていても…心が納得しない。克美は美紀の胸に飛び込んで、泣きじゃくった。

「そ、そんなの…無いわよ…」

「ごめん」

「大阪へ戻るの？」

「戻らない。戻っても、また一からやり直しになるし、これからの瑞生電子なら、ここにいた方が、自分の考え通り、それに…より大きな仕事も出来る」

これは美紀の正直な気持ちだった。しかし、それも出来ない。克美にも言いにくい事情が出来てしまい、「ならば、この際」と、決心を早めたのである。

「なのに…何処へ行くの？」

美紀はただ克美の目を見ている。

「何をするの？」

「今は秘密…今より、もっと異質なものになると思います。期待して、楽しみに待っていてほしい…準備が出来たら、必ず迎えに来るから」

「なぜ明日なのですか?…あまりにも急すぎるわよ…」

「ごめん…時期はずらせないのです」美紀の目も潤んでいる。

「なぜもっと早く言ってくれなかったの？」

「言い出せなかった」

「私達夫婦ですよね？」克美は念を押した。

「決まっているじゃないですか」

「もう私、あなたがいないと生きて行けない…あなたの側にいられれば…他に何も欲しいものは有りません…何処へでも参ります…必ず…連絡してね…約束よ」

「約束します…僕にもあなたのいない世界は考えられない…式は挙げていないが…かけがえのない妻なのです」

「今夜もあなたのお部屋に参ります…少し遅くなるか分かりませんが…」

美紀は明日去ると言っても、用意する荷物は無い。

敷いてある布団に寝転んだ。布団は綺麗になっていた。ここに来て、こんなに早く寝転ぶことはなかった。張りつめた仕事からの解放感もあって、疲れが出てきた。明日はここを去る…克美とのしばしの別れ…感慨深い。

克美は昨夜よりは、遅く入って来た。

克美は目に涙を溜め、しばらく布団に座ったまま、美紀をじっと見つめていたが、美紀に覆い被さり、唇を激しく吸った。

美紀は力強く抱きしめた。

「すまない…どうしようもないほど愛している」

「…」

上下入れ替わり、唇から首、乳房へと愛撫していった。

克美も積極的に激しく燃え、一つになった火の玉は絶頂の甘美な快楽を迎え、克美は喘ぎながら、思わず大きな声を出してしまった。美紀は満身の愛を込めて、思いの丈を克美の体内へ送り込んだ。

行為を終えても離れなかった。

「身体にお気を付けて」

やっとのことで、克美は言った。

「うん、あなたこそ…離れていても一心同体なんだ…お互い一人の身体じゃないんや」

「ええ…あなた…愛してます」

抱き合ったまま、少しは微睡《まどろ》んだのだろうか、朝を迎えた。


朝、隆二は美紀にとって思いがけない金額を、功労金として渡した。彼女の意見が入ったのかも知れない。

「もう、その車は古いから、父の車に乗って行って。父も喜ぶと思うから」

「ありがとう。でも、そんな高級車は僕には似合わないよ…それにカローラちゃんとは仲良しなんだ。な、カローラちゃん」

「妬《や》けるわね…トランク開けて」

克美は、手早く用意したバッグやクーラーボックスをトランクに入れ、丹精を込めて作った弁当や水筒を助手席に置いた。

「やっぱりお見送りは悲しいわ」

「お身体、大切にして下さい」隆二は心細げに言った。

「必ず連絡してね…約束よ」

美紀はうなずいて、二人が見送る中、会社の人々が出勤するまでに去って行った。


美紀が去って五日ほど経った休日、ＢＴ銀行の頭取の娘、良子が訪ねて来た。

リビングルームで着座した良子が口を開いた。

「あの宇宙人どうした？　最近見かけないという噂を聞くけど…」

「えっ、宇宙人？」

「火星ちゃん、克美の大切な美紀さんよ」

「ああ、僕の役目はもう終わった…他にしたいことが有る…と言って、どこかへ行ってしまったわ」

「欲の無い人ね…やっぱり。私も気になって来てみたの」

「やっぱりって？」

「それはね、克美のことじゃなくて、会社と家《うち》のパパとの板挟みというところかな」

「それどういうこと？」

「あのスキー場のこと、後から克美に聞いて、先に帰った私は後悔していたの。その上、以前から克美は商社マンと結婚すると言って大商社に入ったのに、克美ほどの女がエリート商社マンや、引く手数多《あまた》の縁談に目もくれず、あの人に心を奪われたこと、そして、鏡平へ登った時のことも父にも話したの。でも、たかが小娘の恋愛事と思って、その時は取り合わなかったわ」

克美は真剣な顔で聞いている。

「ところが、このところ早々と会社の再生に成功したことから、手腕に興味を持ち、彼の経歴を調べたらしいの…銀行の悪い癖ね。でも銀行らしく細かく調べていたわ。生い立ち、学校の成績、大手会社へ入社後の仕事、退職の理由、その後の仕事、あのスキー場のこと、女性関係など…」

「それで、何があったの？」

「知りたい？」

「何があっても、彼を愛しているわ」

「流石、克美ね」

「あなた、今日、私に何を言いに来たの？」

「続き話すわ。家は相当貧しかったけれど、品の良い子供だったらしいわ。勿論、成績は問題無いけれど、学校は工業高校止まり。でもね、入社後配属された部署はほとんどが大学卒で、その中にあっても、初めてした設計が大卒を尻目にダントツに優れていて、その後も優れた設計をしたらしく、幾度か表彰され、その設計能力は今も語りぐさになってるみたい…でも給料の方は、入社後三年経ってもあまり上がらず、当時お金が必要だった彼は、技術にも自信が付いていたし、その時、真剣に独立を考えるようになっていたみたいなのね。普通一人前になるまでは十年かかるらしい技術の習得を、才能もあったのでしょうね…目的も有って独学で努力したから、短期間で磨きがかかったらしいの。彼の特徴は経験が無くても考えがユニークで、その考えたことを理論的に確認しながら実行するから、初めての仕事も上手く出来たらしいの。それに、手抜かりが無いから失敗も無い。このことから先輩達には冷たくされたらしいの…生意気に見えたのね、きっと」

そのユニークで理論的な抜け目のない考え、そして実行力は、聞かなくても克美には充分分かっていた。良子は続けて話した。

「それで、その数年後、退職してフリーになってからのこと、スキー場でのこと、ここに来てからのことがあったってわけ。あのスキー場のマスターのお父さんと私の父は友人なのは知ってるわね」

「ええ、それで?」

「頑張った目的や、あの欲の無い彼がお金を欲しかった理由は、親のことや…、ここから大切なことだからよく聞いてね。故郷に好きな人がいてね、当時大学生だったその女性と付き合っていて、苦しい時も心の支えになっていたらしく、結婚したいと思っていたみたいなの。それに彼女は相当な美人で才媛だったらしいわ。でも、その時の給料では寮生活か、一人がどうにか下宿生活できるぐらいのもので、とてもプロポーズどころではなく、幸せな気持ちの裏で悩んでいたらしいの。気持ち分かるわね」

「銀行って、細かいことまで調べるのね」

「今回は特別らしいわ」

「かわいそうに…それで、その彼女はどうしたの？」

「理由はよく分からないけれど、田舎としてはごく普通の、周囲が勧める五、六歳年上の男性とお見合いをして、良家へ嫁いで行ったらしいの。彼女は一応断ったらしいのにね。当時田舎で、女性なのに四年制の大学へ行けるぐらいだから、箱入りのお嬢さんだったのじゃないかしら。一途に思っていたくせに、その時、何も出来なかった彼は、心の支えを失い、かなり堪《こた》えたらしいわ」

「美紀さんにそんなことがあったの…知らなかった」

「妬けるでしょう」

克美は話を聞きながら嫉妬したが、そういう経験をした美紀に同情した。

「かわいそう過ぎるわ。それで私をお嬢さんと思い、あの時も、ためらったのね」

「でも、克美は彼しか眼中に無かった。自分の気持ちを貫いた」

「それを私に言いに来たの？　彼がここを去った理由と、どのような関係が有るの？」

「まだ先があるの。この前、ＢＴ銀行の秋山常務と出かけたことがあったでしょう…あの夜は父が私の家にお招きしたの」

「なぜ？」

「彼の一連のことを知ってから、能力を生かすというか、利用しようというか、彼を銀行に取り込みたいと思っていたの。そして、会ってみて、もし気に入れば、私と結婚させ、後々頭取を譲りたいという思惑もあったみたいなの。私がよく彼のことを話すから、私が彼のことを好いていると思ったのね。勿論、私は好きだけれど…」

「それで、お父さまは彼のこと、気に入ったの？」

「ええ、その場で惚れ込んだみたい。その時ね、父は良子を変えてもらって、ありがとうと言ってたわ。彼には何のことか分からないといったような表情だったけれど」

「それで？」

「会話が弾むにつれ、父はまず銀行へ来るよう勧めたの。そして、私とのことも匂わしたの」

「それで、彼は？」

「即答を避けたわ。ＢＴ銀行の瑞生電子への影響を考えたのね。そしてね…その時、ワインをグラス一杯飲み干して…苦しんで倒れてしまったから…書院へお泊めしたの。

父との話も、そこで途切れてしまって…」

「彼は全然飲めないのよ」

話を打ち切るために無理して飲んで、それで、あの夜、帰れなかったのだ。克美は美紀の心中を思った。

良子は大切そうに包んだ額を取り出した。

「次の日の早朝、私達が寝ている間に、書院に置いてあった父の用具を使い、これを描き置きし、お手伝いさんにお礼を伝言して帰って行ったの。これを見た父は、『流石じゃのう、振られたわ。それにしても欲の無い男よ。大抵の者は飛びついて来そうな話なのに』そう言いながらも、ますますその気になっているわ」

絵は、険しい高山を背景に、美しい湖畔の庵で、机に向かい何か書いている男と家事をする女が墨で描かれている。

「彼、こんなことも出来たのね。これ、雅号かしら?」

左下に描かれた瓢箪を見て良子が言った。その大きい方の膨らみの表面に「風」の字が書かれていた。彼の水墨画を見るのは克美も初めてである。上手だと思った。

「瓢箪は子供の頃、お友達が付けた彼のニックネームで、結構気に入っていると聞いているわ。それに幾つもの大きく育った瓢箪が棚からぶら下がり、心地良い風に揺れている風情が好きだとも言っていたわ」

「ふーん、風か、風のように現れて、風のように去って行ったね」

そう言って良子は帰って行った。


悲しい気持ちで送り出したが、そんなことがあったとは…

会社の苦しい時だけ、私のため、自分を犠牲にして働き、後のレールも敷いて、お金は無いはずなのに、要求もせず、何も言わずに去って行った…。去る前、私を求めたのは、より強い絆を残したかったのよね。それに、あの絵は、銀行や企業ではなく、自然の中で、私と暮らしている様子を描いている。

かつて、「自由な…、もっとアカデミックな…」と、ふと漏らしたことがあった。今回のことが、そのきっかけになったのだろう。そして、きっと私を連れて行きたかったのに、母のことがあるから言い出せなかったのに違いない。昔の彼女に嫉妬をしたものの、今は自分だけを愛してくれている。そう思うとむしろ愛おしさが込み上げてくる。

あなたは一生懸命生きているのに、自分のことになると、なぜ何時も思いとは違った人生になるのかしら…かわいそうなあなた…ここにも語りぐさを残していった…これからは私が支えてやらねば…準備が出来たら迎えに来ると言ってくれた…早く連絡してね。心の中で克美は願った。

美紀はＢＴ銀行へ立ち寄った。秋山に報告とお礼と挨拶のためである。

秋山は事情を知っているだけに、このことで細々したことを話題にしない。秋山は美紀の行動を予知していたかのようである。

「平沼電子のこと、道半ばで申し訳ありません」

「いいえ、もう大丈夫でしょう。平沼電子は人材も豊富だし、道筋を付けていただいた…よくやっていただきました」

秋山は秘書に持ってこさせた封書を、いんぎんに渡した。

「何ですか？　これは？」

「平沼電子改造の報酬です。あの時、あなたは報酬を拒否されました。平沼電子への融資や、私への恩返しのつもりだったのでしょうけれど、あくまでもビジネスです」

「そんなつもりでお伺いしたのではありません」

「分かっています。成果に対して少なくて恐縮ですが、受け取っていただかなくては始末が付きません」

「私は常務にお会いできて幸運でした。常務のお陰で瑞生電子は立ち直れたのです。それだけでも充分過ぎます。これをいただくことはできません」

「幸運は私も、いや、銀行としても同じこと…受け取って下さい」

秘書が領収書を差し出した。

「中の小切手をお確かめ下さいませ、そして、御署名と捺印をお願い致します」

「心苦しいですなあ…こんな時、無粋なことで…企業にとっては必要なことですので…」

秋山は申し訳なさそうに言った。美紀は領収書の金額を見た。

「こんなに…多すぎます…いただけません。不相応にいただくと、ろくなことがありません」

「それにしても欲の無いお人や。邪魔になりませんから持っていって下さい」

そして、続けて言った。

「これは領収書が要りませんので…」

秋山は微笑んで封書をテーブルに置いた。

「何ですか？　これは？」

「私からの餞別というか、お礼というか、ま、そんなところです」

「そんな…」

「良い夢を見させていただきました」

秋山は優しい目をしていた。

初見依頼、細やかな思いやり、配慮、経験したことのない温かさで包んでくれた。

美紀は泣いていた。「世の中にはこういうお人もいらっしゃるんや…」心の中でつぶやいた。

「私は世界一の果報者です」

美紀は感謝の心を込めた言葉になった。

秋山は、自分と倍ほど年齢差のある若者が一途に挑んで行く純粋で清々しい姿に好感を持ち、親交が深まって行くほどに、その気持ちがますます強くなっていくとともに、我が子のようにも思え、応援したかったのである。そして、より成長していく美紀を楽しんでいたのであった。

美紀にとって、ロマンと言うべき舞台で、温かく見守り、自由に踊らさせてくれた上、新たな舞台を提供してくれた秋山。彼こそ最高の指導者だったのである。

「お返しも出来ず、去ることをお許し下さい」

「いやいや、会社も一段落したことですし、そろそろ、あなたとは裸の付き合いをしたいと思っていたところでした。残念です。でも、またいつか…」

「もったいないことです」

「あなたがいなくなると寂しくなります。して、これから何処へ？」

「まだ決めていません」

「そうですか。でも、また、何処からか光り輝く渦が巻き上がる情報も入って来るでしょうな。そのうち、きっと」

「恐れ入ります」

少し雑談をした後、「今後とも、瑞生電子のこと、宜しくお願い致します」と言った。

秋山は笑みを浮かべ、ゆっくりうなずいた。

美紀はいんぎんにお辞儀をして、秋山の元を去った。

今回のことは、もとより自分の全て、そして、命を賭けた覚悟の上でのことだった。BT銀行頭取の家に招かれた時には、もう既に自己の身体の限界を超え、いつ倒れても不思議でないことを自覚していた。克美を救い、社員の生活をも守ることが出来るまで、身体が持ったことは有り難かった。美紀にとっては、これが最高の報酬であって、これ以上のことは分を過ぎる。正直にそう思っていた。

名古屋に来てから、もうじき一年になる。十一月になっていた。

秋山の言ったように、渦の中にいるような一年だった。

美紀は従来、一仕事終われば、登山、スキー、海など、自然の中に溶け込んで、気分転換するのが常であったが、今回はそれが無かった。その余裕も無かった。寝る間もないほどだった。ただ一途に倒れかかった会社を立て直すことに奮闘した。通常なら出ない力も出ていたような気がする。「何とかなる、何とかしよう」と自分に言い聞かせ続け、身体を酷使し、力を使い果たしていた。それほど大変だったということなのだろう。

しかし、小さい会社だったけれども、初めての経験ながら、自分の考え通り成し遂げることが出来た。言い換えれば、自分で作り替えた作品のようにも思った。そして、何よりも克美を守ることが出来たことに大きな満足感は有った。自己の身体の状態を自覚している今、いつ命を落とそうと悔いはなかった。

しかし、まだ生きている。生きている以上費用は要る。

隆二から貰ってはいるものの、これから住み家を探し、生活を構築しなければならない。収入も未知の状態で、一からの出発である。心細く無いはずはない。持っていた自己の株式などの資金も、全て会社に注ぎ込んでいた。自分のものと言えば、カローラだけだったのである。正直なところ、秋山常務からの思いがけない報酬は有り難かった。

苦楽を共にしてきた愛車カローラで、思い出の信州へ向かって走っていた。まず、温泉で休養するつもりでいた。仕事から解放され、張りつめていた力が抜けたのか、酷い疲労感や倦怠感が全身を襲った。

眠りから目が覚めるように、意識が戻った時はベッドの上であった。

病室だということは分かる。他に患者はいない。空きベッドが二つ有る。なぜ、ここにいるのか思い巡らした。

運転中、苦しかったこと、長野県茅野市まで来て、温泉どころではなく、病院を探し、どこかの病院の駐車場へ入った。そして車のドアを閉め、歩き出したまでは覚えているが、その後のことは分からない。寝たまま部屋の様子や窓の外を見たりしていた。

間もなく、ナースが入って来て笑顔で言った。

「やっと、俗世に戻りましたね」

若いのに面白いことを言うものだ…馬が合いそうだ。

「ああ、もうお姫さまに会えなくなってしもうた」

残念そうな顔をして切り返した。

「それはかわいそうね。さぞお美しいお姫さまだったでしょうに…でも、目の前にもいるわよ」

「全くだ」

お互い顔を見ながら笑った。

「もう大丈夫そうね。先生がおっしゃった通りになったわ…三日も経てば意識が戻るって。ここの院長先生、変人なの。でも名医だから、安心よ。院長と言っても先生は一人だけれど」

「変人には優れた人物が多いから、僕は嫌いじゃないですよ」

「あなたも変人みたいね?」

「僕は変人じゃないです…変わっていると言われているけど」

「同じことよ…それが変人の証拠よ」

「ごめん…そんなことどうでも良かったですね」

「変人のわりに素直ね…ここの先生は患者の病気を速く治してしまうから、入院患者が少ないのよ…あたし…あなたの担当よ」

「ドクターも、ナースも安心出来るというわけですね」

また二人で笑う。明るいナースだと思った。

「一晩だけかと思ったが、三日も経っていたのですか…明日ぐらい退院ですか?」

「なかなか…あなた随分無理してたみたいね…身体はボロボロ…もう二、三日遅かったら、本当にそのお姫さまとの暮らしになっていたかも知れないって」

「それは惜しいことをした。でも、そんなに深刻なの?」

「落ち着いているわね…一カ月余り、ここにいたら治るだろうって」

「一カ月か…」

「でも、あたしの言う通りにしてたらね」

「はい、俗世のお姫さま」

「俗世は余分よ」

ナースは脈を取りながら言う。

「あれっ、俗世に戻って脈が速くなったわ…」

「それは仕方ないよ」

「うん？？」ナースは美紀の顔を見た。

美紀はベッドの周りに視線を向けて言った。

「この病院、清潔ですね」

「ハイ？」ナースは意味が分からないようだった。

「体温計見せて？」

ナースは言った。美紀は体温計を渡しながら続けた。

「以前入院した病院はね、建物は古くて狭いんだけど…カーテンレールの上に積もった埃やカーテンの汚れを見ながら『こんな汚い所によく寝ているね、私だったら我慢できない』って掃除係の女性が言うんです。それに、いつも『清潔にしなきゃ駄目よ』と言ってるナースさんが、他の患者の屎尿処理をした手で脈をとるんです」

そこまで聞いて、美紀の意を理解しだしたナースは笑い出した。

美紀は更に続けた。

「お膳、点滴、それに尿瓶を同時に持って忙しい、忙しいと言っているし」

「冗談でしょう」

言いながら、可笑しくて堪らない。

「これ、本当のこと」

「手を出して…お注射します」

言われた通り手を差し出しながら、美紀の話は止まらない。

「それにね、ある会社では、全員、日赤に献血させるらしいんです。献血の血液検査はただですからね。その場所で、社長が座っているから、社員は行かないわけにはいかない。ま、半強制的ですね。健康診断の代わりになりますからね。その上、会社ぐるみの献血となると、世間的に社長の株も上がりますからね。極めつけは慰安旅行。社長の顔で地域の葬儀会館の送迎バスを安く借りるらしいんです。会館の名称を書いたバス、交通事故で不幸が出た時は手っ取り早くて良いですね。凄くユニークな、その社長の頭の良さに感服しました」

「もうそれぐらいにして…笑わせないで…お注射出来ないじゃない」

吹き出して、笑いが止まらなくなってしまった。

「あなたの顔を見ただけで笑ってしまうわ」

「僕は真面目だよ」

「もう止めて…お腹の運動しすぎ…あなたの落語聞きに来ているんじゃないのよ」

「ナースさん、よく笑うなあ。笑いすぎると、顎が外れるよ。よだれたらして、アウ、アウ、アウ、アウ」

「もう駄目…喋らないで…あちら向いててよ」

「これで良いですか?」

その滑稽な振る舞いにまた笑ってしまった。

「笑って手が震えているよ…注射怖い…僕は小心者なんだから」

「あなたが悪いのよ…覚悟しなさい」

「あ、あ、痛いー痛いー」

やっとのことで注射を済ませ、吹き出しそうな顔をしながらカルテに記録した。

「あたしの顔見ないで…ところで、あなたのこと何も分からないの」

点滴の交換をする。

「あなたのこと、カルテに書いたり、他の書類も作らなければならないの。意識の無い時、何も所持してないし、あなたのらしい大阪ナンバーの車は有ったけれど、元気になってから聞こうと思って」

病院側は運転免許証や健康保険証などの所持品を探したが、身に着けている衣服からは見つからず、家族への連絡も取れなかった。手当さえすれば死ぬこともなかろう…そして、大げさになるからと、院長の判断で警察にも連絡しなかったのである。

「僕の愛しいカローラちゃんでしょう。寂しがっているだろうな…」

恋人にでも会いたそうな真面目な顔をして言った。

「うふふ…」

ナースはまた吹き出して、笑いながら病室を出て行った。

いつも首に吊している免許証、克美の写真、熱田神宮のお守りが入った袋は、ここに来る途中、車の中に自分で工夫して作った貴重品入れに入れてしまっていた。気分が悪く、僅かな物でも首に触るのを避けたかったのである。


再び書類を持って病室へ戻って来たナースは、目が合った途端いきなり吹き出してしまった。先ほどの会話を思い出したのである。つられて美紀も笑った。

笑いながら言う。

「御家族に連絡も必要だし…」

「今すぐ動ける者は誰もいないから、連絡しなくても良いですよ。それにナースさんがいてくれるし」

ナースは微笑みながらうなずいた。

「まず、お名前から…そうだ、急がなくて良いから自分で書いておいて」

ナースも美紀と馬が合うらしく、楽しそうに少しの間冗談話をして出て行った。

ナースは癒し系の顔立ちで職業に合っていると美紀は思った。

ドクターも時折やって来る。

「君のは日にち薬だ。たまにはゆっくりすると良いずら、たっぷり食べて…ここは空気も美味いし」

色々馬鹿話等をして出て行く。歳は五十を超えているように見える。


数日してナースは書類を持って入って来た。

「この住所不定、無職って、どういうことなの？　あたしにはそうは見えないけれど」

「ここへ、住む所を探しに来たのですよ」

「身体も疲れていたし…温泉で少し休んでから、霧ヶ峰、車山、蓼科山、八ヶ岳が見え、白樺湖にも行きやすい所、そして綺麗な水もたっぷりあって、畑も少しある廃屋でも探すつもりでした。しかし気が付いたら、このベッドの上でした」

「ここに住んで何するつもり？　仕事なんか無いわよ」

「何も無ければ、そうだな、泥棒でもしようかな？」

「この辺りは盗る物も無いわよ…泥棒と、ここの環境…結び付かないわね」

「有るさ…まずナースさんのハートでも盗もうかな?」

美紀は冗談を言った。

「まあ、しょってる」

二人は笑った。

「着替え要るわね」

「車の中のバッグに入っているかも知れない」

「知れないって?」

「自分で用意してないから」

「どなたが用意したの」

「お姫さま」

「またお姫さま…お姫さま好き?」

「うん」

「うふふ…」

「バッグ持って来ます」

美紀は身を起こしかかった。

「まだ無理よ…あたしが行ってあげる」

「すみません…これトランクのキー」

ナースはトランクを開けて驚いた。

車に似つかわしくない有名ブランドの若い女性用高級バッグが入っていた。側に楽器らしいケースやスポーツ用品も有る。ナースはバッグを持って病室に戻った。

「可愛いバッグね」

「僕に似合うでしょう?」

「うふふ…そうね?…」

「何か疑ってない?」

「もしかして…やっぱり泥棒さん?」

冗談を言った。

「うん…本当は…そうかも」

「中身が楽しみね…女物だったりして」

「ナースさん…開ける?」

「自分で開けて」

美紀はベッドの上で中を見た。

「あっ、預金通帳と印鑑が入っている。でも、僕の名義じゃない。やっぱり泥棒だ。

警察に連絡しなければ…」

そう言いながらも胸が熱くなった。一番上に入れてある克美名義の郵便預金通帳が目に飛び込んで来たのである。

「他人事みたいに…」

「忘れてた、馬鹿だね」

「でも、なぜそのバッグになったのか興味あるわね」

「僕も」

「また他人事みたいに…そうだ、肝心の着替え入っている？」

「えーっと、ああ、有る、有る。パジャマに下着、男物、良かった。健康保険証も有る。これはナースさんに渡さなければ」

「この住所、名古屋になっているわよ。車は大阪ナンバー、あなたは住所不定と言うし…それに、瑞生電子と書いてある…あなたは無職と言うし」

「やっぱり怪しい？」

「そう…怪しい」

ナースもつい乗ってしまう。

「僕の言っていることは正しい。それに保険は使えるようにしてくれてると思う」

「思うって頼りないわね。えーっと、それから…連絡するにも家族の記載が無いわ…

独身みたいね？　御両親は？」

「三重県の田舎…もう年寄り。心配するから連絡しないでほしい」

五月に大阪へ行った時、転出届け、名古屋に戻り、転入届けを済ませ、健康保険証は会社を通して発行されていたが、自動車の届けはまだしていなかったことを本人も忘れていた。

「そうや…洗濯場所聞いておかなければ」

「まだ無理よ。あたしが洗ってあげるから。その前に身体を拭いて着替えなくては。お湯を持って来るわね」

ナースは病室を出た。

美紀の身体はかなり無理したらしく、ボロボロになっている。独身なのに女性名義の印鑑と通帳、中身を本当に知らないらしいバッグ、住所はこれから探す、わざとらしいあのような態度や明るさ、余程辛いことが有ったのかも知れない、何かわけがありそう、あまり触れない方が良いのでは、ナースはそう思った。


ある日の食後、膳を下げに来た。

「いつも気持ち良いほど残さないで食べてるわね？」

「食べている時、そっと覗いてごらん。犬みたいにお皿までペロペロ舐めているから」

「冗談ばっかり」

「でも、美味しいですよ」

「病院食でも？」

「食べさせておいて、それはないでしょう？」

「それも、そうね」

「でも、僕には皆んな御馳走なんですよ。それに寝ていても用意してくれるし」

「今まで自分で支度していたの？」

「大阪にいた時はね。もっとも、外食が多かったけれど…ある時ね、夜中にお腹が空いて、店は皆閉まっているし、冷蔵庫の中を見たら生の人参が一本入っていてね、来ていた友人が塩をかけたら食べられると言うから、二人で分けてカジッタこともあるんですよ」

「うふふ…馬みたい」

「でも、結構美味しかったですよ」

「お腹空いて、食べる物が無い時は何を食べても美味しいわね」

互いに顔を見て微笑んだ。そして美紀は口を開いた。

「あのね、よく思うことがあるんです。電車なんかに乗っていて、延々と続いている人家、テレビでは都会を埋め尽くしているその様、こんなに沢山の人がいるのに、例えば、りんごを見ても、りんご農家の人が一個一個もいだ、このりんご、よくぞ僕の口に入るものだな、なんて」

「言われてみればそうよね、でも、そんなこと考えたことないわ」

「僕は貧乏性だから…あ、食べ物のことで思い出した。以前、お腹の調子が悪くて、医院へ行った時、良質のタンパク質を取りなさいと言われて、良質の内容が分からないから、悪質にはどんな物が有るか聞いて見たら、ドクターやナースから答えが返って来ないんですよ。何故だか」

「普通そんなこと聞かないわよ。でも、道理ね。あたしも分からない。調べておくわね」

「普段、疑問に思わないことが、不思議なんだよな」

「ふふふ…そうね、でも、刃物でグサッと突かれた感じ」

「ごめんね」

「後でシーツ交換するからね」

膳を持って出て行った。

一般的にどこの病院も、外来待合室を見渡すと老人が多い。若い者がいても大抵は病人である。消化器関係の患者も少なくない。消化器以外の患者がいるにしても、見舞者や元気な者は院外の食堂へも行ける。病院の外来食堂に油物ばかり多く、病人食や、身体に負担の少ない食事が無いことも不思議である。美紀は病院に合点の行かないことを多く見ている。

ちなみに、今、入院しているこの病院は外来食堂や売店が無い。

一時間ほどして、別のナースを一人連れて入って来た。

「そこの椅子にでも座っていて」

担当のナースが言った。

美紀は椅子に座って二人の作業を見ていて、手際よい動作に感心していた。

「この部屋は広くて良いな…作業も、しやすそう」と美紀が言うと、「うん?」とナースが不思議そうな声を出した。

「ベッドで寝返りして手の位置を変えたら、隣の患者の尿瓶の上に手を置いていたなんてこともないし」

「なんのこと?　それって」

新顔のナースが問うた。

「かつて僕が入院した時のこと。ベッドの間が狭くって」

「ウッソウ」

ナースが笑い出した。

その時、ナースキャップがベッドに当たった。

「チョコンと乗っかってるだけのように見えるけれど、よく落ちないですね」

「付けてみてあげようか？」新顔のナースがからかうように言った。

「私って似合うかしら？」美紀はふざけて合わせた。

「嫌やわ」そのナースは言った。

「僕がナースキャップを付ければ、ナースさんがベッドに付いて、僕が注射することになるのですね」

「お医者さんゴッコじゃないの」

「二人とも乗り過ぎよ」担当ナースは言った。

「叱られた」と、美紀は子供のように頭を掻いて小さくなった。

「可愛い…で…いつもこんな調子？」

「ええ…それに似たような…」担当ナースは言った。

「楽しい患者さんね」

二人のナースは交換したシーツを持って、笑いながら出て行った。

更に数日経ったある日、ナースが病室に入ると美紀はいなかった。

ベッドの上にノートが有った。頼まれてナースが買ってきたものである。悪いと思いながら、軽い気持ちで開けてみて、また驚いた。無地の紙面に英文と数式が書いてあるかと思えば、別のページには噴き出しそうな滑稽な絵が描いてある。それに絵は結構上手に見える。

今までの疑問の上に、また疑問が積み上がった。それが全てバラバラで、つながらないのである。ナースは美紀にますます興味を持つようになった。更にナースは、馬鹿なことを言いながらも、美紀の身体からにじみ出る自信のようなものを感じていた。そして彼が何者で、何をするのか、楽しみでもあった。

美紀が戻って来た。車からお守りを持ってきたのである。

「どこへ行っていたの？」

「徘徊」

「痴呆症みたいね」

「僕のは阿呆症」

すんなり出た言葉にナースは吹き出した。ノートの絵も思い出し、不思議な人だと思いながらも…笑いが止まらない。

美紀はベッドに座った。

「こぢんまりした病院ですね？」

「ええ。院長先生がね、以前、テレビか何かで、あなたらしい人を見たことがあると言っていらっしゃったわ」

「そうだ、僕は有名人だったんだ！」

「本当？」

「だったらどうする？」

「そうねー」

首を傾げ、顎にて手を当てて、わざとふざける態度を取った。

「本当は指名手配だ！　ウォンテッド（wanted）！ってね」

ナースは笑いを治めるように話題を変えた。

「住居探していたわね…あたしも、あちらから通っているから探してみるわ。実は心当たりが有るの」

「ありがたい。心強いな」

「ああ、可笑しい…」

ナースは笑いながら出て行った。

かつて、名古屋のテレビ局が、頑張る地元企業を紹介するため美紀のところに取材に来たことがある。その時、美紀へのインタビューもあった。その後のことを美紀は知らない。

連絡していないから、克美ちゃん、心配しているだろうな…そう思いながらも、住所が病院では連絡出来なかった。こちらに来ることは出来ない。心配かけるだけや…それにしても、子育てには夢があるが…実の母親とはいえ、介護は暗い…辛いやろな…。


入院後、一カ月余り経ち、もう十二月半ばになっていた。山々は雪化粧して、病み上がりの身体には寒さが堪える。

退院の日、ナースの案内で探してくれた廃屋に行った。近くには美紀の好きな竹林や雑木林、そして美しい水の小川もある。希望した条件に合っていて、ナースの家の近くでもある。

「泥棒が近くに住んで良いの？」

「あっ、忘れてた。でも、もう盗まれかけているかな」

気付かない間に、合わせ口調になっている。

「ええ？」

美紀は怪訝な顔をした。

「良いの、良いの」

二人は顔を見合わせて微笑んだ。

家の中は綺麗に掃除され、調度品、寝具、暖房、食器等厨房品も揃っていて、このまま身一つで住んでも、生活に不自由の無いように整えられていた。かなり、手間暇かかったに違いない。

初めての知らない土地で、しかも病み上がりの美紀にとって、隅々まで行き届いた心配りは嬉しく、感謝の気持ちで熱いものが込み上げてきた。

その上、ストーブの他に憧れていた囲炉裏が有るのも気に入った。ここなら落ち着けると思った。

「何とお礼を言ったら良いのか。掛かった費用教えて下さい」

「良いのよ。家で余っていた物ばかりなの。邪魔な物が無くなり、広くなって、家族みんな喜んでいるくらいだから…でも、あたしの好みでしてしまったみたい…これで良い？　ちょっと乙女チックにしてしまったかな？」

「何も言うこと無いです。感謝の気持ちで一杯です」

「ストーブに火入れるわね。前に住んでいた人が置いていったの」

頑丈そうな薪ストーブである。続いて囲炉裏にも火を入れた。

「この子が一生懸命で、大方自分の気の済むようにしたようです。あれほど楽しそうに動いている姿を見るの初めてです。傷んでいたところはこの子の兄が」

そう彼女の母親が言った。いつの間にか彼女の家族が集まっていた。

「何か必要な物、お手伝い出来ることがありましたら、この子に言って下さい」

「ありがとうございます…身に余ります」

彼女が話したのか、家族で歓迎してくれている。美紀はこの心細い時に、初対面の自分に対して温かく接してくれる優しさが身に染みた。

彼女を残して家族は去って行った。

「買い物等、あたしがして来てあげるから」

「ありがとう…でも、出来るだけ自分で行くから」

「遠慮しないの」

「もうナースさんではいけないですね」

「あたし、澤山美智子…二十三歳でーす…宜しくね」

「宜しくは私の言葉です…改めて宜しくお願いします」

「うふふ…」

美智子は嬉しそうに笑った。彼女は綺麗好きで、家の中を片付け、細々と繊細に気配りするタイプなのだ。

「今夜のお食事、あたしの家に来る？　退院の日だし」

「ありがとう、でも遠慮するよ。厚かまし過ぎる」

「そう言うと思って、お鍋の材料、用意してあるの。全部あたしの家で採れたものばかり。新鮮よ。今日はあたしが作るから」

「ええっ、何だかお嫁さんみたいやな」

「ふふふ…そうよ。新妻よ」

「冷や汗が出るよ。お手柔らかに…」

「ふふふ…」

「で、その冷蔵庫は?」

「家の冷蔵庫、大きいのに買い換えたの。そのお下がり、美紀さんはこれで良いわね」

「大き過ぎるぐらいです」

一カ月余り入院して、道草をしてしまった。早く生活の目処を付け、克美に連絡だけでも入れておかなければと、気ばかり焦っていた。


この家に来て、数日経った夕暮れ、久しぶりにバイオリンを弾いた。以後、夕暮れになると毎日弾いている。克美がいつも心にいるから、音色は哀愁を帯びている。それが近所に住む美智子の心には染みる。

訪ねて来ては、バイオリンを弾いてほしいとねだるようになった。

「ね、聞かせて?」

「バイオリンの音、好きですか？」

「美紀さんが弾くと、女心が騒ぐのよね」

「どういうことですか？」

「言わせないでよ」

「ともかく、聞かせて」

　美紀は請われるままに、そして克美の心に届くように…幻想の中で自分も克美とのデュエットに酔っていく。

　ある時、美智子の家の軒下に、直径四〇センチ、長さ一メートルほどの檜の丸太が、幾つか無造作に置いてあるのが美紀の目に止まった。美紀は美智子の兄（弘司）に二本譲ってほしいと頼んだ。

「使って良いよ、好きなだけ。でも何に使うんや？」

「いや、ちょっと…、それに、厚かましいのですが、少しの間、大工道具も貸していただけないでしょうか？」

「良いよ…持っていって。使う時、引き取りに行くから」

　美紀は持ち帰って、早速、取りかかった。何年もさらした檜の良い材料である。短期間に二体の女性像をほぼ彫り上げた。もちろん一体は克美であり、もう一体は美智子である。お礼に渡そうと思っている。

訪ねて来て、二体の彫像を見た美智子は驚いた。そしてまだ未完成だが自分に似ている彫像とともに、もう一体の彫像も気になった。好きな女の像なのか、聞く勇気も無く複雑な思いになった。

「わあ、凄い！　彫刻家だったの？」

「いいや、違いますよ。丸太を見たから彫ってみたかったのです」

「二体とも女性ね？」話し方にはトゲが出た。

「そのつもりですけど」

一時間ほど話し込んでから、「美紀さん彫刻も出来るんだ」と独り言を言いながら美智子は出て行った。


家に帰った美智子は、弘司に言った。

「お兄ちゃん、あの丸太が女に化けた」

弘司は以前から彫刻や絵には興味以上のものがあり、早速美紀の元へ出向いた。女性像に驚き、更に絵を見て負けたと思った。自信があっただけにショックを受けた。美紀は茶を出し、色々話し合い、二人は昔からの友に会ったような気がした。弘司は美紀と話してみて、美智子が熱を上げているのが分かるような気がした。以来、弘司もよく顔を出すようになった。兄がいると二人になれないから、美智子は膨れている。

美智子は美紀のために自分が学校時代使っていた可愛らしい机を、今は使っていないからと言って置いていた。その上に、乱雑に英文と数式を書いた物、原稿用紙に文章を書いた物、和紙に墨で描いた物など、色々な物が置かれている。

「この人はいったい何をするつもりなんだろう…」

「美紀さん泥棒、いつから始めるの？」

仕事と言うつもりが泥棒と言ってしまった。

「もう準備始めていますよ」

「えっ、本当にするつもり？」

「うん…本当」

「警察に捕まるわよ。でも、あたしは通報しないから」

「ハハハ…大丈夫ですよ」

「大した自信ね」

「自信はあります」

「あたし、泥棒の知り合い？」

「そうですよ」

「泥棒の恋人かな？」

「？？……」

「美紀さんなら、ま、良いか」

「じっくり時間かけて、構想を練ってから」

「こんな山奥で?…　ま、隠れ家にはいいかな。でも、机の上の物とどうしても結び付かないいんだな」

「まず風景、空気、星、月、植物、生き物、土、水、等色々充分心に入れて」

「泥棒と関係あるの?　そんなもの」

「あの机の上の物や家の中に、準備の一部が有るんですよ」

「え、えっ、あの中に?、でも、用意周到ね」

「あの絵を見てごらん。月や星が入った風景」

「あれが?　何のことか分からないわ?」

「あの月は満月、言い換えると望月、望はボウと読める。星は昴を描いている。昴もボウとも読む。描くことは英語でdraw（ドロー）両方でドローボウ」

「そんなの、こじつけたダジャレじゃない」

「落ちにもならないね。本当は人の心を奪えるような良い作品を作らなければ売れない。心を盗まなければ食べてゆけない。絵、書、彫刻、論文、特許、書き物等、すること全て」

「なーんだ」

「悪乗りしてつい泥棒と言ってしまって、落としどころを探していたけど、良い言葉が見つからなかった。乗り過ぎてごめんね」

「素直に謝ったから許してあげる。でも、意地悪ね」

「堪忍、堪忍」

「でも…あたしも乗り過ぎちゃったかな。で、あたしのハートのことは？」

「うん？」

「うん？」

顔を見合わせた。

「でも、それがお仕事？」

「仕事の一部になることには違いありません」

美紀は心配してくれている美智子に、これからしようとしていることを話した。

美智子は美紀の台所を見て、インスタントラーメン、インスタントカレー等、インスタント物の空き殻が多いと気付いた。鍋の中の煮物の味見をして、不味さにも驚いた。

「いつもこんな物ばかり食べてるの？」

「うん」

「また身体壊すわよ」

「町の食堂が遠いから仕方ないですよ」

それからは、今まで以上に、美智子の差し入れが多くなり、美紀の家で作ることも増えた。

ある時、「あたしが毎日作ってあげようか？」と美智子が言った。

「有り難いけれど、それは頼めません」

「なぜ？」

「近所の目もあるし、田舎ってすぐ噂になり、お嫁入りにも差し支えるんじゃない？」

美智子は怒って言った。

「悲しいこと、言わないでよ。もう噂になっているわよ」

「僕が美智子さんの好意に甘えていて、申し訳ないことになってしまいました。すみません」

「あたしが怒っているのは、そんなことじゃないわよ」

時折、美智子の家で、食事や風呂の世話にもなっている。家族は美智子の両親、祖母、それに、美智子より三歳上の弘司で、皆美紀に対して温かかった。

「これもまずいかな？　近所付き合いでは済まないのかな？」

正月も近づいて、湯船の中から、窓越しに、かつて克美と眺めた美しい星座を見ながら、「少し落ち着いた、そろそろ連絡しなければ…」と思った。

そんな明くる日の夜、弘司が訪ねると、美紀は横になって身動きも出来ず、激痛で苦しんでいた。弘司は慌てて美智子に知らせた。美智子は流石に原因が分かり、すぐ病院へ運んだ。椎間板ヘルニアである。病み上がりの弱った身体で、最近では慣れない斧を使った薪割り、荒れた畑や家の周り、そして庭など、根を詰めて手入れをしたことが原因らしい。正月は病院のベッドで激痛との戦いになった。一カ月半ほどで退院したが、足は腫れ、右足が麻痺している。もう車の運転は出来ない。入院中、美智子と弘司はよく美紀の世話をした。

その後、美紀は家の中でデスクワークを中心に暮らしていた。この状態を克美が知れば放っておけないだろうし、母親の介護のこともあって苦しむことは分かりきっている。心配していることを思いながら、この状態を連絡出来ずにいた。自ずと美智子の世話になることも多くなっていた。

退院後一カ月半ほど経ったある日、じわじわと筋肉が収縮し、硬直する症状が両足首から上方へ広がっていって、激痛のため椅子に座ったまま動けなくなった。

どうしたことか?　椎間板ヘルニアとは痛みが違う。症状が治まるのを待った。しかし、徐々に範囲が広がっていく…これは困った。人も呼べない。時が経ってゆくが、治まるどころか手や全身に及び、症状はますます悪化し、息も苦しくなって脂汗さえ出ている。動けないまま長い時が経ったように思えた。

「美紀さーん」

美智子の声が聞こえ、返事をしても声が届かない。

「お留守？」

そう言いながら、美智子は台所の電灯を灯し、持ってきた物を冷蔵庫に入れ終え、美紀がいることの多い机の方を見た。

「なーんだ、いるじゃない。電気も灯さず、返事もしないで、どうしたの？」

言いながら近づいて、近くの電灯をつけた。

「すごい汗。また椎間板ヘルニアが発症したの？」

喋ろうとするが、美紀は声も出なくなっていた。ただごとではないと判断した美智子は、救急車を呼ぶため外に出た。電話機が無いのである。症状はますます悪化し、救急車が来るまで美智子も長く感じた。

そして、公立の大病院へ運ばれることになった。救急車に乗せる時、運ばれる時、病院へ着いてからも症状は進むばかりで、医師や看護婦の触る所が更に強い痛みとなって広がってゆき、とうとう堪えきれない全身の激痛となった。椎間板ヘルニアのため腰に付けているコルセットも、美紀が痛がるので外しにくく、レントゲン台に乗せるにも、数名の医師、看護婦が苦労して乗せた。撮影も難渋した。その後、ストレッチャーの上で横たえたまま、入れ替わり立ち替わり、それぞれの専門医が診察してゆく。

「死んでも良いから、痛みを止めてほしい」

弱々しい微かな声で最後の力を絞り出すように美紀は言った。

「原因が分からないから、手当てが出来ない」

医師も困っている。血液検査の結果、

「筋肉が壊れていっている」と、医師の話が聞こえてきた。

そして、あれこれと医師は話し合っている。その内容が美紀にも聞こえてくる。美紀は死を覚悟した。

結局、原因不明のまま、炎症を抑える麻酔入りのステロイド注射を打つことになった。腰にも打った。身体を動かせないから、注射するにも手間がかかった。注射液が偏った方向に流れてはいけないからである。

点滴も続いて、激痛は注射後も十時間以上続いた。

これ以上痛みが続くと、心身ともに消耗してしまうと思われたが、幸い痛みは軽くなり、二日入院しただけで、原因不明のまま美智子の軽自動車で家に戻った。

「大変だったわね。こんな患者さん初めてらしいわよ。奇病ね」

「ありがとう、お世話かけました。お世話になってばかりだな…美智子さんがいなかったら、死んでいたよ」

「良いのよ。お役に立てて嬉しいわ。今後も発症するようだったら、整形外科、内科、神経内科、神経科等でチームを作って研究しながら治療が必要だって」

一触即発の感じで、いつまた発作が起こるか分からないし、自分で何も出来ないから、美紀は後二、三日は病院にいたかった。病室が詰まっていて、病院での二日間は救急外来の廊下の一部にも思える治療室か病室か分からない所のベッドにいたのである。

全身の腫れも引かない。極度の運動をした直後の筋肉の状態にも似ていると医師は言う。発症時の筋肉ケイレンが腸にまで影響したらしく腸も悪くなった。

何をしても、すぐ発症しそうになる。

「困った。何も出来ない」

「あたしがしてあげる」と美智子が言った。

美紀は、回復するまで美智子に頼るしかないと思った。

「こんなことが度々起こると困るから、早く電話付けておけば良かったのに…遅いわね」

「この前、電柱を立てていたから、まもなく設置されると思うけど、でも遅いね」

「それに…こんな身体では、集会、行事、労働等、村の付き合いが出来ない。困った。

ここに来た時、挨拶に行った程度だし」

「仕方ないじゃない…あたし、言っといてあげるわ」


それから数日が経った。

症状は弱いながらも数度発症した。発症する時は、片手とか片足ではなく、両方同時である。今はまるで、大地震が起きた後の余震に似ている。この前のような症状であれば、仮に電話機が有ったとしても使うことが出来ないだろうと思う。洗い物をしても、洗濯物を干しても、歯を磨いても、包丁を使っても発症しかけた。それにまだ腫れも引かない。

不自由な身体になったと美紀は思った。しかし、何とか茶碗と箸は使える。それに、ゆっくりとだが、少しは歩くことが出来るのは救いだった。三週間ほど前に発症したメニエール病（目まい、耳鳴り、吐き気等を伴い、難聴になる耳の病気）もまだ完治していない。

その上、薬の後遺症かも知れないが、太陽光を浴びるとすぐ皮膚炎を発症し、外に出られないようになった。絵も描けない。彫刻も、スキーも山歩きも出来ない。

「これじゃ達磨だな。半年足らずの間に三回も入退院を繰り返している…どうしたことなんだろう？」と弘司が不思議がった。

「あーあ、

旅に病んで　夢は枯れ野を　かけ廻る

…か」美紀が言うと、

「それってなあに？」

「松尾芭蕉の俳句」

「美紀さん、俳句も知っているんだ」

「阿保の一つ覚えや」

「また阿呆症を発症したの？」

美智子は雰囲気を明るくするために、わざと陽気に振る舞って軽口を言ったつもりが、病院でのことを思い出して、自分自身で笑ってしまった。

これは旅の途中で芭蕉が詠んだ辞世の句と言われている。本意は分からないが、まだこれからしたいことが山ほど有るのに、病んで身体の自由が利かなくなった。それでも夢や希望を捨てないで、実現しようとする意志の表現であると美紀なりに解釈し、旅を人生に掛け、自分の心境が、丁度この句と重なって出たのである。

一人になって美紀は思った。

今の状態は異常だとしても、丈夫でない美紀にとって、会社再生の間、何も起こらなかったことの方が、むしろ奇跡と言って良い。神様が見守っていて下さったと思うしかない。「人は全て、天から何らかの役目を与えられていて、その役目が終えれば天に召される」そういうようなことを何かで読んだことがある。こんな身体になっても死ななかったということは、まだ役目を果たしていないことになる。

それにしても、人生は幸福の稜線を歩き続けることがいかに短く、谷間を歩く間が長いことか。一途で多感な青春期に至福の頂きにいて、突然支えがはずれ、滑落し、長い間、深い傷が癒えないまま、谷底をさまよっていたことを思い出していた。

今までを振り返ると運の悪いことの方が多かったように思う。生まれた時、人生の運命（設計図）が決まっているならば、一時の分を過ぎた至福は、神様が間違って渡してしまったプレゼントだったのかも知れない。今度は事情が違っても、結果は同じことではないか。いかに前向きの美紀でも、弱気になって、そう思ったりもした。

少し時をおいて…考え方を変えれば、生まれる時や所で、運命が九割方決まっていても、僅かな残りに対して、もし自分でそれを作るチャンスが与えられているならば、挑戦する価値は有る。

しかし、そのエネルギーは並大抵ではないかも知れない。言い換えれば、今まで出来る努力はしてきたつもりでも、まだ足りないということになる。ならばまだチャンスは有る。このままでは終わりたくない。死ななかったのだ、何とかなるさ。何とかしよう。そう自分に言い聞かせた。

動けないからか、集中している所為か、脳はますます研ぎ澄まされているように思える。少年の頃から疑問を持ち、いつの頃からか自分の研究課題となったものも有る。美紀は、誇り高いが故に、普段から磨きをかけてきている。遠回りしたが、書き物や作り物、そして、うまくゆけばパテント等を生活の糧にして、研究しようと考えていた。書き物や作り物は出来なくなったが、頭の中で構想や思索することは出来る。そう思うと、まだまだ出来ることは沢山有る。身体を使えなくなった今、出来る範囲でやりたかったことに集中しよう。そう考えた。それに専念することが自分に与えられた役目なのかも知れない。そのために身体が不自由になり、日光にも当たれなくなったのではないかとも考えた。

いずれにしても誰かに代筆を頼もう。そして、いつまでも美智子に頼れない。家事も誰かに頼まなければいけない。そうしていれば原因不明でも、元々悪いところは治らないかも知れないが、悪くなったところは、そのうち自己治癒力で完治するかも知れないと、あれこれ思い巡らせていた。

美紀が去ってから、三日、一週間、一カ月…克美は美紀を探し続けていた。

大阪の仕事仲間、美紀の友人、親元、デュエット、温泉、山小屋…特に、かつて、

「何だか幸運な地のような気がする…勘助や由布姫以上に壮大なロマンがあるような…」と言っていた諏訪など、心当たり、思い付く所は片っ端から探した。事故でないかとニュースにも注意していた。

そうしているうちに、美紀が名古屋を出てから既に半年近く経とうとしていた。

ある日、「あたしを、お嫁さんにして」と美智子が言った。

美智子は美紀の側にいるのが自然で、当然のように思っていた。それは自然に出た言葉だった。

「ありがとう。あなたの気持ちは嬉しい。でも僕はもうこんな身体です」

「あたし、美紀さんの手足になります」

「僕の犠牲になんかなることはありません」

「犠牲なんかじゃありません。それに、美紀さんの身体、あたしが治します」

「ありがとう。でも…」

美紀は、克美がいること、彼女との出会いから名古屋でのこと、描いた夢にどっぷり浸かるためこのロマンの地へ来たこと、そしてこの地で彼女と二人で新しい生活をするつもりだったことを話した。

しかし、このプランは、今、家を出られない克美にはまだ話していないこと、落ち着いたら連絡するつもりだったことも話した。

「これほどお世話になりながら、このことを美智子さんにも言いそびれました。甘えてばっかりで、ごめんなさい…」

美智子は驚きのあまり、言葉が出ない。

「でも、もう、全てが駄目になってしまった…この身体では…」

「そんな…」

「辛いですが、もう誰とも結婚しません。彼女にも連絡しません」

「それでは皆が悲しすぎる。あなたも、克美さんも、そして、あたしも」

美智子は泣いた。


そんなある日、美紀の耳に懐かしい声が飛び込んできた。

「ごめんください」

すぐ克美と分かった。思いもしないことである。興奮しながら入り口まで歩き、戸を開けた。涙ぐんだ克美の顔が目の前にある。克美は美紀の胸へ飛び込んだ。

「探してたのよ！　探してたのよ！　ずーと。事故じゃないか？　病気じゃないか？　連絡もくれず。バカバカ」

克美は美紀の胸で泣きじゃくった。

美紀は克美を強く抱きしめながら、「すまなかった」と言った。会いたくても今まで堪《こら》えていただけに、堰《せき》を切って涙が溢れ出た。美紀は克美を強く抱きしめて頬ずりをした。

「会いたかった…」

「僕も」

「どうして連絡してくれなかったの?」

「おいおい話すよ。で、どうしてここが分かったの?」

「健康保険証、病院に置いたままだったでしょう」

美紀が救急車で運ばれた時から、そして通院時も、病院は健康保険証の返却を忘れ、そのままになっていた。過日、通院に間が空いていることもあって、病院は保険証に記載されている住所の電話番号を調べ、連絡したのである。美紀はこの家に来てからも、まだ住所変更の申請をしていなかった。それ故、カルテには保険証の住所と、連絡先として、当時、この家には電話機が無かったので、住所だけを記載していた。病院の事務員は旅行者と思い込み、電話で連絡が取れる克美の元へ連絡したのである。

そして、克美は病院で保険証を受け取って、美紀の元へ来たのであった。その時、粗方の状況を聞いたのである。

「お身体、どんな具合?」

「ああ」

顔を見つめたまま、美紀は言うに言えない辛い気持ちである。

「身体のことも後で話すよ」

「うん」

克美は美紀から離れた。

「良いお家を見つけたのね」

「うん」

「あら、調度品結構揃っているじゃない」

「近所の人が余り物と言って揃えてくれたんや」

このことをきっかけに、美紀は今、話さなければならないと思った。身体のことや連絡できなかったこと、この家に住むようになった経緯など、この地に来てからのことまで全て話した。

「大変だったね。これからは私がいるから…」

「こんな身体になってごめんね」

「何を言うのよ。それに、きっと治るわよ」

「お母さんは？」

美紀は気になっていたことを聞いた。

「父の所へ行っちゃった」

遅かれ早かれ、そうなることは分かっていたが、悲しい。涙ぐみながら名古屋の方角に向かって合掌した。そして克美は名古屋でのことを話した。

「名古屋の方も大変だったんやな」


話を聞かなかったとしても、美紀がこの地に来てからのことは、家の中を見れば、美紀に好意以上のものを持っている女性がいることは分かる。

家の中は何処を見ても美智子が揃えたものばかり、きっと楽しみながら揃えたに違いない。そうでなければ、ここまで出来るものではない。そう思い、克美は今までにない強い嫉妬を覚えた。しかし、彫刻された影像は一目見て自分と分かった。彼は自分を何時も側に置いていてくれたのは救いだった。

「美智子さんって、優しい人なのね」

「うん、優しい人や」

否定せず言った美紀の言葉に、克美は複雑な心境である。

「お腹空いたでしょう、お食事作るわね」

克美は自分の口から嫌な言葉が出ないうちに、気分を変えるように言った。

「うん、嬉しいな。でも、疲れているだろうから、急がなくても良いよ。少し休んでからで良いよ」

美紀からは、何ら後ろめたそうな雰囲気は感じられない。ようやく会えたのに、克美は何かをせずにはいられない心境だったのである。台所に立った。


数時間経って、勤めを終え、帰宅した美智子が入ってきた。

「外に車が有るけど、お客さま？　あら、美味しそうな香り」

丁度、美紀と克美が食卓に着いて食事を始めた時だった。自分が座るはずの所に女が座っている。「何故…」美智子の心に衝撃が走った。

克美が立ち上がろうと顔を向けた時、美紀が彫った影像が動いたと美智子は思った。影像は気になっていただけに頭に焼き付いている。それほど似ていた。何だか場違いな所へ来てしまったのか…思考が働かない。わけも分からず美智子は家を飛び出した。克美は慌てて土間に降り、戸口まで追った。美智子は闇の中に消えていた。

「あら、もう…」

克美は食卓へ戻る途中、土間に置かれたスーパーマーケットのレジ袋を見つけた。中には食材が入っている。美智子が料理をするために買ってきたことはすぐに分かった。自分が来るまで作ってもらっていたのか、それは仕方がないとしても、自分を見てすぐ飛び出していった美智子の態度に複雑な感情が沸き立った。調度品や部屋の雰囲気で心に暗いものが宿っていただけに、それはより強くなった。

食卓に戻って、感情を抑えながら言った。

「あの方が美智子さん？」

「うん」

「レジ袋、置き忘れていらした。お総菜の材料が入ったまま」

「夕食を作ってくれるつもりだったのかも知れない」

美紀はためらいもなく何時もの様子を話した。

「よく作ってもらっていたのね」

「この身体になってから回数が増えた。放っておけないんやろ。彼女はナースだし」

「それだけ？」

「うん？」

「ずっと、お世話になるつもりだったの？」

「近いうちにお手伝いさんを頼むつもりでいたんや」

考えていたことを言った。

「私がいるのに？」

この克美でさえも、会話の中に刺が表れていた。

「君にはお母さんがいたし…」

「連絡してくれれば良かったのに」

「すまない」

「美智子さん、私を見て、なぜ飛び出して行かれたのかしら？」

「僕にも分からない」

美紀は美智子の心を知っているだけに辛い返答になった。美紀も克美も心は穏やかでない。二人とも、何かが起こらないでは済まない予感がした。


一方、家に戻った美智子の心も尋常でない。

頭の中は辺りのものを巻き込んで吹き荒れる竜巻のごとく、何をどうしてよいか分からない。ふさぎ込んでしまった。美智子は美紀のため、密かに神社へ、お百度参りにまで通っていることも知っている兄の弘司は、美智子の心境が痛いほど分かった。

弘司は既に克美を知っている。昼間、尋ねられて、克美に美紀の家を教えている。克美と美智子が鉢合わせになると、きっとえらいことになる、そう思っていた。もう何かが有ったに違いない。そして、このままで済むとは思えない。弘司は美智子の力になってやりたい。しかし、今、どのように声をかけてよいものか、弘司の心も整理が出来ていないのである。

美智子にしてみれば、自分のいない間に突然場所を奪われ、居座られてしまい、自分の居場所が無くなった状態になった。美智子は手も足も出せないのである。どうしようもない成り行き、何も出来ない悔しさ、そして辛さが募る。

美智子は思う…今まで私も食事を作っていた。一緒に食事をした。なぜ私が逃げ出したんやろ…きっと、あの彫像や。でも、もう一体はあたしや…名古屋に連絡しないと言っていたのに、連絡したのだろうか…。


明くる日、丁度、美智子の休日である。

昨日、有った車が無くなっていた。美智子は美紀を訪ねた。

「もう、帰ったの？　昨夜の女の人」

恐る恐る問うた。

「スーパーへ買い物」

「ふーん。あの人、先だって話してた名古屋の人よね」

「うん」

「彫像とそっくり。だから、すぐ分かった」

「そう」

「連絡しないと言っていたのに、連絡したの？　あたしがあんなこと言ったから…」

「ううん」

美紀はここが分かった経緯を話した。

昨夜、何も言わずに飛び出して行ったことは尋ねなかった。美智子の心が痛いほど分かるのである。美紀から連絡していないことを知って、美智子は嬉しかった。

「それで、これからどうするの？」

美紀は即答できなかった。その時、車の音がして克美が入ってきた。

「ただいま。あら、お客さん？」

美智子は会釈した。昨夜は動転していた美智子だったが、今は多少落ち着いて対応出来た。遅れて会釈した克美も、一夜おいただけに冷静さを取り戻していた。

「私…」と克美が発した時、ほぼ同時に「あたし…」と美智子も発した。同時に自己紹介しようとしたのである。

それを見て美紀が二人を紹介した。紹介し終えた時に、今度は弘司が入ってきた。

克美の車が帰って来たのを見て、また二人が鉢合わせになる。何とか役に立てないか、そう思ったのである。美紀は克美に弘司を紹介した。

「一方ならないお世話下さいまして…」

克美は頭を下げた。

美紀の妻のような挨拶に戸惑いながらも、克美の品の良い態度に引きずられ、弘司はいんぎんに対応した。

「今も気遣って様子を見に来て下さるんや」と美紀が言った。

「そんなに言われることなど何も…」

弘司は頭を掻きながら照れくさそうに言った。弘司は心配して来てみたものの、平静な雰囲気に安堵しながらも、克美も美智子も息詰まるような心境に違いない。弘司はそれを思うと辛かった。

「コーヒーを入れてきます」そう言って、克美は座を立った。

克美が戻ってきて、配り終えたとき、

「これからどうなさいますの?」

克美に向かって美智子が言うと、克美は返答もできず、困っていた。

「良い香り、美味しそうなコーヒーや。いただこう」

弘司が中に入って、熱めのコーヒーを唇で冷ましながらすすり込んだ。それに倣うように皆が口を付けた。

やがて、弘司が言った。

「少し時をおいて、火照りを冷ませば、きっと落ち着いてくるよ。コーヒーをいただいたら今日は引き上げよう」

弘司は美智子を促して家を出て行った。

何日か経って、スーパーマーケットの中で克美と美智子が遭遇した。

「どこかでお茶でも」と克美が誘った。

「ええ、でも、ここには…」

「私、お話があるの」

「あたしも」

「どこが良いかしら？」

「川の土手にしましょ。あたし良いところ知っているの」

克美は美智子の車の後に付いた。車を降りて美智子は迷うでもなく歩き、ある場所で二人は土手に腰を下ろした。

晴天で周囲の山々もよく見え、川の流れも清らかである。辺りに咲く草花も風にそよいでいる。克美は缶コーヒーを手渡した。

「コーヒーで良かったかしら？」

「ええ、ありがとう」

「良い所ね」

「でしょう、あたしのお気に入りの場所なの」

少し話が途切れた。美智子が話題を見つけるように言った。

「あっ、生もの買っていらっしゃったようだけど、良いのかしら？」

「クーラーボックスに入れてあるから」

「彼の車のトランクにあった、あの魚釣り用の？」

「ええ、そうよ。よくご存じね」

「病院で、彼の代わりにバッグを取りに行った時、トランクを開けたの」

「ああ、そうでしたの」

「色々入ってますね、彼のトランク」

「ええ、遊び道具ばっかし」

二人は笑った。

「スポーツ好きなのね」と美智子が言った。

「球技は好きだと言ってたわ。それに、自然の中で遊ぶのが好きだって」

「健康的で良いな。でも、かわいそう。何も出来ないのだもの」

「ええ」

また会話が途切れ、二人とも本論に入れず重苦しい雰囲気になった。やがて克美が、言いにくそうに話し出した。

「美智子さんに、お礼とお詫びを言いたいと思いまして」

「お礼とお詫び？」

「はい」

「何の？」

「美紀さんのこと」

「あなたから、お礼もお詫びも聞きたくありません」

美智子は少し興奮気味になった。そして心で抑えていたものが表れてしまった。

「あたしをお嫁さんにしてと言ったら、美紀さんね、こんな身体になった僕の犠牲になることはない、もう誰とも結婚しないと言ったのよ。そして結婚出来なくても、僕には心の中に妻がいると言って、あなたのことを話したの。でも、そのあなたにも連絡しないと言ったのよ。もう、あなたとも、私とも一緒にならない。三人ともこんな悲しいことってある？　だから私、押しかけてお嫁さんになろうと決めていたのに…なのに、あなたが突然現れて、ここに居着いちゃって、あたし、何も出来ない、そんなの無いわよ…」

克美は胸が詰まり、言葉が出ない。美智子を見つめたままうなずいた。

美智子は続けた。

「でもね、あなたを見ていて思ったの。美紀さんとあなたはお似合いだって。あたしでは身の回りのお世話は出来ても、手足にはなれないもの。それに強い絆を感じるの。悔しいけれど」

克美が現れて美智子は悶々とした日々を送っていた。

そんな中でも、美智子は度々美紀の家を訪れていた。その都度、克美が美紀の仕事をサポートしている様子や会話、そして二人の生活を見ていたのである。

「美紀さんね、ここに泥棒に来たって言うのよ。駄洒落だったけどね。でも、本当に大泥棒だった。あたしの心を盗んだんだもの。しかも丸ごと持ってゆけばいいのに、あたしの一番大切な心だけ…」

そこまで言って泣き崩れた。

美智子は生まれて初めて心から人を好きになり、何の抵抗も無く、尽くすことが出来た。こんなに自然に打ちとけられた人は他にいない。美智子は自分が身を引かなければ収まらないと思いつつも、どうしようもない、やるせない気持ち、切ない感情が一気に溢れ出た。

「ごめんなさいね。辛い思いさせて」

これだけ言えたものの、後の言葉が出てこない。

美智子の気持ちは悲しいほど分かる。美紀の身の回りの世話は出来ても、手足にはなれない、美智子はそう言って身を引こうとしている。それほど強く彼を思い、愛しているのである。このこと一つ取り上げても、その心を克美が分からないわけがなかった。

一時、話が途切れた。やがて克美が口を開いた。

「家の中、何処を見ても、あなたが揃えて下さった物ばかりでしょう。嫌でも目に入るの。だから、私、もやもやして、どうしようかと思っていたの」

「どうしようかって？」

美智子は涙を溜めた眼で克美を見た。

「買い換えようか、とか、引っ越そうかとも…」

「そうよね。女だったら、誰だってそう思うわね」

「それぞれに、あなたの思いがこもっていると思うと、苦しくて辛かった」

美智子は何も言えない。

「でもね、あなたとお話ししていて、このままにしようと決めたわ」

「無理しなくても良いのよ」

「ううん、あなたのお気持ちを大切に、いつまでも忘れないようにと思ったの」

「あたしの気持ちより、美紀さんを大事にしなくっちゃ…」

「ありがとう…彼の大変な時、私は何もしてやることが出来ませんでした。これからは私の命に替えても、彼を守ります」

「でも、あなたって正直な方ね」と美智子が言った。

「あなたこそ」

克美も美智子を本当に純粋な優しい女性だと思った。

「私がこんなこと言うのもなんだけど、あなたと良いお友達になれそうな気がするの。私、あなたとお友達になりたいわ」

克美の本心から出た言葉だった。

美智子は少し睨んでいた。

「そんなの、答えられないわよ。すぐには…」

「そうよね。でも、私、待つわ。お友達になって下さること」

「このまま指をくわえて、あなた達の幸せ、黙って見ていろって言うの。あたし、そんなに寛容じゃないもの…あたし、あなたに意地悪するかも知れない。美紀さんにも…するわ、きっと」

「ええ、良いわ。でも、お手柔らかに」

辛い表情が幾らか和らぎ、二人にようやく、ほのかな笑みが浮かんだ。

美智子は美紀を救うために神様が会わせて下さった天使に違いない。克美はそう思うことにした。

美紀と克美が二人で暮らすようになって、ある日、美紀は言った。

「一度、あの山荘、デュエットへ行ってみたい…」

「私も…あの山荘や、車山高原、白樺湖、白駒の池…そしてあの時生まれた彫像を見てみたいわ。あの時のように、車、私が運転します」

「うん。でも、日光にも当たれないし、発作も起こりそうで、困ったな…」

「あなたの身体が良くなってから行きましょう」

「こんなに近くにいるのに悔しいな」

一息置いて続けた。

「水車を作り、小川で自家発電しようとも考えていた」

「あら、良いわね」

「冬には猫を相手に縁側で日向ぼっこもしたかったのに…君の膝枕も…」

「ふふふ…きっと何でも出来るようになるわよ…可愛い猫ちゃん探しておくわね」

美紀は考えるようにして言った。

「美智子さんや御家族との付き合い、宜しく頼むよ…今まで随分お世話になったし、いい人達なんや」

「気になっているのね。心配要らないわ…任せておいて」と明るく言った。

「ありがとう」

二人きりで暮らしているはずなのに、そういう気分になりきれないでいた。この家や調度品は全て美智子が心を込めて揃えた物である上、二人の心に美智子の心情がそれぞれの思いで覆っている。そして何と言っても命の恩人、その恩人を悲しませる結果になったこと、美紀はやるせない気持ちの収め所が無かった。

早い時期に克美のことを話しておけば良かった。でも、初めは話すことでもなかったし、機会を逸した。乗り過ぎた阿呆症がいけなかったと、美紀は悔やんだ。

美紀は美智子の気持ちが痛いほど分かる。美智子が幸せな結婚をしてくれない限り、不自由になった身体で重い十字架を背負っていかなければならないと思った。

そして、克美の心にも深い傷を付けてしまい、美紀は重ねて重い物を背負わなければならないと思った。

「気軽な人生にしたかったのに、思うように生きられないものや」

心の中でつぶやいた。


更に幾日か経ったある日、美紀は克美の代筆で、科学論文を書き上げた。数式、文章、それに図を用いて証明したもので、代筆の上、英文だったため、苦労して仕上げた。文章にはタイプライターも使用した。タイプライターは克美が普段使っていたものので、兄隆二に送ってもらったのである。

無名でステータスも無く、何処にも属さない一個人の、潮流に逆らった仮説など、なかなか認めないだろうなと、美紀は危惧した。

「とにかく送ってみよう…郵便局から…頼むよ」

明くる日、克美は美紀に言われたアメリカの関係組織へ郵送した。

借りている廃屋は諏訪郡原村内である。ここは思い出の湖や高原が近くにあって、その山々もよく見える。

郵便局からの帰り、「この地を選んだのは、やっぱり私だけを思っていてくれているからだ」そう思えば嬉しかった。そして美紀がここに来た時彫った女性像も嬉しく、美智子のことは割り切って、美紀との幸せな生活に浸ろうと決めた。

この地で、外界からの一切の煩わしさを絶ち、自然の中で研究や文筆に没頭したかったのね。そして彫刻、絵、バイオリン、登山等もしたかったろうに…身体が不自由に…これはしたいことが制限されるばかりか、生活の糧にも影響する。そして、今は収入が無い。彼はあの身体で糧を作ってゆく意志が固い。

不自由な身体になった美紀を思い、「さぞ無念だろうな、かわいそうに…今なら、もう名古屋のことを考えることはなく、彼の元にいられる。今度は私が彼を守る番だ。彼の手足になりきろう。もし生活に困れば自分も糧を作ろう」と再び心で誓った。

家に戻って来た克美は、鳴っている電話に出て、しばらく話した後、美紀の側に行った。

「お願い事をした流れ星も、大変なことになっちゃったわね」

郵送した論文の内容が流れ星に関連していたのである。

「あんなこと言っていた僕が、夢を壊してしまって、ごめんね」

「ううん」

「で、あの時のお願い事…叶った？」

「ええ…叶ったわ…あなたは？」

「叶った」

お互い顔を見て微笑んだ。


午後になった。

「小説書こうと思う。また代筆頼むよ」

「小説？」

「うん」

「ええ、良いわ。原稿用紙、用意するわね」

原稿用紙を持って戻った。

「二人のこと…書いて良いかな？」

「ええ…きっと傑作が出来ると思うわ…楽しみね…」

「始めようか？」

「はい」

「題は　二重奏・いつか行く道」

「はい」

「じゃ始めるよ」

美紀は語り始めた。

「もっとゆっくり語ってよ…書くのが追いつかないわ」

「ごめん、ごめん」

初めはテーブルに向かい合っていたが、語りが進むにつれ、美紀は寝ころんだり、歩いたり、軽く柔軟体操のようにリハビリテーションをしたり、またテーブルに着いたり、考え込んだり、時には語りを訂正しながら進めていく。

「あっ、そうそう、あの後、家の中の物を整理していて、父が私の名義で少し株券を残しておいてくれたの。自費出版の費用にはなるわ。無名だと出版社が取り合わないから」

「ありがとう。でも、何とかなるさ。出版社を説得出来る作品にするよ」

「相変わらずね」

「今なら、作品に全力でぶつかれると思う」

「その調子よ」

「君にもね」

「あら、作品のついでに？……」

「困らせるんじゃないの」

「えへへへ…」と肩をすくめた。

しばらく語りを進めて、視線を克美に留め、「少し休もう」と言った。

「ええ。力作になりそう、仕上がりが楽しみだわ。お茶入れるわね」

急須から湯気と良い香りが立ち込めた。

「ここのお水、お茶に入れても美味しいわね」

「うん、君が淹れてくれるしね」

「そうよ、ふふふ…」

お茶を飲みながら、さっきの電話のことを話した。

「チョット話変わるけど、また兄から連絡有ったの。先ほどの電話、迷ったのだけど、一応話しておくわね。この前の繰り返しだけれど…もうBT銀行の頭取も諦めているだろうし、私達二人、名古屋の家で暮らしたらどうかって。高度な医療を受けるのに便利だし、冬も此処より暖かいから、あなたの身体のためにも良いと言うの。それに、こんな時に言うことではないかも知れないけれど、近くにいて知恵だけでも良いから貸してもらいたいようで、相談に乗ってほしいって。常勤が駄目なら非常勤の役員か顧問でもと言っている。やっぱりあなたの力が要るのね。銀行、取引先、社員の方など、あなたの噂が絶えないの。家にいてくれるだけで、皆が安心するって。父の書斎、あなたの研究に使ってくれって。兄もその方が嬉しいのよ。そしてね、兄が結婚しても、充分二世帯で住めると言うの。でも、あなたの気持ちも分かるし。ああ、それから、兄と陽介さん、それに五郎さんが近々ここへ来るって」

「そう、懐かしいな」

克美の話を聞きながら、自分は世界一の幸せ者だと思った。しかし、克美が察している以上に、美紀の心はもう決まっていた。そして、自分は企業人より、自由人の生活の方が性に合うことも分かってきた。

「ああ、そうそう、田舎の御両親もいらっしゃるかも知れないわ」

「えっ？」

「連絡していないでしょう？　心配されて名古屋の方にお手紙いただいていたの。それで数日前に、私が手紙を差し上げたの」

「ああ、そうだったのか、ありがとう。身体のことも、いずれ分かることだから」

「私の両親は亡くなったけれど、また、お父さま、お母さまが出来る。嬉しいわ」

美紀は隆二と克美兄妹の優しい心に感謝した。

お茶を飲み、くつろいだ表情で、美紀は声に出して一首を詠み上げた。

わが屋戸《やど》の　いささ群竹《むらたけ》　吹く風の
　音のかそけき　この夕べかも
「大伴家持の歌だったかしら？　以前にも詠んでいたわね」

「うん。わずか三十一文字でこんな情景を想像させるなんて素晴らしい歌や。僕には到底真似すらできない」

「好きなのね」

「うん。何年か前、この歌に出会って、憬れていた。今は万葉の時代とは違うけれど、ここなら、少しはその風情を味わうことが出来るな」

「そうよねー、ふふふ…最先端のことを考えているかと思えば遠い古《いにしえ》の歌…楽しんでいる…」

克美は美紀の心を更に強く認識した。そして、かつて、「諏訪は幸運の地…壮大なロマンが…」と楽しげに語っていたことは克美の心にも焼き付いていた。

何日か経った。

「高原の何処だったかな？　湖の畔で、白樺の木に囲まれた、可愛くてオシャレな教会が有ったように思うんだけど…多分ホテルの施設だろうけれど…」

「そうね、何処だったかしら？　それが？…」

「僕の身体がマシになったら、結婚式を挙げよう」

「嬉しい。でも、式はどうだっていいわ。だって、こんなに幸せなんだもの…」

更に日を重ね、語りが進んで、語りの合間に、克美はチラッと美紀を見た。

この人は私にとって飛び切りの王子さまだった。お古のカローラに乗った…そう思って、「クスッ…」と笑いが声に出てしまった。

「何？」

「いいの、何でもないの」

「気持ち悪いな、一人で笑って」

幸せそうにしている彼女を見て、美紀も嬉しいのだ。

「僕は早死にするかも知れないな」とぽつんと言った。

「なんで？　突然…」

幸せ過ぎて、愛し過ぎて、そして、君がチャーミング過ぎるから、心配で…このことを言いたかったのである。しかし、美紀は笑って答えず、

「また、君のピアノ、聞きたいな」

「早速、送ってもらうわ。私のピアノ」

小鳥の囀りを聞きながら、克美は続ける。

「家の周りは可憐なお花がいっぱい。可愛い小鳥も沢山来てくれるわね」

「うん、良い所やろ。柿も分け合ったりして、小鳥達とも友達になりたいな…それに、梟や烏も来てほしいな…」

「ええっ、なんで烏なの？」

「大阪で、屋根の上でテレビのアンテナを取り付けていた時、アンテナを持つ手に、急に大きな加重が掛かったので、見てみると大きなくちばしの大きな烏が、僕の持つアンテナの先に留まって、僕を見ている…何しているの？　遊ぼうよ、そう言っているように感じたのや。ほんに、一メートルも離れていない。少しの間の出来事だけど…」

「そんなことが有ったの。きっと来てくれるわ。そして、みんな良いお友達になってくれるわ。口笛も大分上手になったし、もうじきお話も出来るんじゃない…」

美紀は少し考えて、思い出すように、そして、独り言のように静かに詠んだ。

いたずらな　風のリードに　花乱舞

「桜、薄命だったな…それに…先達て、鶯の鳴き方が変わったばかりなのに、もう、蝉の声か…」

克美は優しいまなざしを向け、ゆっくり相槌を打った。

「論文や小説も二人で仕上げるのね。山荘の彫刻のように」

「そうや、何でも二人や。僕の身体が治ってからも…」

身体が治癒しなくても、この人を支え、二人で一つの仕事を仕上げてゆく、その幸せ、これは究極の愛のデュエットかも知れない。克美はそう思った。

更に代筆が進んだ。

「あなたの周囲には、女の人ばっかりみたい…」

「……」

「やっぱり山里の方が良いかも…でも、ここにも…」

おわり

■好評既刊本の紹介

『約束の詩 ―治まらぬ鼓動―』 Promised poetry（Never forgettable love）

〔本文より〕

初めて会って以来一途に思い続け、一時も由布子のことが心から離れなかった…。〈男子みんなが憧れているあの高嶺の花の由布子が、あのお姫様が、何と、この自分を本当に思っていてくれている。ああ、こんな幸せ、本当にあるのだろうか？　夢ではないだろうか？〉

足が地から浮き上がり、のぼせ上がって有頂天に…。自分のために世界がある…。もう何も怖いものは無い。何でも出来るような不思議な力が湧いてくる。…美しいヒロインを恋人に持つ映画の主人公になったような気分でもある。

どんな言葉を使っても表現し尽くせない心情。決して大袈裟ではない。

こんな満ち足りた幸せが訪れ…高揚する気分になれることも人生にはあるものなのだ…しかも教室で…授業中に…こんな気持ちになれるなんて…学校へ行くのがこれほど楽しいとは…。

晶彦は生まれて初めて、天にも舞い上がるような幸せ感に包まれた。そして、いつまでもこんな気持ちでいられたら…と、祈る思いである。

（中略）

恋うひとに　思われている　幸夢心

（中略）

駅に近付いて、晶彦はハッと一人の女子学生の姿に心を奪われ、視線が彼女を追った。その姿はうららかな陽光を浴びて、人混みとともに駅の中へと消えて行った。晶彦は視線を逸らさず、ただその場に佇んでいた。

出張のことで頭がいっぱいで、一時潜んでいた由布子の存在が、ひょっこり晶彦の心に戻って来た。あの笑顔、明るい声、仕草、そして、教室での彼女など、数々のシーンが、次々と輝き始め、あの至福のステージが蘇ってきたのである。

「どうなさったのですか」

肩を叩く優しい女性の声が聞こえた。

「いえ、何も」

そう応えたものの、同じ所に佇んだまま思いの外、時間は経過していて、目は涙で潤んでいた。最高に幸せな思い出は、最高の辛さにも変わるのである。

いつしか新幹線の窓際のシートに座っていた。晶彦は顔を窓の方を向けている。涙が溢れ出て止まらない。晶彦はまだ、あの至福のステージの中にいた。由布子は咲き始めた花のように、瑞々しいまま微笑んでいる。しかし現実の晶彦の側に、彼女はいないのだ。

髪がたや　似た後ろ影　心を突き
　　なお治まらぬ　鼓動…

と、まで詠んだ。しかし、後が定まらない。悲しくて、切なくて、そして、儚く、空しい思いが入り乱れ、愛しさが止めどなく込み上げてきて、渦を巻いているのである。

『恋のおばんざい —天下国家への手紙—』
The story of love in small dishes cafe（Letter to the nation-state）

本書は『国家の存続・人生方程式』の姉妹作である。

〔本文より〕
「何年か前、私の田舎に橋だらけ、道だらけ、という具合に立派な橋や道を作りまくって。

各家の前まで。そして、たまにしか利用しない山道まで舗装をした。更には、米の減反を進める中、農地の改良までして、立派なインフラを整え、あげくの果て、過疎化や耕作放棄地となるのですが、これを日本中に作って大きな借金の一つにもなっています。このようなことは予想できたはずなのに、政治家は票獲得のため、行政担当者は怠慢と言うしかありません。馬鹿を通り越しています。地方の住民は自分たちが税をあまり納めていないのに、便利さを自治体へ要求する。今でも言えることですが、国中そのような考えの人が多い。自ら行動するのでなく、してもらえる、してほしいと思っている。何か改造するとなると、総論賛成でも、自分に関係した不利益なことになると反対になる」

（中略）

校門を入ると和子は幸成の腕に抱きつくようにして歩きだした。

「少し離れてよ。あなたは綺麗だし、私にくっついていたら、それに、この派手なペアのリュックのアップリケは目に付きすぎる」

「うちはかまわないえ」

「私は学校を首になるよ」

「丁度良いんじゃない。うちのお養子はんになれば」

「しかし、性急な話だね」

「うちも、お父はんも幸成はんを気に入っているし」

「でも、すぐには決められないよ」

「うちのこと嫌い？」

「好きだよ」

「うち、デパートでお会いした時、一目惚れしたんえ」

「和子さんにはかなわないな。あなたにかかったら私もたじたじだな」

「そうよ。もう覚悟しなさい」

「養子になっても、これじゃお尻に敷かれっぱなしになるね」

「座り心地の良い座布団になっておくれやす」

「ああ、熱が出てきた」

「ふふふふ、ああ可笑しい」

和子は楽しくてたまらないのである。

『国家の存続 ―人生方程式―』 Survival of the state（Life equation）

志摩と大阪を舞台にした物語だが、国家自滅の機器に直面して、人口問題、経済、日銀の政策にも鋭く踏み込んでいる。一方、地震対応の建築技術、水害、津波用建築物とともに町の在り方、国家の在り方についても提言している。本書は『恋のおばんざい ―天下国家への手紙―』の姉妹作である。

現在の市場原理主義マーケットは、個人投資家の短期売買、空売りファンド、ヘッジファンド、証券会社の自己売買等強制的空売りで、経済をデフレへ、そして、一方の投機筋は出来高が少なく、仕掛けやすい日本の市場で、自己の利益のために、株をしていない人まで道連れに、個人や国の資産まで低下させ、好き放題にしている。

『国家再生塾』 The rebirth thinking school of a nation

（1）津波や水災害と高層ビルの長周期地震動対策（海岸部・山間地・都市部）
Measures against long-periodo ground motion of high-rise buildings due to Tunami and flood damage.（Near sea, Villages of mountainous area, City area）

（2）教育のシステムを根底から変えて、コスト削減、効率化、教育レベルを上げる
By doing change the education basic system, cost reduction increase efficiency education level up.

（3）人口減少、医療費、政府の無駄使いについて

Cause of population decline, Medical bills, Useless of government expenses.

（4）株式市場の改革

Stock market reform.

西川　正孝（にしかわ　まさたか）

昭和21年（1946年）三重県生まれ。

昭和40年、大手の電機製品製作会社入社、昭和48年退職。

その後、数社の中小企業勤務、設計事務所、技術コンサルタント、専門校講師等、一貫して機械関係のエンジニアとして活躍。

著書に『約束の詩 ―治まらぬ鼓動―』『恋のおばんざい ―天下国家への手紙―』『国家の存続 ―人生方程式―』『国家再生塾』がある。

二重奏 ―いつか行く道―

2018年4月18日　発行

著　者　西川正孝
制　作　風詠社
発行所　ブックウェイ
〒670-0933　姫路市平野町62
TEL.079（222）5372　FAX.079（244）1482
https://bookway.jp
印刷所　小野高速印刷株式会社

ISBN978-4-86584-312-2